久旱逢甘露
他鄉遇故知
洞房花烛夜
金榜题名时
这些都比不上我在小马剧社度过的时光
那是一段为了梦想奋不顾身的日子
真幸福

宋東澤
二〇一六年秋

戏剧是我们在前行的途中
披荆斩棘的力量源泉。
小马剧社，那些有光的日子。

李彦妤

庆幸遇见这一群如此少年，在理想不死的青春来临，在热血还在燃烧的年代，敢扛上一壶酒，一首歌，一个梦即踏上征途，大概最幸运的事，就是疯的时候，有人陪着你一起疯。

大鱼

在剧社的每一天
都是很开心的啊！
~~每~~美好的一年啊喂！

——啊瑞

这是一个让你追忆过去
遇见未来的地方

马铭馨

当在剧院完整的看完剧社的第一部大戏《鲱鱼刀》时，我产生了一种难以名状的感动。如果我不是一个含蓄的人，那一定会热泪盈眶。

看到自己参与工作的小马剧社作品在剧院公演，并引起观众极大的反响，这份感动只有经历过的人才懂。

秦成阳

2016.10.9

那个地方藏着梦
那些人，那些事，
在记忆中永恒。

力颖

初来北京
满满都是不习惯和厌恶
在小马剧社
感受到了传说中
北京特有的神奇魔力：
即使一无所有
但还是义无反顾想留下。

—小金儿

这里的建筑都是可爱的迷雾般的灰色，有着一种梦幻般的色彩。它们似乎是从岩石上直接长出来的，而非出自人类的能工巧匠之手。城堡虽然没有格雷戈尔见过的摩天大厦那么高，但也都高高耸立着，有的有三十层楼那么高，圆拱形屋顶和角楼设计得极具艺术感，石笋般挺秀的塔尖傲然屹立。成千上万个火把被别具匠心地设置在各个地方，闪耀着柔软昏黄的光，将整座城市点亮 。

还有雕刻……格雷戈尔以前在别的建筑物上看到过石雕怪兽和胖乎乎的小天使，但王之城城墙上的雕刻栩栩如生，更具生命的活力。城墙上刻着人、蟑螂，还有各种他叫不上名字的生物，它们在每寸可见的空间里举行聚会，翩翩起舞。

“这里只住人吗？蟑螂和蝙蝠也住在这儿吗？”格雷戈尔问道。

“这是人类的城市。其他生物各自有各自的城市，更准确地说，应该是‘地盘’。”维库斯答道，“大多数人都住在这儿，还有的根据工作需求，住在城郊。那儿就是我们的宫殿了。”维库斯说着，指引格雷戈尔看向一座位于山谷远端的巨型圆形堡垒，“我们就要去那儿。”

灯火在千家万户的窗户后亮起，看起来颇有节日的氛围。格雷戈尔心里稍稍放松了一些：纽约的夜晚也是灯光熠熠，也许这个地方没那么古怪吧。

“真了不起。”格雷戈尔说。如果他不是急着回家的话，他

倒是很乐意在城市中探索一番。

“是啊。”维库斯的眼里盛满了对城市的喜爱，“我们的人民特别钟爱石头。要是我们有时间，一定会建造出一座更富奇异之美的城市。”

“我想你们的心愿已经达成了。”格雷戈尔说道，“我想说，这里比任何一座地上的城市都要漂亮。”

维库斯看起来很高兴。“来吧，从宫殿俯瞰城市，视野会更开阔。在我们吃饭前，你还有时间来好好欣赏一下。”

格雷戈尔跟在他后面，穿行在大街小巷里，小靴子歪着脑袋，左右不停地摇晃。“你看到什么东西了吗，小靴子？”

“月亮？”小靴子说道。他们住的地方平时很少能看到星星，但在风清云淡的夜晚，一轮明晃晃的月亮则会斜挂在他家窗户的上方。“月亮？”

格雷戈尔抬头望向漆黑的夜空，接着意识到，这里当然不可能有天空。他们现在正待在一个巨大的地下洞穴里。“没有月亮，小丫头，今天晚上没有月亮。”他告诉妹妹。

“母牛跳到月亮上。”小靴子一本正经地说道。

“嗯哼。”格雷戈尔赞同地哼了一声。既然这个地方蟑螂会开口说话，蝙蝠能进行球类竞赛，那母牛说不定也能跳到月亮上去。他叹了口气，想起了婴儿床上被小靴子翻烂的童谣书。

格雷戈尔的到来引起了居民们的兴趣，他们站在窗边上下打量着他和小靴子。维库斯认识其中几个人,向他们点头致意,或是喊他们的名字,窗口的人则抬起手,以示回礼。

小靴子注意到了周围的动静,也高兴地挥起小手。“嘿!”她大喊道,“嘿!”格雷戈尔注意到,没有一个成年人回应她,倒是有几个小孩子朝她挥了挥手。

“他们对你很着迷。”维库斯指着窗口的那些人说道,“地上人很少会到我们这儿来。”

“你怎么知道我是从纽约来的?”格雷戈尔问道。

“通往地下王国的入口总共只有五个。”维库斯答道,“有两个通往死亡之地,进去的人不可能活着出来。另两个通往水道,不过你们身上的衣服都是干的,并且还活着,那就一定是从第五个入口进来的,第五个入口就位于纽约城。”

“在我们的洗衣房里!”格雷戈尔脱口而出,“就在我们公寓楼里!”但一想到洗衣房和这个奇怪的世界连在一起,他有种被侵犯的感觉。

“你们的洗衣房,没错。”维库斯若有所思地说,“你们正好碰上了气流,就碰巧进来了。”

“气流?你说的是那团迷雾吗?”格雷戈尔问道。

“是的,正是因为迷雾,你们现在才能安然无恙。掌握好时机最重要。”维库斯说道。

“那要是时机不对,会怎么样?”格雷戈尔问道,但心里已经有了答案。

“那我们就得忙着掩埋尸体，而不是迎接客人了。”维库斯轻声说道，“其实，那种情况才是最普遍的。你，一个活着的地上人，再加上你妹妹，一起平安地到我们这儿来，还是头一回。”

他们走了二十多分钟才到达宫殿，格雷戈尔一直抱着小靴子，手都开始颤抖了。但他不想把妹妹放下，路两边全是燃烧着的火把，这时候放下她可不安全。

他们渐渐走近那座辉煌的建筑。格雷戈尔注意到，建筑的墙壁上什么雕刻也没有，光滑得好似玻璃，最低的窗户离地面也有六十米远。这里好像有什么地方不对劲，不过他说不出来，似乎缺了点什么。“这儿没门啊！”他恍然大悟。

“是的，”维库斯说道，“那些缺乏强敌的家伙才会在墙上开个门。在这儿，就算是技艺最娴熟的攀登者也找不到一个落脚点。”格雷戈尔摸了摸光滑的石墙表面，居然没有一道裂缝，甚至连最细微的划痕都没有。“那你们怎么进去？”

“我们一般都飞进去，但一只蝙蝠恐怕载不了我们……”维库斯指指头顶。格雷戈尔的脖子向上仰起，看见一面巨大的窗户打开了，一个平台被迅速放下。这个台子被绳索牢牢拴住，在离地面还有一尺的高度停了下来，维库斯走了上去。

格雷戈尔抱着小靴子也爬了上去，最近这次落入地下王国的经历，让他对登高心有余悸。他们刚一上去，平台就迅速往上升起，格雷戈尔急忙抓住旁边的绳索稳住自己。维库斯则镇定地站在他面前，双手抱着胸——他怀里可没有一个老是扭来扭去的两岁孩子，而且他乘坐这玩意儿肯定有无数次了。

平台上升的速度很快，却很稳，不一会儿就停在了窗户前。窗户前面有一个小小的石阶。格雷戈尔抱着小靴子，走进了一间有着拱形天花板的大房间里。房间里站着三个地底人，正等着他们。这三个人同样皮肤苍白，眼睛呈紫色。

“不好意思来迟了。”维库斯向地底人点点头，“来见一下地上人格雷戈尔和小靴子吧，他们是兄妹，刚从上面掉下来。请给他们好好洗个澡，再带他们去圣殿。”维库斯说完就迈开大步走了出去，没再回头看他们一眼。

格雷戈尔和地底人尴尬地看着彼此。他们身上既没有卢克萨的傲慢，也没有维库斯不失随和的威严。“他们就是普通人嘛。”他暗想，“我敢打赌，我觉得他们很奇怪，他们肯定也觉得我们古怪。”

“很高兴见到你们。”格雷戈尔首先开口，他把小靴子换到左边抱，“小靴子，跟他们说‘你们好’。”

“你们好！”小靴子冲着地底人招招手，一脸愉悦，“你好！你好！你也好啊！”

地底人脸上的矜持像锅里的黄油一样融化了，他们笑了起来，身体也不再僵硬。格雷戈尔也不由自主地笑了。妈妈曾经说过，在小靴子眼里，永远都没有陌生人，世界上所有的人都是她的朋友。

格雷戈尔有时也希望自己能像她一样。他有几个好朋友，但在学校时他会尽量避免让自己加入某个小圈子里。尽管如此，每逢吃午饭，麻烦总会如期而至。他本该和田径队或者乐队的同学坐一桌，但他偏偏和经常参加学校演出的安吉丽娜坐在一块，有时则是和拉里……但大部分时候是他自己独处一隅。所以那些不了解格雷戈尔的人都觉得他很自大，其实他只是想给自己留点私人空间而已。自从爸爸离开后，他发现自己很难对别人敞开心扉。不过就算在爸爸消失前，他的性格也不像小靴子那么随意。

一个看上去约摸十五岁大的女孩往前走了一步，张开双臂，说："我叫达尔西特，我可以带你去吗，小靴子？你想洗个澡吗？"小靴子看着格雷戈尔，征求他的同意。

"没问题啊，洗澡时间到了！你想洗个澡吗，小靴子？"格雷戈尔问道。

"是——的！"小靴子高兴地喊道，"洗澡！"并伸着小手让达尔西特抱，达尔西特轻柔地从格雷戈尔怀里接过她。

"这是马雷斯，这是珀迪塔。"达尔西特向格雷戈尔介绍她身边的一男一女。他们身高体壮，虽然身上没佩带武器，但格雷戈尔猜想他们应该是护卫。

"嘿！"他打了个招呼。

马雷斯和珀迪塔礼貌而友好地向他点点头。

达尔西特皱起鼻子，挠了挠小靴子的肚皮。"你需要一块干净的兜布。"她说。

格雷戈尔明白她说的"兜布"是什么。"哦，是的，她需要换尿布了。"小靴子已经穿了好一会儿脏尿布了，"要不她身上就要长疹子了。"

"我便便！"小靴子拽着自己的尿布说，一点歉意都没有。"我会照顾她的。"达尔西特被她逗乐了。格雷戈尔禁不住想，她比卢克萨友好多了。"你会和我一起去水边吗，地上人格雷戈尔？"

"是的，多谢，我会跟您一起去水边的。"格雷戈尔答道。话一出口，他就后悔了——他回答得太过正式了，想想之前那些易怒的蟑螂，他现在可不希望地底人认为他在用这种方式嘲笑他们。"我是说，好啊，谢谢你了。"他改口道。

达尔西特点点头，与他并排向前走去。马雷斯和珀迪塔跟在他们后面几步远的地方。"他们是护卫，没关系的。"格雷戈尔心想。

一行人离开入口处的房间，走进一条宽敞的走廊。他们走过一扇扇拱门，穿过几个大房间，爬过几段楼梯，又进入一个大厅。格雷戈尔很快意识到，自己需要一张地图才能辨清方位。他当然可以问别人，但如果想逃跑的话，这就行不通了。他们称他为客人，但这改变不了他和小靴子的囚徒身份。客人随时都可以离开，囚徒就只能逃跑了，而他就是这么盘算的。

可该怎么做呢？就算他能找到走回平台的路，也没人愿意放他下去，要他从六十几米高的地方跳下去是不现实的。“肯定有其他逃离宫殿的路线。”格雷戈尔想，“一定有的……”

“我以前从没见过地上人。”达尔西特的话打断了格雷戈尔的思绪，“要不是这个宝宝，我还见不到你呢。”

“因为小靴子？”格雷戈尔不解。

“我负责照顾这里的小孩子。”达尔西特答道，“通常不会遇到像地上人这么重要的人。”她害羞地说。

“嗯，这可太糟糕了，达尔西特。”格雷戈尔说，“因为你是我在这里见过的最友好的人了。”

达尔西特的脸一下红了。她的皮肤变成了绯红色，就像熟透的西瓜一样。而且不止双颊泛起红晕，连手指尖都变红了！

“哦，”她结巴道，一副尴尬的神情，“这话太重了，我承受不起啊。”在他们身后的两个护卫，此时也在低声议论着什么。

格雷戈尔想，也许他说了不该说的话，可他不知道自己哪句话过分了。也许在这里，你不能称赞一个保姆，夸她比女王还好，即使是实话也不该说。从现在开始，他要注意自己的言辞。

正在这时，达尔西特停下脚步。格雷戈尔听见了水声，大厅里还飘荡着雾气。

“这一定是浴室了。”他想。他朝里面看了看,发现房间被一堵墙分成两个部分。

“我带小靴子去洗澡了,你就从这儿进去。”达尔西特指了指里面。

格雷戈尔想,另外一边一定是女孩洗澡的地方,这边是男孩的,就像学校的更衣室一样。也许他应该和小靴子待在一起,但又觉得他应该信任达尔西特,并且他也不想再让她难过。“好的,小靴子,一会儿见!”

“再——见!”小靴子趴在达尔西特的肩头向他挥手。显然,她一点都不担心要和他分开。

格雷戈尔向右边走去。这的确有点像更衣室,只不过比更衣室更华丽,气味也更好。墙壁上雕刻着各种颇具异域风情的生物,油灯投射出一圈柔和的金色光晕。“好吧,这里至少得有个板凳和寄物柜吧。”接着,他瞥到房间一边有一排石板凳和几个敞开的小橱柜。

马雷斯跟着他走了进来,他拘谨地说:“这边是更衣室,那边可以泡个澡,休息下。您需要什么东西吗,地上人格雷戈尔?我去帮您取来。”

“不,谢谢了,我想我自己能搞定。”格雷戈尔说道。

“如果有什么需要,就直接叫我们,我们在大厅里等候您。"地底人低下头，退到门外。格雷戈尔脸上的肌肉一下子放松下来，不由得长吁一口气，能一个人独自待会儿真好。

他迅速查看了一下这个地方。休息室里有一把坚固的石头椅子，中间设计成缺口状，里面有一小股溪流不停地流淌。"哦，这一定是马桶。"他想。

清洁室里有一个冒着蒸汽的小水池，几级石阶顺势而下，延伸至水中。空气里香气四溢。他一想到要进在水里洗个热水澡，顿觉浑身酸痛。

格雷戈尔迅速跑回更衣室，脱掉汗湿的衣服。他很不自然地去厕所那边解了个小便，急匆匆地跑回水池。他用脚趾试了试水温，便缓慢地走进雾气腾腾深至腰际的水中。水池里竟然有一圈长凳，供人坐着洗浴。格雷戈尔坐了上去，水正好和耳朵齐平。

水流冲刷着他，他僵硬的肩膀和后背放松下来。格雷戈尔用手劈开水面，水从指间流下。就像厕所里的流水系统一样，水池里的水也从一边流入，又从另一端流出。

"这一定是地下的溪水。"他想。

他坐得直直的，脑海里突然浮现出一个想法。水是从一个地方冒出来的！又流到另一个地方去！

如果水能从这个宫殿进出，也许他也可以……

6

格雷戈尔在水池边发现了一碗胶状物，便用一块海绵沾着那东西用力擦洗身体。为了彻底除去自己身上地上人的气味，他给头发打上泡沫，连耳朵里面都仔细洗了一下。如果他想逃跑的话，一定要让自己尽可能地不显眼才行。

水池边有一排挂钩，上面挂着一排白色的毛巾。毛巾是用厚厚的布料织成的，格雷戈尔辨别不出是什么材料。“肯定不是棉布。”他嘟囔着。毛巾很柔软，吸水性能也极佳，他们家那几块用得磨掉毛的薄毛巾根本没法与之相比。

他走回更衣室，弄干头发，发现自己的衣服不见了，一套整洁的烟蓝色服装——一件汗衫，一条裤子，还有一件应该是内衣，整齐地叠放在那里。衣服的质地比毛巾更为精细，布料摸上去柔滑如丝。“这是什么料子？”他边想边穿上衣服。

他把脚伸进一双崭新的草编凉鞋里，走出更衣室。马雷斯和珀迪塔正在等他。

“我的衣服呢？”格雷戈尔问道。

“已经被烧掉了。”马雷斯不安地答道。格雷戈尔看出，马雷斯很怕他会生气。

“把衣服留着是非常危险的行为，”珀迪塔解释道，“烧成灰就没有气味了。”

格雷戈尔耸耸肩，表示毫不在意。“很好，”他说，“这些衣服很适合我。”

马雷斯和珀迪塔看起来很是感激。“等再吃几天我们的食物，你身上的地上人气味就完全没了。”珀迪塔鼓励道。

“听起来真不错。”格雷戈尔干巴巴地说。这些地底人对他的地上人气味真是上心。

达尔西特从左边的浴室出来了，怀里抱着洗得干干净净的小靴子，小靴子兴奋地大声尖叫。她穿着一件柔软的玫瑰色汗衫，戴着干净的尿布，材料和格雷戈尔的浴巾一样。她伸出一条腿，指着脚上的新凉鞋，对格雷戈尔喊道：“凉——鞋！”

格雷戈尔也伸出一只脚，给她看自己的鞋子，“我也有一双！”他想他们也一定把小靴子的衣服烧了。格雷戈尔努力回忆小靴子之前穿的衣服，以便日后好向妈妈解释——一块脏尿布，没什么损失；一双磨破的粉色凉鞋，她的脚丫早就伸到鞋子外面去了，也不重要；一件脏兮兮的汗衫。烧了就烧了吧。

格雷戈尔不知道到时该如何跟妈妈解释地下王国的事，如果直接告诉她实情，她一定会被吓死。等他们回到洗衣房后，他一定要想个好的理由。他们回去得越早，故事就越好编。

小靴子张开双臂，格雷戈尔把她抱了过来，将鼻子贴在她潮湿的发卷上。现在她闻起来很清香，有点大海的气息。"她长得很好，"达尔西特说道，"你的手臂肯定很累。"说完她又跑进更衣室，再次出现时手里多了一个包裹——是个婴儿背包。背包设计得合理舒适，小靴子可以坐在里面，还能从他的肩膀后探头往前看。他以前看过有人用这种特别设计的背包背婴儿，但他贫寒的家境承担不起。

"多谢。"他表面不露声色，心里却高兴得不得了。到时候把小靴子往身上一背就能逃跑了，这可比抱着跑轻松多了。

达尔西特领着他们爬过几段楼梯，又穿过几个迷宫一样的大厅，在一个长长的通往阳台的房间里停了下来。

"我们称这里为圣殿。"达尔西特说道。

"我想你们忘记给它加盖屋顶了。"格雷戈尔评论道。这里的墙壁都装潢得美轮美奂，但头顶上却空空的，能直接看到黑乎乎的洞壁。

达尔西特笑了，"哦，不是的，我们是故意设计成这样的。我们常在这儿举行活动，这种设计可以让蝙蝠一次全都飞进来。”格雷戈尔想象一下数百只蝙蝠从城堡下蜂涌飞入,确实是个拥堵混乱的场面。这种敞口式设计确实有它的道理。

维库斯正在阳台边等候他们，旁边还站着一位上了年纪的妇人。她的年龄和格雷戈尔奶奶差不多，但奶奶已弯腰驼背,腿脚因受关节炎的折磨而不再灵便。但眼前的这个妇人却腰杆笔直,看起来很有气势。

“地上人格雷戈尔和小靴子,这是我的妻子,索罗维特。”维库斯介绍道。

“你好。”格雷戈尔说道,“很高兴认识你。”

那妇人却走上前来,将双手递给格雷戈尔。这个动作让他很吃惊,自从他来到地下王国后,还没人这般盛情地欢迎过他。

“欢迎你,格雷戈尔。欢迎你,小靴子。”妇人用低沉而温暖的声音说道,“你来到我们中间,是我们的荣幸。”

“谢谢。”格雷戈尔含糊不清地回应道。索罗维特的举动让他很困惑,他觉得自己似乎不是阶下囚,而是座上宾。

“嘿,你好！”小靴子喊道。索罗维特伸出手,摸了摸她的小脸。

“维库斯跟我说你急着想回家。一想到我们不能立即帮你达成心愿,我就感到痛心,但你今晚就想回到地面上,是不可能的。”她说,“你们来到地下王国的新闻已经传得沸沸扬扬了。”

“我想大家都想看看我们,就好像我们是什么怪物一样。嗯,他们最好动作快点。”格雷戈尔心里这么想着,嘴上却说:“那我这就下去看看。”

维库斯向他招招手,示意他到围着阳台一圈的矮墙旁。“来,过来,这里的视野更好。”他说。

格雷戈尔走到维库斯身边,他的胃里一阵痉挛,不自觉地往后退了几步。阳台似乎是挂在宫殿外面的,脚下的地板将他与下面晕眩的世界分隔开。

“别害怕,这儿修建得相当牢固。”维库斯说道。

格雷戈尔点点头,但再也不敢往前走了。要是这玩意儿坍塌掉下去了,他还有机会跑回圣殿。“这儿的视野就挺好的。”他说道。他没说谎。

从这里看,王之城的美更加雄浑大气。之前他在城里穿行时,无法看清街道的全貌,现在他发现,这里所有的街道都按照复杂的几何图案铺开,整座城市看起来就像幅巨大的马赛克镶嵌画。他之前也没意识到宫殿到底有多大,现在才发现,宫殿居然向每一个方向都延绵了好几里。“下面住了多少人?”他问道。

“大概有三千多。”维库斯说道,“如果收成好的话,人数还会更多。”

三千?格雷戈尔想像一下,试图获得一个更直观的概念——他的学校里一共有五百多个孩子，那这里的人数就是学校的六倍。

“那么你们的人在下面都做些什么呢？”格雷戈尔问道。

维库斯笑了起来，“你过了这么久才提这个问题，多少让我有些讶异。这得从一个了不起的传说说起。”维库斯深吸一口气，说了起来，“很多很多年前，这里居住着……”

“维库斯，”索罗维特打断他，“还是边吃晚饭边讲故事吧。”格雷戈尔从心里感谢索罗维特。他饥肠辘辘，而且他隐约觉得，维库斯是个讲起话来事无巨细的家伙。

餐厅和圣殿相连，餐桌旁设了八个座位。格雷戈尔希望达尔西特也能和他们坐在一起就餐，但她刚把小靴子放在一把高脚椅上，就往后退了几步，站至一旁。格雷戈尔觉得这样吃饭很不舒服，但他感觉如果开口说些什么，可能会给达尔西特惹来麻烦。

见维库斯和索罗维特都没入座，格雷戈尔也站在一旁等待。不一会儿，卢克萨就一阵风似的走了进来，她穿着一条比在运动场时还要漂亮的裙子，头发松松地垂到腰际，像一条闪着银光的瀑布。她身边还有一个少年，年龄在十六岁左右，卢克萨似乎说了什么好笑的话，他正哈哈大笑。是那个特别傲慢、躺在蝙蝠身上飞的家伙！就是他从格雷戈尔的头顶上掠了过去。“又来装腔作势了。”格雷戈尔想。但少年友善地冲他一笑，又让格雷戈尔觉得自己不该过早地下结论。虽然卢克萨很讨厌，但其他的地底人都还不错。

“我的堂兄,亨利。”卢克萨简短地说。格雷戈尔听了只想笑,这里的人的名字都怪怪的,现在又来了一个叫亨利的。

亨利向格雷戈尔浅浅地鞠了个躬，咧嘴笑道:“欢迎你,地上人。”他忽然抓住格雷戈尔的胳膊,用一种急切的声音低声说道,“小心鱼,卢克萨要毒死你！”

维库斯和索罗维特都大笑起来,连达尔西特的脸上都浮现出笑容。是个玩笑。原来这些人还挺有幽默感的。

“小心你的鱼,亨利！”卢克萨反击道,“我下令要毒死一些无赖,别忘了,你也要一起用餐的。”

亨利冲格雷戈尔眨了眨眼睛。“你还是和蝙蝠换盘子吃吧。”他低声说道。就在这时,两只蝙蝠从圣殿猛地扑了进来。“啊,蝙蝠！”

格雷戈尔认出其中一只是卢克萨先前骑坐的金蝙蝠。另一只大灰蝙蝠拍着翅膀,坐在维库斯旁边的椅子上,大家都入席了。

“地上人格雷戈尔,来见见欧若拉和欧里庇得斯。他们和我、卢克萨结成拍档。”维库斯向坐在他右边的灰色蝙蝠伸出了手,欧里庇得斯用翅膀扫了下他的手。卢克萨和她的金色蝙蝠欧若拉也“握”了下手。

格雷戈尔本来觉得蝙蝠的地位应该和马一样，但现在他明白了,在这里他们和人类是平等的,那他们会说话吗?

“欢迎你,地上人。”欧里庇得斯用轻柔的声音咕噜咕噜地说道。

没错,他们的确会说话。格雷戈尔一边吃鱼,一边想第一顿鱼宴上大家要不要聊天。

“很高兴见到你。”格雷戈尔礼貌地答道,“你们‘结成拍档’,这话是什么意思?”

“在我们来到地下王国后,就和蝙蝠形成了特别的盟友关系。”索罗维特说道,“双方都看到了结为联盟的好处。但除了官方的结盟外,蝙蝠个体和人类也可以各自结为友好,这就是我们说的‘结成拍档’。”

“那如果你和一只蝙蝠‘结成拍档’后,会做些什么?”格雷戈尔问道,“我指的是,除了一起打球之外。”

餐桌上一下子沉默了,大家互相交换着眼神。格雷戈尔心想,自己又说错话了。

“我们让彼此活命。”卢克萨冷冷地说道。

格雷戈尔那句话好像在嘲笑一件很严肃的事一样。“哦,我不了解。”格雷戈尔说道。

“你当然不了解了。”索罗维特看了卢克萨一眼,“在你们的世界,人类和蝙蝠不是对等的关系。”

“那你们也会和爬虫‘结成拍档’吗？”格雷戈尔又问道。

亨利喷着鼻子大笑起来，“我宁愿和石头结成拍档，至少我们打仗时，它不会逃跑！”

卢克萨也轻轻地笑了，“说不定你还能把它砸出去，要是你扔一只爬虫的话……”

“那我不得不碰它了！”亨利皱着鼻子说道。他们俩一起大笑起来。

“爬虫的战斗力并不好。”维库斯和索罗维特都没笑，他扭头看着卢克萨和亨利，似乎在向格雷戈尔作解释，“但他们却生存了下来。也许等哪一天你们理解他们为什么有顽强的生命力时，就会对他们多些尊重了。”

亨利和卢克萨努力做出一副认真的样子，但眼睛里却含着笑意。

“对这些爬虫无论尊敬不尊敬，都没什么关系。”亨利轻松地说。

“对你也许无足轻重，但对卢克萨来说至关重要。五年后，等她到了执政的年龄，”维库斯停顿了一下又继续说道，“如果对爬虫开个愚蠢的玩笑，是要付出极大代价的，关乎到我们的生死存亡。爬虫们无需成为战士，也能影响着地下王国的权力平衡。”

这一番话让卢克萨真正地严肃起来，但谈话也就此结束。

尴尬的暂停带来了更为尴尬的沉默。格雷戈尔觉得自己明白了维库斯话里的含义。与其多个敌人，不如和爬虫做朋友，人类也不应该总是冒犯它们。

饭菜来了，格雷戈尔松了一口气。一名仆人在他周围摆放了半圈小碗，至少有三个碗里盛着不同种类的蘑菇，一个碗里放着像米一样的谷粒，最小的那个碗里是少许新鲜的青菜。从分量来看，这种绿叶菜应该是对客人最好的款待了。

一大盘烤鱼被端过来，放在格雷戈尔面前。这鱼除了没有眼睛，和他以前见过的鱼没多大区别。他和爸爸曾一起看过一个电视节目，讲的就是这种生活在地底洞穴里的没眼睛的鱼。奇怪的是，当科学家把这种鱼带回实验室后，鱼居然能感觉到光线，还长出了棕色的眼睛——当然了，不是立刻就长出来的，而是在繁殖了几代之后。

爸爸看了节目后非常激动，立刻就带格雷戈尔去美国国家历史博物馆看无眼鱼，他们一直待到博物馆闭馆。爸爸对科学近乎疯狂地着迷，他似乎想把自己脑子里的一切都灌输给格雷戈尔。和爸爸在一起有点麻烦，有时一个小小的问题，也会招来他长达半小时的解释。奶奶总是这样说："问你爸爸几点了，他会给你讲钟是怎么做出来的。"但爸爸总是乐于解释，格雷戈尔也觉得和爸爸在一起是种幸福。此外，格雷戈尔也很喜欢博物馆里的雨林展区，还有那个设计成恐龙形状的咖啡厅，里面还提供薯条。但父子俩始终没弄明白，鱼是怎么知道要长出眼睛的。虽然爸爸有些理论也说得通，但却无法解释鱼为什么会变化得这么快。

格雷戈尔想知道这里的人用了多久，才会变成这种样子——紫眼睛，身体苍白得近乎透明。他转向维库斯："你可以告诉我你们是怎么到地下王国来的吗？"

饭菜很可口，格雷戈尔一边努力控制自己不要狼吞虎咽，一边听维库斯将王之城的历史娓娓道来。

故事发生之初，一切还不是太明朗，只知道是一伙十七世纪的英国人。"是的，他们在一名石匠的引领下来到这里，他是三明治家族的巴赛洛缪。"维库斯说道。听到三明治三个字，格雷戈尔忍俊不禁，却又不得不绷紧脸，拼命压抑着笑意。"他能够预见未来，他在梦中看到了地下王国，就立刻出发去寻找。"

这个姓三明治的家伙和一帮追随者一路远航到了纽约，他在当地的部落中名声大涨。对美洲土著人来说，地下王国并不是什么秘密，几百年来，他们经常去地底下举行各种仪式。他们对于居住在此毫无兴趣，对三明治的疯狂想法也完全不以为然。

"当然，他头脑非常清醒。"维库斯说，"他知道，迟早有一天地面上的生命会灭绝，人类只好到地下求生。"

格雷戈尔想告诉他地面上现在住着几十亿人，但又想这么说可能不礼貌，便打消了这个念头。“那么大家打包好东西，就直接搬下来住了吗？”他问道。

“老天啊，不！过了五十多年，才有八百个人搬了下来，通往光明世界的大门也被封死了。我们必须确保我们有东西吃，有地方住。罗马不是一天建成的。”维库斯笑道，“这话是地上人弗雷德·克拉克说的。”

“那三明治后来怎么样了？”格雷戈尔用叉子叉起一块蘑菇。餐桌上显得非常安静。

“他死了。”索罗维特轻轻地说，“没了你们的太阳，他死了。”

格雷戈尔将蘑菇放进自己的盘子里。他看了小靴子一眼：她从头到脚都粘着某种炖得烂糊糊的婴儿食物，现在正哈欠连天地用手指蘸着肉汁，在石质桌面上乱涂乱画。

“我们的太阳？”格雷戈尔想。我们那儿的太阳下山了吗？现在是该睡觉的时间了吗？警察有没有来？或者他们还在盘问妈妈？格雷戈尔知道，如果他和小靴子不见了，妈妈此时会在哪里。她会坐在厨房的桌子旁边，独自一人在黑暗中默默垂泪。

突然，他再也无法忍受听到任何一个和地上世界有关的词。他必须离开这里。

7

黑暗按压在了格雷戈尔的眼睛上，他逐渐感到这黑暗居然是有重量的，就像水一样。他以前从未在完全黑暗的环境下待过。在家的时候，街灯、汽车前灯、时而经过的消防车的闪灯透过卧室小小的窗户，照在他的床上。而在这儿，他一把油灯吹灭，所有的光也跟着一起消失，他仿佛一下子变成了盲人。

他想把灯点亮。马雷斯告诉他，外面走廊里的火炬整晚都在燃烧，他可以去那边取火。但格雷戈尔想节约点灯油，要不没了灯油，一走出王之城，便什么都看不见了。

格雷戈尔用手臂围抱着小靴子，她的后背紧紧贴住他，发出响亮的呼吸声。本来，仆人为他们准备了两张床，但小靴子从自己的床上爬下来，睡在格雷戈尔身边。

让地底人放他们去睡觉并不难。大家都看到小靴子眼睛都快睁不开了，而格雷戈尔看起来也很疲惫。但他并不累，而此刻他最不愿意做的事情就是睡觉，肾上腺素在他体内喷涌，他甚至担心人们会听见他的心跳声，他们的卧室和大厅只隔着一道帘子。

上床睡觉前，地底人又请他们去洗澡。对小靴子来说，这很有必要，她身上不仅满是菜泥，卷卷的头发上还粘着布丁。格雷戈尔也没反对——安静的浴室正好给他提供了一个思考逃跑计划的场所。

他也可以借此机会问一下达尔西特宫殿内水系统的问题，还不会引起他人的疑心。“你们是怎么做到既有热水又有冷水的？”他问。

达尔西特告诉他，水是从多个温泉和冷水泉里抽上来的。

“之后再流回泉水里？”他天真地问道。

“哦，不是的，那样的话水就不干净了。”达尔西特答道，“脏水被排放到宫殿下面的河里，流到水路里去。”

他需要的正是这样的信息。宫殿下面的河流就是他的逃跑出口了，更妙的是，这条河还通往水路。他不知道水路到底是什么，但维库斯提过，那里有两个通往地上的出口。

小靴子在睡梦中翻来覆去，格雷戈尔拍拍她的后背，安抚着她。直到睡觉前，她还没开始想家呢。就在他告诉她该睡觉时,小靴子好像着急了。

“妈妈呢?”她问,“莉——兹?”

莉兹不是早上刚坐汽车去野营了吗?现在感觉好像过了一千年之久。

“家呢?妈妈呢?”小靴子问道。尽管她很累,格雷戈尔还是花了不少时间才哄她沉沉睡去。现在从她不安分的样子看,她一定在做相当生动的梦。

“梦里可能全是大蟑螂和蝙蝠。”格雷戈尔想。

时间过去了多久,他一无所知。不过,帘子已经没有了响动,现在正是逃跑的良机。

格雷戈尔轻轻从小靴子身边挪开,站了起来。他在黑暗中笨拙地摸索着,摸到了达尔西特给他的婴儿背包。他想把小靴子放进背包里,却发现这活其实挺有难度。最后,他费了九牛二虎之力才把她放进去。

小靴子在梦中呓语道:“妈妈。”接着脑袋一耷拉,趴在了格雷戈尔的肩膀上。

“我在努力让你再见到妈妈呢,宝贝。”他摸到桌上的灯,轻声说道。他正需要这个。小靴子,背包,灯——都齐了。他会用手找到其他需要的东西。

格雷戈尔一路摸索着来到帘子边,他撩起一角往外张望。大厅里灯火通明,外面的走道空无一人。他的房间门口也没有设守卫。也许是地底人用心良苦，想让他觉得自己是贵宾吧，或者，他们知道他根本无处可去。

“沿着河边往下走。”他的想法无比坚定，“不管河通向哪里！”

他赤着脚，蹑手蹑脚地在大厅里走着，尽可能地把动作放轻。谢天谢地，小靴子睡得正沉，要是她在他们溜出宫殿前醒过来，这个计划就彻底失败了。

他们的卧室离浴室很近，这为格雷戈尔的行动提供了方便，他循着水声来到了浴室。他的计划很简单：河流就位于宫殿下方，如果他能循着水声走到底层去，就能找到排水口，顺利到达目的地。

计划尽管简单，执行起来可就没那么容易了。格雷戈尔花了几个小时在地下宫殿穿梭。不是所有的浴室都建在楼梯旁，有时为了追踪水声，他还不得不走回头路。有两次他差点碰上地底人，不得不溜进房间里躲起来。这里人虽不多，但在晚上会有护卫巡逻。

水声越来越大，他终于找到了通往宫殿最底层的路。他循着咆哮的水声走去，穿过一个门洞，地下河轰鸣着跃入他的眼帘。

在那一瞬间，格雷戈尔差点放弃逃跑计划。达尔西特说“河”的时候，出现在他脑海里的是流经纽约市的那种平缓大河。但地下王国的河看起来却像冒险动作电影里的河，不是非常的宽，但流速极快，水流翻卷着，翻腾出大量的白色泡沫，大鹅卵石像空易拉罐一样被轻易卷走。他无法估测水有多深，难怪地底人没在码头安排任何护卫，这条河可谓天然屏障，远比任何军队都要牢靠。

“但你一定能过去的——他们有船。”格雷戈尔想。他注意到，码头旁边有一排小船，船上似乎蒙着一张被拉伸开的皮毛，这让他想起了野营时坐过的独木舟。

野营！为什么他就不能像个正常孩子一样去参加野营呢？

格雷戈尔尽量不去想被河水轻易卷走的石头，用码头上的火把点燃了手里的油灯，转而又一斟酌，干脆把火炬也拿了下来。不管要去哪儿，对他来说，火光就和空气一样重要。为了节约燃油，他把油灯吹灭了。

他小心地爬上一艘船，仔细检查了一下。船上有一个台子，正好是为了放火把用的，他把火把插了进去。

“应该怎么把船弄下水呢？”他琢磨着。船只被两根绳索吊起，连着一个金属滑轮，滑轮被固定在码头上。“唉，不管了。”格雷戈尔嘀咕着，猛地一拉滑轮。滑轮吱吱呀呀地响起来，船径直掉进了水里，格雷戈尔一屁股坐在了小船上。

此时，小船像一片枯树叶，被水流肆无忌惮地往前推，不知漂向何方。格雷戈尔抓紧船舷，稳住自己，随船一起驶进了无尽的黑夜中。他突然听到人喊叫的声音,回头一看,发现两个地底人站在码头那儿,正朝他大喊大叫。小船顺着河道转了个弯儿,他们消失在他的视野里。

他们是来抓他的吗?当然了,肯定是的。不过现在他已经出发了,离水路还有多远?水路到底是什么?等他到了那儿,又该往哪走?

格雷戈尔忙于逃命,根本没时间考虑这些问题。除了大卵石外,他还得小心闪躲突兀在水面的暗礁。他在船底发现了一支船桨,便拿起它,操控着独木舟,尽可能避开暗礁。

地下城气候凉爽温润，与纽约城似火炉般的酷暑形成了鲜明的对比,他甚感惬意。但现在河面上冷风阵阵,他浑身都起了鸡皮疙瘩。

“格雷戈尔!”好像有人在喊他的名字。

是他的想象还是——不!又有人在喊!地底人一定离他不远了。

河流突然改变了方向,现在他的视野更清晰了。他身处一个长长的山洞,两旁的水晶反射火把的光亮,正闪着微光。

格雷戈尔看到前面有一个发着光的河滨。河岸旁有一条隧道,直通向黑暗。格雷戈尔冲动之下,用桨在石头上一撑,把独木舟划向河岸。他拼命划着船,往岸边靠拢。总待在水里不会给他带来好处,地底人的喘气声几乎就在他脑后了。也许他

还有时间把船停在岸边，躲进隧道里。等他们走后，他就可以等上几个小时，然后再次下水。

独木舟撞到了岸边，格雷戈尔的脸差点儿与船底作亲密接触，他稳住身子。小靴子被猛甩了一下，立马伴随着哭声醒了过来。格雷戈尔忙安抚她说："没关系的，小靴子，嘘……继续睡觉吧。"同时，他一手拿着火把，另一只手则挣扎着把船拖上岸。

"你好，蝙蝠。"小靴子嘟囔着，头一歪，又趴在格雷戈尔的肩膀上睡了过去。

身后不远处有人在喊他的名字，格雷戈尔连忙加快速度。他刚到隧道口，就一头撞在了一个暖暖的、毛茸茸的东西上。他吓了一跳，跌跌撞撞地后退了几步，火把也摔到地上。那个东西从昏暗的光线里跳了出来。格雷戈尔吓得膝盖发软，慢慢地倒在了沙地上。

一只古怪的大老鼠正看着他，笑容可掬。

8

“啊，你终于来了。”老鼠懒洋洋地说，“我们老早就闻到你身上的气味了。看呐，范格尔，他还把那个小屁孩也带来了。”

一个长长的鼻子从说话的老鼠肩上伸了出来，原来他还有个朋友。

“她看起来还真是个可口的小不点。”范格尔油腔滑调地说，“谢德，如果你把这个小不点让给我的话，我就把小男孩整个给你享用。”

“这提议很诱人，不过他身上的骨头要比肉多，而小女孩一口也就吃完了。”谢德说，“你的提议真是让我为难。站好了，小男孩，让我们来好好看看。”

蟑螂可能很怪，蝙蝠或许也有些吓人，但这些老鼠却是十足的恐怖。他们用后腿站立，约有一米八高，灰色的皮毛下，他们的腿、胳膊——不管你怎么称呼——肌肉虬结。但最可怕的还是他们的牙齿，长约十五厘米，龇在长着胡须的嘴巴外面。

不对，最恐怖的还是他们打算要吃掉格雷戈尔和小靴子！有人觉得老鼠不会吃人，但格雷戈尔显然更了解他们。在他的世界，一只正常大小的老鼠在走投无路的情况下是会攻击人的。老鼠会吃小宝宝、老人、弱者和没有自卫能力的人。有故事说……山谷里无家可归的人……失去两根手指的男孩……太可怕了，一想到这些就让人不寒而栗。

格雷戈尔慢慢站了起来，捡起地上的火把，背着小靴子靠在山洞岩壁上。

范格尔抽动着鼻子，“他晚饭吃了鱼、蘑菇、谷物，还有一点点绿叶菜。他可真是可口的美味啊，谢德，你必须承认这点。”

“但这小屁孩也吃了不少炖肉，喝了很多奶。”谢德回应道，“更别提她还是喝奶长大的！”

格雷戈尔现在总算明白地底人对洗澡那么在意的原因了。这里的老鼠的嗅觉实在太敏感了，居然能闻出他几个小时前吃的那几片青菜！

地底人要求格雷戈尔洗澡并非无礼，而是想让他活命！

格雷戈尔本来还想躲开他们，但现在他开始祈祷地底人能发现自己了。他必须拖住这些老鼠，以给自己赢得些时间。时间——这个词突然让他想起了维库斯的话。维库斯说过，杀死他，蟑螂就没时间了。"时间"，在地底人这里会不会指的就是生命？

他掸了掸衣服，努力也像老鼠一样摆出一副轻松的架势。"我在这儿有什么发言权吗？"他问。

令他吃惊的是，范格尔和谢德都哈哈大笑起来。"他还会说话呢！"谢德说，"多好啊！以前我们遇到的人，不是尖叫就是大哭！地上人，跟我们说说，是什么让你这么勇敢？"

"哦，我可不勇敢。"格雷戈尔说，"我打赌你们能闻得出来。"

老鼠又大笑起来，"没错，你的汗水里有害怕的气息，但你还是做到和我们进行对话了。"

"嗯，我觉得你们应该很想好好了解一下自己的盘中餐吧。"格雷戈尔说道。

"我喜欢他，谢德！"范格尔号叫道。

"我也喜欢他！"谢德尖着嗓子喊道，"人类一般都很无趣，范格尔，也许我们可以把他留下。"

"哦，谢德，你怎么会那么想？到时候我们要解释的事儿可就多了，而且这个会搞笑的家伙让我现在更饿了。"范格尔说。

"我也是。"谢德说，"但你不能否认，吃掉这么有趣的猎物实在太可惜了。"

“是很可惜，谢德。”范格尔说，“但也没有别的办法，不是吗？”

两只老鼠露出尖尖的牙齿，向格雷戈尔逼近。格雷戈尔挥舞着手中的火把，一串耀眼的火花爆射出来。他双手抓着火把，像握剑一样举在胸前，火光照亮了他的脸。

老鼠们停下脚步，起初格雷戈尔还以为他们怕火，但显然不是，老鼠们呆立在原地。

“谢德，快看，他的样子。”范格尔用急切的声音小声说。

“我看到了，范格尔。”谢德的声音更小了，“他只不过是个小男孩，你觉得他是……”

“要是我们杀了他，他就不是了！”范格尔一边咆哮，一边向格雷戈尔的喉咙猛扑过来。

第一只蝙蝠悄无声息地飞了过来，格雷戈尔和占有先机的老鼠都没发现，他向范格尔一头撞过去。

范格尔踉跄着倒向一边，又正好撞到立在一边的谢德，两只老鼠在地上滚作一团。但他们马上又站起身来，应对袭击者。

格雷戈尔看到亨利、马雷斯和珀迪塔正骑在蝙蝠背上，在头顶上空作之字形盘旋。蝙蝠们既要避免在这狭小的空间里撞到同伴，又要躲闪着老鼠尖锐的爪子。范格尔和谢德轻松一跳，就能跳到三米高，但沙滩上发着光的洞穴顶可没那么高。

地底人挥舞着手里的剑，向老鼠发起俯冲。范格尔和谢德疯狂地用爪子和牙齿反击。沙滩上很快便洒满了斑斑血迹。

“跑！”亨利从格雷戈尔身边飞过时，对他大喊道，“快跑，地上人！”

格雷戈尔也很想跑，可他不能。首先，他不知道该往哪儿跑。船还在沙滩上，隧道……嗯，他可不想在隧道里再遇上老鼠，还是待在开阔的地方比较好。

最重要的是，他知道地底人之所以在这儿，都是为了他。他不能就这么逃跑了，让他们自己对付老鼠。

可他能做什么呢？

就在这时，谢德一口咬住了马雷斯蝙蝠的翅膀，他立马被带着飞了起来。蝙蝠拼命挣扎，想挣脱利齿，但谢德紧咬不放，爪子也抓了上去。珀迪塔从后面进攻谢德，剑锋一挥，削掉了他的耳朵。谢德疼得大叫一声，松开了马雷斯的蝙蝠。

就在珀迪塔想往上飞的时候，范格尔跳到她的蝙蝠身上，扯下蝙蝠喉咙上的一团皮毛，同时把她推到地上。珀迪塔落地时，头撞到洞穴石壁上，昏厥了过去。范格尔跳上前，用尖锐的牙齿对准她的脖子。

形势刻不容缓，格雷戈尔根本没时间考虑该做什么，事情就发生了：前一秒他还害怕地紧靠着墙壁，后一秒就径直跳上前去，将火把捅到了范格尔的脸上。老鼠尖叫着跌跌撞撞地往后退，正好落在了亨利的剑上。范格尔软软地瘫倒在地，剑还插在他已无生命迹象的身体上。

范格尔的尖叫声惊醒了小靴子，她趴在格雷戈尔的肩头号啕大哭。她的哭声在山洞里久久回荡，让谢德一阵狂乱，蝙蝠们也有些不知所措。

“马雷斯，你那边飞行情况怎么样？”亨利喊道。

“我们还能坚持！”尽管蝙蝠已然受伤，翅膀上的伤口血如泉涌，马雷斯依旧咬牙挺住。

情况不妙。马雷斯的蝙蝠难以自控，亨利失去了武器，珀迪塔倒在地上不省人事，她的蝙蝠正趴在地上大口呼吸。小靴子还在尖叫。疼痛和恐惧让谢德愈发狂躁，他虽然流了很多血，但速度和力量依然未减。

马雷斯绝望地想把老鼠从珀迪塔身边赶走，但他无能为力。亨利飞来试图干扰老鼠，但手中没了剑，他也不敢靠得太近。格雷戈尔举着火把，慢慢向珀迪塔靠近。面对发了疯的谢德，他的做法无异于飞蛾扑火，但他必须做点什么。

谢德突然猛地跳上前来，抓住马雷斯蝙蝠的脚，用力砸到墙上，坐在上面的马雷斯也未能幸免。老鼠转身面对格雷戈尔。

“现在，轮到你们了！”他嘶吼道。小靴子吓得高声尖叫，谢德一跃而起，猛扑向他们。格雷戈尔作好迎战准备，但只听一声惨叫，老鼠倒在血泊中，一把剑刺穿了他的喉咙，老鼠舞动着爪子，在地上挣扎着。

格雷戈尔瞥见卢克萨的蝙蝠欧若拉正竖直地往上飞。他不知道她什么时候来的。卢克萨刚才刺穿谢德喉咙的时候一定是倒过来飞的。卢克萨的身体平贴在蝙蝠背上，但在欧若拉往上飞时，她仍不时地碰触到洞顶的石块。

谢德突然往上一跳，撞到了洞顶，但他已经没有战斗力了。他那双看着格雷戈尔的眼睛都快燃烧起来了。“地上人，”他用嘶哑的声音说道，“我们会一直追着你们，直到剩下最后一只老鼠。”话刚说完，他便一命呜呼了。

格雷戈尔喘着粗气立在原地，亨利降落在他旁边。他一把把格雷戈尔推到河岸上，抱起珀迪塔飞走了，嘴里大喊着：“把这里全部烧掉！”

马雷斯前额上有一道长长的伤口，鲜血从伤口中涌出，他把插在谢德和范格尔身上的剑用力拔了出来，把两具老鼠尸体拖到岸边，尸体立即被河水吞没。马雷斯的蝙蝠颤抖着，重新挥舞着翅膀，他一下子跳到蝙蝠背上。马雷斯抓着装小靴子的背包，把格雷戈尔提了起来，放在他前面。

格雷戈尔看到欧若拉抓着珀迪塔的蝙蝠的那只受伤的翅膀，一起飞到了空中。卢克萨不知什么时候取回了船上的那盏油灯，她把油灯摔在了地上。

“扔火把！”马雷斯喊道。格雷戈尔松开紧握的手将火把扔了下去。

一行人箭一般地飞离山洞，顷刻间，河岸边化为一片火海，熊熊烈火映红了河面。

9

格雷戈尔牢牢地抓着蝙蝠，默默注视着身下汹涌的河水。在那一瞬间,他为从老鼠手里逃脱感到轻松。但坐在一只受伤的蝙蝠身上在空中疾飞,又让他心生恐惧。

小靴子的胳膊紧紧地绕在他的脖子上，他几乎无法呼吸，更别说讲话了。况且他又该对马雷斯说什么呢？说“哇,我真对河岸上的那一幕感到抱歉”这样的话吗？

格雷戈尔对老鼠一无所知。但地底人不是提前警告过他吗？是的,他们的确说过外面很危险,但没有人提到老鼠,除了蟑螂。“老鼠真坏。”一只蟑螂曾经说过。他们和卢克萨讨价还价,说老鼠会付给他们多少。格雷戈尔和小靴子当时差点儿就被卖给老鼠了。

看着下面奔腾的河水，格雷戈尔不由觉得一阵恶心，他闭上眼睛。河岸上那血肉横飞的一幕又回到脑海里，他决定还是睁开眼睛为妙。火光逐渐黯淡下去，周围又变成了漆黑一团。当他看到水面上摇曳不定的火光时，知道他们已离王之城不远了。

一群地底人正立于码头上。他们一落地，地底人便冲上前来，将毫无意识的珀迪塔和流血不止的蝙蝠抬走了。他们也想让马雷斯躺在担架上，但他摆摆手，坚持先救蝙蝠。

格雷戈尔坐在码头边，马雷斯在着陆时把他从蝙蝠身上推了下来，此刻他真希望自己能消失得无影无踪。小靴子安静了不少，但格雷戈尔感觉到了她因紧张而绷紧的肌肉。十五分钟过去了，也许是二十分钟——他不知道时间。

“起来！”有人冲他咆哮道。格雷戈尔看到马雷斯正目光炯炯地盯着他。他前额上的伤口已经包扎好了，右边脸肿了起来，有好大一块淤青。“用脚站起来，地上人！”马雷斯继续吼道。这真的是自己几小时前认识的那个害羞鬼吗？格雷戈尔心里好生疑惑。

他慢腾腾地伸了伸僵硬的腿，站了起来。马雷斯将他的双手紧紧地反绑在背后，毫无疑问，这次他真成了阶下囚。又一个护卫走了过来，他们把格雷戈尔推到前面，押送着他。他的腿麻木地挪动着，现在他们准备怎么处置他？

他们要带他去哪里，他毫不关心。他只是机械地走着。他模糊地记得，他们爬了好长一段台阶，进入了一个方形大房间。房间中央摆着一张桌子。马雷斯推着他，让他坐在一张靠在火炉旁的凳子上。两名护卫往后退了几步，像老鹰瞪小鸡一样瞪着他。

"我真是个危险分子吗？"他疑惑地想。

小靴子在他背上扭来扭去，还拉了拉他的耳朵。"回家吧！"她恳求道，"回家好吗，格格？"格雷戈尔不知道该如何回答她。

人们从门口急匆匆地经过，激烈地交谈着。时不时有人盯着他看几眼，但没人进来。

坐在温暖的火炉边，格雷戈尔这才意识到自己冷得厉害。他站在齐腰深的河水里，冷风吹得他直抖，亲眼目睹的惨剧更令他毛骨悚然。而他，居然是酿成惨剧的罪魁祸首。

现在，小靴子正趴在他背上，情况要好些，装她的背包似乎是防水的，不过，当她的脚碰到自己手臂时，他还是感觉到她的脚趾冷得就像冰块。

一阵疲倦感袭遍全身，他真想马上躺下来睡觉，希望再次醒来时是在自己的床上，看着墙上忽明忽暗的车灯。但此刻，他只能放弃这个白日梦。

地底人都怎么样了？珀迪塔呢？她受伤的蝙蝠怎么样了？还有马雷斯。要是他们死了，那都是他的错，倘若他们怪罪于他，他绝不申辩。

正在这时，卢克萨出现了。她气得脸色发白，径直走到房间里，狠狠地打了格雷戈尔一个耳光。他的头一下偏到一边，小靴子立马声嘶力竭地喊了起来。

“不许打！”她尖叫道，“不，不许，不许打！”她冲着卢克萨竖起了中指。在格雷戈尔家，打人是绝对不允许的，小靴子只花了很短时间就明白了这个道理。

很显然，地底人也不允许打人。维库斯严厉的声音从门口传了进来，“卢克萨！”

卢克萨好像很想再给他来一下，但听到维库斯的呵斥，她气冲冲地走到壁炉旁，怒视着熊熊燃烧的炉火。

“你应该为此感到羞耻，卢克萨。”维库斯走到她身边。

卢克萨看着维库斯，心中的怨恨倾泻而出。“两个飞行高手倒下了，珀迪塔昏迷不醒，都是因为这个地上人想逃跑！不能打他？我说，我们应该把他扔到死亡之地去，让他在那里自生自灭！”卢克萨大声吼道。

“也许可以这么做，卢克萨，但这种做法不光彩。”维库斯说。格雷戈尔看得出来，这个消息让维库斯很难过。“两只老鼠都死了吗？”他问道。

“死了，扔进河里了。”卢克萨说，“我们放火烧掉了那个地方。”

“说到‘我们’，我们得好好商榷一下。”维库斯一脸严肃，“议会的人都很不高兴。”

“我才顾不上他们开不开心。”卢克萨嘟囔道，她低着头，躲避着维库斯的目光。

“也就是说，她不应该出现在那儿了。”格雷戈尔想，“她有麻烦了。”他希望自己能开心起来，但却满腹惆怅与内疚，身心疲惫，根本乐不起来。况且卢克萨还从谢德手上把他救了下来，他欠她的。所以，即便刚才那个巴掌让他的脸火辣辣地痛，他也毫无怨言。

“不许打人。”小靴子又嚷嚷起来，维库斯转身看着他们。

格雷戈尔和卢克萨一样，不敢直视他的眼睛。“地上人做了什么，卢克萨？他是参战还是逃跑了？”维库斯问道。

“亨利说他也加入了战斗。”卢克萨不情愿地承认道，“但他什么格斗技巧都不会，也不知道怎么使用武器。”

格雷戈尔很想插一句嘴，“嘿，我手头只有一个火把啊！”可干吗多此一举？

“那他一定很有勇气。”维库斯说。

“有勇无谋，迟早会送命。你每天都跟我说这话。”卢克萨说。

“那我跟你说的时候，你听进去了吗？”维库斯扬起眉毛，“你没听进去，他也没听进去。你们的耳朵都和聋子一样，只是摆设，所以才总长不大。”他转过头对护卫说，“松开他的手，你们可以出去了。”

格雷戈尔感觉到锐利的刀锋划过绳索。他揉着手腕，让血液循环顺畅起来。被打的那一面脸颊还火烧火燎的，但他不会去抚摸，他绝不能让她得意。

小靴子从他肩膀后伸出手来，摸了摸格雷戈尔手上的勒痕。“痛。”她用带哭腔的声音说，“好痛。”

“我没事，小靴子。”他说。但小靴子只是一个劲儿地摇头。

“一起到这儿来。”维库斯坐在桌前说。格雷戈尔和卢克萨一动不动。“坐过来，我们有事要商量。”维库斯一手拍在石桌上，提高声音说。他俩坐了过来，彼此之间离得远远的。

格雷戈尔把小靴子从背包里抱了出来，把她放在膝盖上。小靴子紧紧抱着他的胳膊，一双大眼睛紧盯着维库斯和卢克萨。

“我想经过了今晚这么多事，小靴子不会再把所有人都看做朋友了。”格雷戈尔暗想。她迟早都会明白这点，但这个想法还是让他悲哀。

维库斯开始说话了：“地上人格雷戈尔，你需要明白的东西还有很多。虽然你不说话，但你的表情出卖了你。你很担心，也很生气。你认为我们违背了你的意愿，强行让你留下，因此你要逃跑。但为了救你我们付出了代价，你又感到内疚。我们没告诉你老鼠的事，卢克萨因为我们的损失而怪罪于你。我们已经给了你充足的时间来考虑，而你似乎仅仅把我们当做敌人。”

格雷戈尔一言不发。他觉得维库斯总结得很正确，但他遗漏掉了卢克萨打他的事实。

维库斯好像读懂了他的想法，“卢克萨不该打你，但为了救你，她爱的人也差点丧命，这对她触动很大。她的父母就是被老鼠杀死的。”

卢克萨喘着气抗议道：“这和他有什么关系！”

她一脸痛苦，格雷戈尔也很想和她一起抗议——不管她对自己做了什么，也和维库斯没关系啊。

“但我觉得有关系，卢克萨，我也有理由相信，格雷戈尔自己也没有父亲。”维库斯继续说道。

“你怎么会知道？”现在轮到格雷戈尔吃惊了。

“我也不是很确定，这只是一个猜测。告诉我，地上人格雷戈尔，你认得这个吗？”维库斯将手伸进外衣口袋，掏出一个东西。

是一个挂着好几把钥匙的金属圈，上面还系着一个手工编织的红黑蓝三色皮环。看着它，格雷戈尔的心脏几乎停止了跳动。这是他在夏令营的工艺课上做的，今年换成莉兹去参加了。在课上，每个人可以做一个手环，一个书签，或是一个钥匙链，格雷戈尔选择了制作钥匙链。

他的父亲无论去哪里，都会随身带着这个钥匙链。

第二部分
探险

10

格雷戈尔的心脏剧烈地跳动着，仿佛要从胸腔里蹦出来一般。他的手不由自主地伸了出去，抓住钥匙链。“它是怎么到你手里的？”

“我跟你说过，这里还有其他地上人掉下来过。几年前，我们救了一个和你五官长得很像的人。我记不得确切时间了。”维库斯将钥匙链放进他的手心。

“两年七个月零十三天。”格雷戈尔想。“这是我爸爸的。”他大声说。

他抚摸着这个皮质编环和金属圈，随即将其扣在腰带上，幸福感顿时席卷过全身，记忆亦如潮水般涌进他的脑海里。爸爸每次回家要开门前，都会在这串钥匙里翻检一下，找到正确的那把；爸爸经常拿着钥匙，在还坐在婴儿车里的莉兹面前晃来晃去，把钥匙弄得叮当作响；有一次他们去中央公园野餐，爸爸用一把钥匙撬开一个土豆沙拉罐头。

“你的爸爸？”卢克萨的眼睛一下子睁大了，脸部掠过一种奇怪的表情，“维库斯，你觉得他是——”

“卢克萨，我也不知道，但各种征兆都很明显。”维库斯说，“从他来到这里后，我一直有一种强烈的感觉。”

卢克萨看着格雷戈尔，紫色的眼睛里盛满了疑问。

怎么了？她这会儿出了什么问题了？

“你爸爸和你一样，迫切地想回家。我们费了很大一番力气，才说服他在这里待几周。但他思家心切，有天晚上，他和你一样逃走了。”维库斯说，“在我们赶去之前，老鼠先把他抓走了。”

维库斯的话让格雷戈尔一下从幸福的云端跌至冰冷的谷底。是啊，现在的王之城已经没有其他还活着的地上人了，维库斯在体育馆时就已经告诉他了。他爸爸也想回家，遇到了和格雷戈尔同样的命运，但地底人没能及时赶去救他。他咽了口口水，嗓子干涩。“那他已经死了吧。”

“我们也是这么认为的，但又有谣言称，老鼠们还让他活着。”维库斯说，“我们的间谍定期会把消息回传过来。”

“他还活着？”希望之火重燃，格雷戈尔的声音都颤抖起来，

“可为什么？他们为什么没下毒手？”

“具体原因我们还不确定，但我猜有几个原因。你父亲懂科学，是吗？”维库斯问道。

“是啊，他是教科学课的。”格雷戈尔说。他不明白维库斯在说什么，难道老鼠还想让爸爸去教他们科学不成？

“从我们的交谈中可以看出，他很了解大自然。”维库斯说，“他懂闪电、火的形成原因，也知道那种会爆炸的粉末的制造原理。”

格雷戈尔逐渐明白了他的大意。“听着，如果你觉得我爸爸在给老鼠制造炸弹、枪什么的，你最好忘掉这个想法，他永远都不会那么做。”

“进了老鼠洞，我们中的人会做出什么来都很难说。”维库斯温和地说，“到了那里，要想保持精神正常都很困难，更不用说捍卫尊严和荣誉了。我不是在评判你的父亲，这只是我对于他还活着的原因的猜测。”

“老鼠只会近身打斗，如果我们从远处攻击，他们没有别的办法，只能逃跑。因此，他们也想寻求一种远距离作战的办法。”卢克萨说。她好像没有谴责格雷戈尔父亲的意思，也不再生他的气了。格雷戈尔希望她不要再对自己怒目相向了。

“我的妻子索罗维特的想法和我完全不同。”维库斯脸上的表情放松了些，“她觉得，老鼠们正逼着你父亲为他们造大拇指！”

“大拇指？”格雷戈尔惊奇地问道。听到这，小靴子竖起了她的大拇指。“没错，妹妹，我知道大拇指是什么。”他微笑着低头看着她。

“老鼠没有大拇指，也就没法像我们一样做很多事。他们无法制造工具和武器。他们是破坏大师，却没有创造力。”维库斯解释道。

“开心一点，地上人。如果他们觉得你父亲还有用处，就不会伤害他。”卢克萨说。

“你也见过我爸爸吗？”格雷戈尔问。

“没有。”她答道，“那时我还小，还没资格参加这种会面。”

“卢克萨那时只知道关心她的娃娃。”维库斯说。格雷戈尔想象着卢克萨玩娃娃的样子，却想不出来。

“我父母和他见过面，还进行了交谈。”卢克萨说。

她的父母？这么说，那时候她的父母尚在。格雷戈尔想知道他们为何死于老鼠之手，却不便贸然追问。

“卢克萨说得没错。现在，老鼠是我们的劲敌。如果在王之城外面碰上一只老鼠，你就只有两种选择：要么同他们战斗，要么等着被杀死。只有心存必胜的希望，才有一丝逃离他们魔爪的生存机会。地上人尤其应该这样。”维库斯说。

“我不明白他们为什么这么恨我们。”格雷戈尔说。他想起了谢德那喷着怒火的仇恨眼神，和他最后对他说的话："地上人，我们会一直追着你们，哪怕只剩下最后一只老鼠。"也许他们知道，在地上，人类是如何对待他们同类的吧。人们设下陷阱、布下毒药，将地上世界的所有老鼠赶尽杀绝——除了那些在实验室里被当做实验对象的小白鼠。

维库斯和卢克萨交换了一个眼神。"我们一定要告诉他，卢克萨，他必须知道他将面对什么。"维库斯说。

"你真的觉得他就是我们要找的？"她问。

"谁？你们在说谁？"格雷戈尔对他们之间的谈话有种不好的预感。

维库斯从桌边站了起来，"跟我来。"他边说边向门外走去。

格雷戈尔站了起来，伸了伸僵硬的胳膊，继续抱着小靴子。他和卢克萨同时走到了门口。"你先请。"他说。

卢克萨瞥了他一眼，跟在维库斯后面走了出去。

大厅里列队站着许多地底人，默默地看着他们经过，低声议论起来。他们没走多远，维库斯在一扇精致的木头门前停下脚步。格雷戈尔意识到，这是他在地下王国看见的第一扇木门。维库斯不是提过什么东西"像树木一样珍贵"吗？树木的生长需要充足的阳光，这里怎么会长出树来？

维库斯拿出一把钥匙，把门打开。他从大厅的墙上取下一支火把，走了进去。

格雷戈尔跟着走了进去，这是间空空的石室，墙上、地板上，甚至天花板上刻满了密密麻麻的文字，要凿出这么多文字，一定花了很长时间。

“A——B——C。”小靴子念道。她每回看到字母，都会这么读，“A——B——C——D。”她又多加了一个字母，以示强调。

“这里记录了巴赛落缪·三明治的预言。”维库斯说，“他把自己关在这间屋子里，把后半生的时间全部用在刻录文字上了。”

“绝对如此。”格雷戈尔想。老三明治先生先是把一帮人拉到地底下来，然后把自己锁进一间房间里，用毕生的精力在墙上凿刻文字。这种疯狂的事他肯定做得出来。

“那你说的预言是什么意思？”格雷戈尔问道，虽然他知道预言这个词的字面意思。预言就是对未来将发生的事情的预报或者断言，很多宗教里都提到了这个概念。格雷戈尔的奶奶特别喜欢一本占卜书，每回听她讲未来的事情，都凄惨沮丧。

“三明治是个预言家。”维库斯说，“他预言了很多事，后来都发生在了我们人类身上。”

“还有很多没发生吗？”格雷戈尔假装很天真地问道。他还没搞明白预言指的是什么，但对三明治幻想出来的东西抱怀疑态度。况且，就算有人告诉你未来会发生什么事，现在的你又能怎么办?

“有的我们还没弄清楚。”维库斯承认道。

“他预言了我父母的最终归宿。”卢克萨抚摸着墙悲伤地说,“那些话可没什么神秘的。”

维库斯将手搭在卢克萨的肩上,看着墙壁。“是的。”他轻柔地表示同意,“那些话的意思清楚得就像清泉一样。”

格雷戈尔再一次觉得糟糕透顶，恐怕这是他今晚第十次后悔了。他暗下决心,从现在开始,不管心里想的是什么,凡提及预言,都一定尊敬有加。

“但有一个预言一直像块大石头一样悬在我们头顶——‘灰色预言’,我们不知道这预言准不准。”维库斯说,“我们只知道,这是三明治写下的最骇人听闻的预言,并让他发狂,扰乱了他预见未来的能力。虽然他多次预见了事情的发生,却看不到预言的结果。”

维库斯指着一盏照亮了墙面的灯,除了火把,这盏灯就是这里唯一的光源。它是一盏长明灯,长年保持不灭。

“你读一下好吗?”维库斯问道。格雷戈尔点点头,走到墙边。预言被写成了一首诗,分成四段,有的字母刻得比较古怪,但他还是能辨认出来。

“A——B——C。”小靴子摸着字母念道。格雷戈尔读了起来。

HUNTERS ARE HUNTED,
GNAWERS WILL
THE HOPE OF THE
AN OVERLAND
RESIDES IN A
OF THE SUN,
US BACK
NEIGHBORS AND
MOST SURELY
US ALL.
TWO OVER,
TWO UNDER
AND ONE

小心了，地底人，时间悬于一线。

捕猎者自己被追捕，白色的水流成了红色。

噬咬者将尽全力，在被消灭之前，保全余孽。

绝境中的希望就寄托于一场探险。

一名地上来的勇士，他是太阳的儿子。

将会把光明重新带给我们，也可能让我们一无所获。

召唤所有的邻人，听从他的召唤。

否则那些鼠辈将把我们全部吞噬。

两名地上人，两名地底人——皆为王室后裔，

两只飞行者，两只爬虫，两名纺纱工——都必须同意加入。

一名噬咬者陪伴在一旁，还有一人不见在先。

当死者已死，八条性命将会留下。

最后将死之人一定要把握好立场。

八条性命就掌握在他的手上。

吩咐他一定要小心，让他小心自己的跳跃之地，

活着的将会死去，死去的生命会再次收割。

格雷戈尔读完这首预言诗，不解其含义。“这说的什么意

思？”他脱口问道。

维库斯摇摇头，“还没人知道它确切的意思。主要说的是我们的未来陷入不确定中，迎接我们的将是一个黑暗的时代。它需要我们去冒险，参与其中的不止是我们人类，还有其他生物，带给我们的要么是救赎，要么就是毁灭。而这场冒险必须由一名地上人来领导。”

“是啊，嗯，我想我明白了，就是那个勇士。”格雷戈尔说。

“你问我老鼠为什么这么仇恨地上人，我告诉你，就是因为他们知道，将有一个地上人会成为预言中的勇士。”维库斯说。

“哦，明白。”格雷戈尔说，“那么他什么时候来？”

维库斯直视着格雷戈尔，“我相信他已经在这儿了。”

11

格雷戈尔那夜睡得很不好，一睡着，就被噩梦惊醒。流淌着鲜血的河流、爸爸被老鼠包围的画面，还有小靴子掉进无底洞里的情景，一整晚都交替出现在他的梦里。

哦，对了，还有那什么勇士的事。

他给自己辩解过。维库斯暗示他，说他就是“灰色预言”中的勇士时，他还笑了出来。但老人真的很认真，不像在开玩笑。

“你们找错人了。”格雷戈尔当时这么说道，“真的，我向你们保证，我不是什么勇士。”

为什么要假装给他们希望呢？日本武士、美国土著战士、非洲勇士、中世纪骑士——格雷戈尔在电影里都看过，他还读过不少书，不过自己和勇士可没一点儿沾边的地方。首先，他们都是成年人，都有属于自己的特别武器。而他今年不过十一岁，两手空空——除非你觉得他这个两岁大的妹妹是件特殊武器。

此外，格雷戈尔对打打杀杀也不感兴趣。在学校时，除非有人先动手，他才会给予还击，不过，次数寥寥无几。他块头不大，但动作灵活，人们一般不会找他的麻烦。有时他看到一帮人欺负一个小个子，还会拔拳相助。他讨厌看到别人恃强凌弱，但从不挑起麻烦，只是身为勇士，不是应该身经百战吗？

格雷戈尔不断向卢克萨和维库斯提出抗议，卢克萨似乎已经被他说服——反正她之前对自己就评价不高——但维库斯的态度却极其坚决。

“你想一下，有几个地上人从上面落进地下王国时活下来了？我猜有十个。又有几个和老鼠打斗后活下来的？我猜也许也是十个。这就是说在一千个地上人中，最后有十个活了下来。但奇怪的是，为什么不仅你的父亲来到了我们中间，最后你和你妹妹也一起来了？”

“这是有些古怪。”格雷戈尔承认道，“但总不能因为这个就认定我是勇士吧？”

“等你更好地理解了预言后你就懂了。”维库斯说，“每个人身负不同的使命，这里印刻着的就是我们的使命，还有你的。格雷戈尔，命运让你担此大任。”

“我不懂什么命运。”格雷戈尔说,“我是说,我的爸爸、小靴子,还有我……我们都是从一间洗衣房里掉下来的,所以才会进入你们的地盘,我想这只不过是个巧合吧。我很想帮忙,但你们若期盼真正勇士的到来,恐怕还得再等一段时间。”

维库斯笑了,他说明天早晨议会还会再商量一下。噢,就是今天早晨,现在。

此刻,尽管格雷戈尔满腹疑云,却不得不承认,有一种美妙的愉悦感正时不时地向他袭来。爸爸还活着!但同时,又有一股莫名的焦虑涌上心头。是啊,虽然活着,可做了老鼠的阶下囚!但奶奶不是说过嘛,“有生命的地方就有希望。”

天啊,如果奶奶知道有条预言谈到了自己,她一定会高兴坏的!当然了,预言里说的可不是他,而是某个勇士,这人会在不久的将来出现,让他和爸爸重获自由。

那么拯救爸爸就是自己现阶段的主要目标了，可到底应该怎么做呢?

厚重的门帘被拉开了,格雷戈尔眯起眼睛,以习惯外面的光亮。马雷斯站在走道里,他的脸已经不肿了,只是淤青还在,恐怕要过一段时间才能消失。

格雷戈尔想他会不会还在生自己的气，但马雷斯的声音却很平静。“地上人格雷戈尔,议会要求你出席。”他说,“要是动作快的话,你可以先洗一下,吃个早饭。”

“好的。”格雷戈尔说。他刚想站起来，突然意识到小靴子还在怀里。为了不惊醒她，他小心地慢慢站了起来，“那小靴子怎么办？”

“她可以继续睡觉。”马雷斯说，“达尔西特会照顾她。”

格雷戈尔迅速地洗了个澡，换上干净衣服。马雷斯领着他走进一个小房间，便退到了门口。饭菜已经准备好摆在桌子上了，格雷戈尔垂涎三尺。“嘿，马雷斯。”格雷戈尔喊道，“大家都怎么样？我是说，珀迪塔和蝙蝠怎么样了？他们还好吗？”

“珀迪塔已经醒了，蝙蝠正在疗伤。”马雷斯的声音还是波澜不惊。

“哦，太好了！”格雷戈尔终于松了一口气。自从知道父亲的境况后，最让他牵挂的就是这些地底生命的安危了。

他狼吞虎咽地吃了起来，面包、黄油、蘑菇蛋饼，统统被他一扫而光。他还喝了一杯热乎乎的茶——像是草本茶——能量迅速在他体内沸腾起来。

“你做好即将面对议会的准备了吗？”马雷斯看着那些空空的盘子问道。

“万事俱备！”格雷戈尔一下子跳了起来。自从他来到地底王国后，从未感觉像现在这么好过。爸爸的消息、地底人的康复、睡眠和食物，都让他如获新生。

会议室位于圣殿旁，十二名上了年纪的地底人围坐在圆桌旁。格雷戈尔看到了维库斯和索罗维特,他们鼓励似的冲他笑了笑。

卢克萨也在,虽然看起来很疲惫,却仍然一副桀骜不驯的样子。格雷戈尔猜想,她一定是因为昨晚参加营救队的事被训斥了。但是他确信,她现在肯定没有一丝悔意。

维库斯介绍了坐在桌旁的每一个人。他们名字的发音都有点可笑,格雷戈尔立马就忘了。议会议员开始问他各种问题,比如他是什么时候出生的,会不会游泳,他在地上的世界都做了什么。格雷戈尔不明白这些问题有什么重要的,难道他最爱的颜色是绿色也攸关生死吗？但就在他回答的时候,有两个地底人一直在不停地记录着,把他说的话都写了下来,好像他的话是什么金科玉律。

过了一会儿,议员们好像忘记了他的存在,自顾自地讨论起来。格雷戈尔只听见零星的短语,如“太阳的儿子”,“白色的水流成了红色”,他知道,他们一定在讨论预言。

“抱歉,”他终于打断了他们,“我想维库斯还没告诉你们,我根本不是什么勇士。现在我真正需要的是你们的帮助,希望你们能帮我把爸爸送回家。”

议员们盯着他看了一会儿,又激动地再次讨论起来。现在他只听见他们一直在说“听从他的召唤”。

终于,维库斯敲敲桌子,让大家保持安静。“议员们,现在我们该做决定了。坐在这里的是地上人格雷戈尔，有谁同意他是'灰色预言'里提到的勇士？"

十二个人中有十个举起了手。卢克萨的手一直放在桌边。要么是她觉得他不是勇士，要么就是她没有投票权——两种可能性都有。

"我们相信你是预言中的勇士。"维库斯宣布道，"如果你需要我们帮助你解救你的父亲，那我们就会响应你的召唤。"

他们会帮自己！这就够了！还需要管什么原因吗？

"好，太好了！"格雷戈尔说，"不管付出什么代价！我的意思是说，坚守你们的信念。这很好。"

"我们必须立即开始我们的征程。"维库斯说。

"我准备好了！"格雷戈尔急切地说，"让我带上小靴子，我们就可以直接出发了。"

"啊，是的，还有那个小宝宝。"索罗维特说。这又引发了一场议论。

"等等！"维库斯喊道，"这太费时间了。格雷戈尔，我们都知道，预言里没提到你的妹妹。"

"什么？"格雷戈尔说。他不怎么记得预言的内容了，他要让维库斯带他回那间石屋，把预言再看一遍。

"预言提到了十二个生物，只有两个是地上人。你和你父亲正好符合这个数字。"索罗维特说。

“预言还提到一个失踪的，也可能指的是你的父亲，如果是这样的话，小靴子就是第二个地上人。但失踪的也有可能是个老鼠。”维库斯说，“这一趟旅程十分凶险，预言警告说，十二个生物中会有四个丢失性命。把小靴子留在这儿才是明智之举。”

圆桌周围又是一阵表示赞同的小声议论。

格雷戈尔的脑子里思绪万千。

把小靴子留下？把她丢在王之城，让她和地底人在一起？他做不到！倒不是他担忧这里的人会虐待她，而是小靴子一定会孤单的，如果他和爸爸回不来又该怎么办？小靴子就永远回不了家了。但格雷戈尔也明白老鼠有多邪恶，他们会一直追着他，哪怕只剩下最后一只老鼠。

格雷戈尔一时不知道该怎么办才好。他看着周围一张张平静的脸，知道地底人已经决定要把他们分开了。

“不要分开！”每次他带妹妹出门，妈妈不是都这么说吗？“不要分开！”

接着他注意到卢克萨正躲避着他的目光。她的手放在石桌上，手指绞来绞去，紧张地看着议会成员。“卢克萨，如果是你的妹妹，你会怎么办？”格雷戈尔问道。房间里一下子安静了。他看得出来，议会不想听卢克萨的意见。

“我没有妹妹，地上人。”卢克萨答道。

格雷戈尔很失望。他又听到几个议员在低声说话，表示同意。卢克萨扫视了一下整个议会，怒气冲冲地说："但如果我有，如果我是你，" 她的情绪有些激动，"我不会让她离开我的视线！"

格雷戈尔说："谢谢你。"但他的声音被议员们的高声反对淹没了，卢克萨根本就听不到。于是，他抬高嗓音，"如果小靴子不去，我也不去！"

房间一下子沸腾了。就在这时，一只蝙蝠从走廊里飞了进来，冲到桌子上。顿时，屋内鸦雀无声。一个幽灵一般的女人从蝙蝠身上倒了下来，手按在胸口上，鲜血从指缝间渗出。蝙蝠的一只翅膀折叠收起，另一只则尴尬地弯折着，显然受了很重的伤。

"安切尔死了，达芙妮也死了。老鼠发现了谢德和范格尔的尸体，戈杰国王已经发动军队，要来进攻我们。"女人喘着气说。

维库斯在她瘫倒前扶住她。"吉达，有多少老鼠？"他问道。

"很多。"吉达艰难地说，"很多老鼠。"说完她就倒了下去。

12

“拉响警报！”维库斯大吼道。只一瞬间，这里就炸开了锅。号角声响了起来，人们急匆匆地跑进跑出，蝙蝠听到召唤呼啸着飞了进来，还没落地，就又消失了。

大家都进入紧急状态，格雷戈尔完全被忽略了。他想问一下维库斯到底发生了什么事，但老人正站在圣殿里下达命令，周围全是蝙蝠扑闪的翅膀。

格雷戈尔走到外面的阳台，发现王之城整个变成了个马蜂窝，人群从四下里涌到街道上。好多老鼠攻了进来，地底人全力防御。突然，格雷戈尔意识到战争开始了。

这个可怕的想法，连同阳台的高度，让格雷戈尔感觉一阵晕眩。他跌跌撞撞地走回屋里，一只强有力的手抓住了他的胳膊。“地上人格雷戈尔，赶紧准备下，我们马上就要离开。”维库斯说。

“去哪儿？我们要去哪儿？”格雷戈尔问。

“去解救你的父亲。”维库斯答道。

“现在？老鼠正在进攻，我们走得掉吗？”格雷戈尔说，“战争开始了，不是吗？”

“这不是一场普通的战争，我们相信这就是‘灰色预言’里记载的战争。一场毁灭全体地底人的战争。”维库斯说，“解救你父亲的冒险征程是我们生存下来的唯一希望。”

“我可以带小靴子去，是吗？”格雷戈尔问。“不，我是说，我一定要带她去。”他又纠正道。

“是的，小靴子可以一起去。”维库斯说。

“那我该做什么呢？该怎么做准备？”格雷戈尔问。

维库斯想了一下，便把马雷斯喊过来。“把他带到博物馆去，让他选择对自己有用的武器，看中什么就拿什么。啊，特洛伊的代表也来了！”维库斯往前走去，消失在另一场翅膀卷起的风暴中。

格雷戈尔跟在马雷斯后面跑了出去。他们爬了三段楼梯，穿过几间大厅后，终于进入了一个大房间，里面摆满了架子。

“放在这里的都是从地上王国掉下来的东西。记住，你选了什么就要一直带在身边。”马雷斯告诉他，顺手把一个皮袋塞进格雷戈尔手里。

架子上放着各种东西，从棒球到汽车轮胎，什么都有。格雷戈尔希望自己能有充足的时间好好挑选一下，有的东西一定有几百年历史了。时间对于此刻的他来说是奢侈品，他必须集中注意力，仔细挑选。

什么东西能助他一臂之力？在地下王国，他最需要的是什么？光！

他找到一个能用的手电筒，并从其他电器上面抠下不少电池。

有个东西吸引了他的注意力——一顶安全帽，和建筑工人戴的那种一模一样。为了让工人能在昏暗的纽约地下隧道里看得清楚，帽子前面还装有一盏头灯。他抓过帽子，扣在头上。

“我们该走了！”马雷斯命令道，“我们要去接你妹妹，然后起飞！”

格雷戈尔转身跟着他往外走，接着看到了一个让他激动的东西——老根啤酒！诚心感谢上帝，这罐啤酒还没开过，罐子身上只有几处凹痕，看起来还很新。他知道这罐啤酒是个奢侈品，此时更应该拿些实用的东西，但他还是把啤酒拿了起来。这是他最喜欢的饮料，让他有家的感觉。格雷戈尔想了想，把这罐老根啤酒放进袋子。

育儿室就在旁边。格雷戈尔跑了进去，看见小靴子正和其他三个地底人的孩子开心地开着茶话会。那一刻，他差点改变心意，想把小靴子留在这儿，她待在宫殿里不是更安全吗？但他又想到要不了多久，这里就会被老鼠围攻。他不能把小靴子扔下，让她独自面对困境。不管发生什么，他们还是待在一起比较好。

达尔西特迅速帮格雷戈尔弄好背袋，把小靴子放了进去。她还在背袋下面系了一包东西。“是兜布。”她说，“加上一点玩具和吃的。”

“多谢了。”格雷戈尔感激地说道。总算有人为这趟冒险做出了较为实际的考虑。

“再见喽，小靴子。”达尔西特亲了亲小宝宝的脸颊。

“再——见，达——西！”小靴子说，“一会儿见！”

在家时，格雷戈尔的家人就是这么道别的——别担心，我很快就会回来，一会儿见。

“好的，那我们一会儿见。”达尔西特眼里噙满了泪水。

“保重，达尔西特。”格雷戈尔伸出手，尴尬地握了握她的手。

“高飞吧，地上人格雷戈尔。”她说。

圣殿里，各路人马已做好了离开的准备。几只蝙蝠停在地上，身上背着补给品。

格雷戈尔看见亨利在拥抱一个瘦弱的女孩，她看起来很痛苦。亨利正在安慰她，女孩却仍难以自控地流着眼泪。

“哥哥，我的梦。”她抽泣道，“变得越来越糟了，前方有许多可怕的东西在等着你。”

“不要让自己这么痛苦，尼莉莎，我还没准备死呢。”亨利安慰着她。

“有些恶魔的力量远超生死。”他的妹妹答道，“高飞吧，亨利，高飞吧。”他们再次拥抱了一下，亨利便跳到他的黑蝙蝠背上。

然后，女孩向格雷戈尔走过来，他紧张不已。他一直都不知道该对一个悲伤流泪的人说些什么。幸好她在走到格雷戈尔身边时已经调整好情绪了。女孩递给他一个小小的纸卷。“给你的，地上人。”她说，“高飞吧。”格雷戈尔还未来得及回话，她就走开了，神情落寞地靠在墙边。

格雷戈尔打开纸卷——这不是纸，而是一张动物皮，只见“灰色预言”工工整整地写在上面。“太奇怪了。”格雷戈尔想，他一直想着再去看一遍预言，本来想去问维库斯的，结果一忙乱就给忘记了。“她怎么知道我想要这个？”他对小靴子嘟囔道。

“尼莉莎什么都知道，她有这个天赋。”一个坐在金色蝙蝠上的男孩对他说道。格雷戈尔定睛一看，发现那人居然是卢克萨，她的长发没了。

“你头发怎么了？”格雷戈尔问道，顺手将预言纸塞进口袋。

“战斗时长头发太危险了。”卢克萨轻松地说。

“太糟了，我是说——嗯，现在这么短看起来也很好。”格雷戈尔迅速说道。

卢克萨哈哈大笑起来，“地上人格雷戈尔，你觉得现在是讨论我的美貌的时候吗？”

“我不是这个意思。”格雷戈尔尴尬得脸都红了。

卢克萨看着亨利，摇了摇头，亨利也对她笑了笑，“地上人说得没错，堂妹，你现在看起来就像只剃了毛的羊。”

“那也好啊。”卢克萨说，“谁又会攻击一只羊呢？”

“咩咩。”小靴子嚷道，“咩咩咩。”亨利大笑起来，差点从蝙蝠背上摔下去。“羊说‘咩咩咩’。”小靴子为自己辩护道，这引得亨利又是一阵大笑。

格雷戈尔差点也笑了起来。那一刻，他觉得自己好像又回到了朋友中间，但要把这些人看做朋友，还需要很长一段时间。为了掩饰自己的尴尬，他开始折腾起皮袋子，想找到一个合适的背负方式以腾出双手。最后，他把袋子系到了背带边上。

他抬起头来，发现卢克萨正好奇地看着他。“你头上戴的是什么，地上人？”她问道。

“是个带灯的安全帽。”格雷戈尔答道。他把灯打开又关上，演示给卢克萨看。他看得出来，她也很想试试，但又拉不下脸管他要。格雷戈尔在脑子里迅速盘算了一下，没错，他们不是朋友……

但如果可以的话，他最好还是和她友好相处，他需要她帮自己救出爸爸。格雷戈尔摘下帽子，递了过去，“给，你来试试。”

卢克萨尽力装出一副漠不关心的样子，但手指却急切地在开关上按个不停。“没有空气，你是怎么做到把光关在里面的？你的头不会热吗？”她问道。

“它靠的是电池，里面有电。灯泡下面有一层塑料。你要是想戴的话，就试一下吧。”格雷戈尔说。

卢克萨立即把安全帽戴在了头上，她打开灯，在房间照了一圈。“维库斯跟我说过电。”她不情愿地把帽子还给格雷戈尔，“给，你一定要节约燃料。”

“你将引领一股新潮流。”亨利兴奋地说。他从墙上取下一支小火把，放在了头上。火焰似乎从他的前额喷射出来。“你觉得怎么样啊，卢克萨？”他故作傲慢状问道。

“你头发着火了！”卢克萨突然用手指着他的头大喊道。亨利立即丢掉火把，拼命地拍打头发。卢克萨歇斯底里地哈哈大笑起来。

发现自己被骗后，亨利用胳膊夹住卢克萨的头，使劲揉搓着她的头发，卢克萨在他怀里无助地咯咯笑着。那一刻，他们和地上的孩子没什么两样，哥哥和妹妹，就像格雷戈尔和莉兹，扭打成一团。

维库斯走进圣殿，“你们俩很高兴啊，战争已经迫在眉睫了。"他皱着眉头，一脸不悦地爬到他的蝙蝠背上。

"我们在释放多余的精力，维库斯。"亨利松开了卢克萨。

"省省你的精力吧，等我们到了目的地，你就需要它了。格雷戈尔，你和我一起飞。"维库斯向格雷戈尔伸出一只手，他往上一跳，跃到了灰色大蝙蝠的背上。

小靴子兴奋地踢着格雷戈尔的腰。"我，骑骑，骑！"她快乐地大喊。

"就位！"维库斯喊道。亨利和卢克萨迅速跳到蝙蝠背上，索罗维特和马雷斯也正准备起飞。马雷斯骑在一只格雷戈尔没有见过的蝙蝠身上，也许原先那只还在康复中吧。

"升空！"索罗维特下令。五只蝙蝠排成"V"字形队列飞向空中。

他们在空中越飞越高，格雷戈尔难抑兴奋之情，一种幸福感从心底里荡漾开来。他们就要去救爸爸了！他们会把爸爸救出来，然后一起回家。当妈妈重新见到他们时，就会开心起来，真正开心起来。过节时他们就能一起庆祝，不用再担心，还有音乐——他想得太多了，打破了自订的规矩。格雷戈尔告诉自己，再过一分钟就不乱想了，但在这一分钟里，他会让自己的思绪尽情狂奔。

他们在王之城的上空转变了方向，格雷戈尔看着下面忙乱的人们，再次意识到这次任务的艰巨性。通往体育馆的大门已被加固，用大石板堵了起来。装满食物的货车停在路上。人们正抱着小孩、拿着行李急匆匆地往宫殿跑去。每个角落的火把都被点燃了，城市此刻好像沐浴在阳光里。

“你们不想天黑一点再发动进攻吗？”格雷戈尔问道。

“不行，但老鼠会这么做。我们的眼睛需要光亮，这样才能投入战斗，但老鼠不用。”维库斯说，“地下王国的许多生物——爬虫、蝙蝠、鱼——都不需要光线，但我们人类没了光，就一筹莫展。”

维库斯的话正合格雷戈尔的心意。果然，手电筒是最好的随行物品。

城市很快变成了农田，格雷戈尔第一次看到地底人是如何种植作物的。大片大片的土地上生长着一种谷物，农田上挂着一排排白色的灯泡。

“灯泡是怎么亮起来的？”格雷戈尔问。

“它们用的是地下的天然气。这块农田给你爸爸留下的印象最深。他还提出一个点亮城市的计划，但现在，所有的光照都必须用在食物上。”

“是地上人教你们怎么种田的吗？”格雷戈尔问道。

“格雷戈尔，我们进入地下的时候，可没把脑子丢在上面。和你们一样，我们也有发明家。光照对我们来说是最宝贵的，你以为我们这些可怜的地底人会给自己套上挽具、自己耕田吗？”维库斯和蔼地说道。

格雷戈尔一下不好意思起来。一直以来，他都有地底人是活在一个落后的世界里的想法。他们还用剑，穿着可笑的衣服，但并不笨。爸爸以前说过，即使史前穴居人中也是有智者的。这里一定有人发明了犁田的工具。

索罗维特飞到他们身边，正和一对蝙蝠热烈地交谈着，他们刚刚加入到这支队伍中来。索罗维特坐在蝙蝠背上，打开一张大地图，仔细查看起来。

“她在找我爸爸在什么地方吗？”格雷戈尔问维库斯。

“她在思考进攻策略。”维库斯说，“我妻子负责领导全部军队。她和我们一起不是为了指挥这场探险，而是为了判断我们需要多少同盟军的支援。”

“真的吗？我以为你全权负责呢。嗯，你和卢克萨。”格雷戈尔说。他不知道这里是怎么运转的。卢克萨似乎能对人们呼来喝去，但她也有自己的烦恼。

“卢克萨十六岁时就会登上王位，这之前，王之城都靠议会来管理。我不过是个卑微的臣子，平日的时间都用在教育王室年轻子弟上了。你看我的教育有多成功。”维库斯苦笑着说。他瞥了一眼亨利和卢克萨，他们正在空中胡乱飞，试图把对方从蝙蝠背上撞下去。“别让索罗维特温和的举止骗了你，在战术战略上，她可比老鼠更精明狡诈。”

“哇。”格雷戈尔说。她温和的举止的确骗过了他。

格雷戈尔调整了一下坐姿，腿被一个东西戳到了，是尼莉莎给他的预言诗。他把预言诗从口袋里拿出来，伸展开。现在也许是向维库斯提问的好时机。“你可以向我解释一下这个‘灰预言’吗？”

“是‘灰色预言’。”维库斯纠正道，“你哪里不明白？”

“全部。”格雷戈尔心里想道，但嘴上却说：“我们可以一条条地看吗？”他研读起预言诗来。

小心了，地底人，时间悬于一线。

这句应该没什么问题，是一句警告。

捕猎者自己被追捕，白色的水流成了红色。

他请维库斯帮他解释一下第二句。“以前，老鼠一直是地下王国的猎手，他们一直都热衷于追踪和捕杀我们人类。昨晚，我们为了救你，前去追杀了他们。所以说捕猎者自己被人追捕了。当我们把他们的尸体扔进河里后，白色的河水就被染成了红色。”

“哦，这样啊！”格雷戈尔恍然大悟。他心里有些困惑，却又说不出来,还是继续往下看吧。

噬咬者将尽全力,在被消灭之前,保全余孽。

"'噬咬者'指的是老鼠吗?"他问道。

"完全正确。"维库斯答道。

绝境中的希望就寄托于一场探险。

"探险"指的是拯救他爸爸的冒险。也就是说爸爸会逃出来,地底人会拯救他的,而现在他们正面临一场战争,踏上冒险的征程。格雷戈尔突然明白了是什么在困扰着他。"那……这整件事都是我的错!"他说道,"如果我没逃跑的话,这一切都不会发生!"他想到了正向王之城逼近的老鼠大军,他都做了些什么啊!

"不,格雷戈尔,别这么想。"维库斯坚定地说,"你只不过是这个漫长、曲折的传说中的一个角色。在很久很久之前,'灰色预言'就选中了你,也开始困扰我们了。"

格雷戈尔默不作声,但并没有感觉好一些。

"继续读吧。"维库斯说。格雷戈尔低下头,王之城的光亮渐渐远去,他不得不眯起眼睛,借着火把发出的昏暗的光,才能看清上面的字。

一名地上来的勇士,他是太阳的儿子。

将会把光明重新带给我们,也可能让我们一无所获。

召唤所有的邻人,听从他的召唤。

否则那些鼠辈将把我们全部吞噬。

“你觉得这一段说的就是我了?”他不高兴地说。

“是的,很明显,你就是‘地上来的勇士’。”维库斯说。但格雷戈尔却觉得没他说得那么明显。“你是地上人,也就是‘太阳的儿子’,但你也是一个在寻找自己父亲的儿子。三明治就喜欢玩这种带喜剧色彩的文字游戏。”

“是啊,他是个很好玩的家伙。”格雷戈尔闷闷不乐地说。他可没觉得有什么喜剧色彩。

“接下来的那几句话是最难懂的。”维库斯说,“三明治一直都没看清,你最后是成功地把光明带给了我们,还是失败了。但他一直最为坚定的想法就是,我们要么去展开冒险,要么就等着被老鼠的利齿咬死。”

“嗯,听起来真不令人振奋。”格雷戈尔说。但三明治的话第一次触动了他的内心。提及他失败的可能,这样貌似显得预言更加可信一些。

“那我该怎么把‘光明’带回来？”格雷戈尔问，“是不是有个圣火之类的？”

“那是一个比喻。三明治说的‘光明’指的就是‘生命’。如果老鼠真的夺走我们的光明，我们的生命也就真的结束了。”维库斯说。

比喻？格雷戈尔想，如果是个真正的火把，说不定更容易得手呢。他怎么能把一个他不怎么明白的比喻带回来呢？他说：“肯定很难。”接着继续读。

两名地上人，两名地底人——皆为王室后裔，

两只飞行者，两只爬虫，两名纺纱工——都必须同意加入。

“这些数字都指的什么？”格雷戈尔问。

“这两句话告诉了我们必须说服的对象，我们要和他们一起开始冒险旅程。现在我们已经认为‘两名地上人’是你和你妹妹，‘两名地底人——皆为王室后裔’就是卢克萨和亨利。亨利有个妹妹，叫尼莉莎，你也许已经听说了，她不适合参加。飞行者是蝙蝠，爬虫代指蟑螂，纺纱工就是蜘蛛。我们将根据预言的指示，去召集我们的邻居。首先我们要去找蝙蝠。”

他们一路向前飞，蝙蝠的数量也越来越多。亨利带着大家，飞进一个巨大的山洞。洞顶坑坑洼洼的，上面倒挂着几千

只蝙蝠，格雷戈尔忙弯腰低头。

“但我们不是已经有蝙蝠了吗？”格雷戈尔问。

“我们需要得到正式的许可，才能带他们上路。”维库斯说，“同时我们还要和他们商议一下战事。”

洞穴中央耸立着一块巨大的圆形石柱，柱身光滑，扁圆形的石柱顶端上立着一群蝙蝠，在静默等候。

维库斯扭头对格雷戈尔说：“我们人类知道你是预言中的勇士，但其他生物可能还有疑虑。不管你信不信自己的身份，你要让我们的邻居对你坚信不疑，这一点非常重要。”

格雷戈尔努力让自己放松。很快，他们停在石柱顶端。人们翻身下来，与这些蝙蝠互相深深地鞠了个躬，问候一番。

一只威严的银白色蝙蝠似乎是这儿的首领。“雅典娜女王，”维库斯将格雷戈尔推了过来，说道，“请您见一见地上人格雷戈尔。”

“你是勇士？你是预言里的勇士？”蝙蝠用轻柔的喉音问道。

“嗯，其实我——”格雷戈尔看见维库斯皱起了眉头，赶忙打住。他刚准备开始大谈一番他不是勇士，可然后呢？维库斯已经和其他人说过，他就是勇士。战争已经开始，蝙蝠似乎不情愿派出他们宝贵的飞行者去参加荒谬的冒险。如果现在他再否认自己，那这场冒险真的就没指望了，父亲也必死无疑。

格雷戈尔想到这，站直身体，努力控制住声音的颤抖，大声说道："我就是勇士，预言中提到的勇士。"

蝙蝠先愣了一下，接着点了点头。"就是他。"她的声音里带着确定的威严，一瞬间格雷戈尔以为自己真的是勇士——一名胆大、勇敢、威猛的勇士，地底人会让他的故事流芳百世。他似乎看见自己指挥着一小队蝙蝠作战，把那些可恶的老鼠打得落花流水，拯救地下王国于水火之中——

"格格，我尿尿了！"小靴子大声嚷道。

头戴一顶傻傻的带头灯式安全帽，身背一包还不知道有没有电的电池，格雷戈尔呆若木鸡地站在那儿。

无敌勇士说了声"很抱歉"，迅速给小靴子换了一块尿布。

13

维库斯和索罗维特安排了一场私密会议，讨论战争事宜。

“你需要我也参加吗？”格雷戈尔问道。他倒不是想在会议上做什么贡献，而是觉得在维库斯身边很安全。他被困在一块巨石顶上，成百上千只蝙蝠围绕他飞个不停，这让他很不舒服。

要是出了什么事，又由谁来负责呢？卢克萨？那可不好。

“不用了，谢谢你，格雷戈尔。我们要讨论如何部署战斗，和冒险没关系。我们很快就会回来的。”维库斯说。

“没问题。”格雷戈尔口是心非地说。

在他们离开之前，维库斯的大灰蝙蝠在卢克萨的耳边嘀咕了什么。卢克萨笑了，看着格雷戈尔，点了点头。

“他们可能在嘲笑我是个勇士。”格雷戈尔心想。但事实并非如此。

“欧里庇得斯说，你把他身体两边弄伤了，已经淤青了。”卢克萨说，“他想让我教你怎么骑蝙蝠。”

这可让格雷戈尔很苦恼。他还以为自己第一次骑蝙蝠表现不错呢。“他是什么意思，我怎么把他弄伤了？”

“你的腿夹得太紧了。你一定要信任蝙蝠，他们是不会把你摔下去的。”卢克萨说，“我们在教小宝宝骑蝙蝠时，第一次课上就会讲到这一点。”

“哈。”格雷戈尔勉强回应道。卢克萨挖苦人的功夫可真是一流。

“教婴儿骑蝙蝠要简单得多。”马雷斯迅速说道，“比如你妹妹，她还不知道什么是害怕。我们地底人有句名言，‘你会数数时，勇气就不请自来了’。你会数数吗，小靴子？”小靴子正忙着扯格雷戈尔的拖鞋。“一……二……三！”马雷斯把指头伸到小靴子面前。

小靴子笑了，她也伸出自己胖乎乎的小手模仿起来。“不，让我来！一……二……三……四、七、十！”她在空中挥舞着小手，展示自己的成果。

亨利将小靴子抱起举到空中。“小靴子还不知道害怕，等她学会数数后也不会害怕。你喜欢飞吗，小靴子？想不想骑在蝙蝠身上飞一圈？”他顽皮地问道。

“我骑！”小靴子很不舒服，挣扎着想摆脱亨利的手。

“那就去骑吧！”亨利说，他一抡胳膊，手一松，小靴子便飞到了石柱外面。

格雷戈尔喘着粗气，看着小靴子从亨利的手里飞出去，滑进黑暗中。整个过程就像是慢动作镜头一样在他面前徐徐展开。

“亨利！”马雷斯一脸震惊。但卢克萨哈哈大笑起来。

格雷戈尔摇晃着走到石柱边上，眯眼张望暗处，火把的微光只能照亮前面几米的距离。亨利真的把小靴子摔死了吗？他不敢相信，他不能——

突然，一声快乐的尖叫从他头顶传来，“再来一次！”

是小靴子！但她在上面干吗？格雷戈尔笨拙地打开手电筒，光线很强，在黑暗中切开一道光柱。

二十只蝙蝠正在上面飞来飞去，和小靴子玩着抛接游戏。一只蝙蝠载着她，飞到高处，然后一个转身，任由她做自由落体运动，紧接着，另一只蝙蝠就会飞过来，轻轻把她托起，飞到高处，再重复一遍这个过程。小靴子又高兴又激动。“再来！再来！”她每回一被蝙蝠托起，就大喊一次。格雷戈尔一看到蝙蝠翻过来，把她再次丢下去，心都快蹦到嗓子眼了。

“快停下！”他对地底人怒吼道。亨利和卢克萨一时间僵住了——这些王室贵族要么没被人吼过，要么就是没见过格雷戈尔发脾气的样子。格雷戈尔一把提起亨利的汗衫，“把她带回来！”亨利也许会大发雷霆，可格雷戈尔不在乎。

亨利抬起双手，嘲笑般地做了个投降动作。“放松点，地上人，她现在很安全。”他笑着说道。

“说实话，格雷戈尔，她和蝙蝠在一起，要比在人类手上安全多了。”卢克萨说，“况且她一点都不害怕。”

“她才两岁！”格雷戈尔对卢克萨咆哮道，“以后她会觉得从什么东西上跳下来都会被人接住的！”

“她的确可以！”卢克萨根本看不到问题在哪儿。

“可在家里不行，卢克萨！在地上根本不行！”格雷戈尔说，“我也不准备以后一直待在这个混账地方！”

他们也许不知道他说的“混账”是什么意思，但很明显，这是个有侮辱意味的词。

卢克萨抬起手，一只蝙蝠飞了过来，将小靴子轻轻送进格雷戈尔的怀抱。他一把抓住她，把她紧紧地抱在怀里。地底人脸上的表情渐渐变得凝重。

“‘混账’是什么意思？”卢克萨冷冷地问。

“没什么，别介意。”格雷戈尔说，“我们地上人要是看到小宝宝被蝙蝠扔来扔去，就会这么说。明白了吗？对我们来说，那就是混账。”

“但那本来是好玩的事啊。”亨利说。

“哦，是的。你们应该开一个主题公园，人们会从地面一直排到这儿来。”格雷戈尔说。

现在，他们真的不知道他在说什么了，但听得出他话里的讽刺意味。

小靴子从他的胳膊里挣脱出来，跑到石柱边上。“再来一次，格——格！”

“不，小靴子！不，不！不要跳！”格雷戈尔及时抓住了她。“看到了吗，我说的就是这个问题！”他对卢克萨说。

格雷戈尔把小靴子放进背包，背到了背上。

地底人能感受到他的怒气和语气里的讽刺，情绪也随之低落下来。

“好吧，反正需要上课的不是小靴子。”卢克萨说，“而是你。”

“哦，还是放弃这个想法吧，卢克萨。”亨利讥笑道，“地上人永远不会把自己交给蝙蝠的。为什么呢？因为他一回家，就会忘记自己已经不在我们这个‘混账’地方了，说不定会从屋顶上直接跳下去！”

卢克萨和亨利不怀好意地笑了笑，马雷斯一脸尴尬。格雷戈尔知道他们在激自己，他也想接受挑战——向前跑，冲进黑暗里，把剩下的事交给蝙蝠好了。可他又不想跟他们玩这个游戏，卢克萨和亨利希望他出丑，取笑他在空中被抛来抛去、惊慌忙乱的样子。他知道，他们这种人最讨厌被忽视，于是便轻蔑地看了他们一眼,径直走开了。

他感到卢克萨正站在身后。

“我本来可以把你扔下去的,地上人,也不需要向任何人汇报!”卢克萨说。

“那你来试试看啊!”格雷戈尔张开手臂。他知道她在说谎,若这样做了,她无法向维库斯交代。

卢克萨恼火地咬着嘴唇。

“就让‘勇士’好好做他的勇士吧,卢克萨。”亨利说,“他死了对我们可没好处……就算蝙蝠也没办法对付他的笨拙。走吧,我们去沥青池。”卢克萨犹豫了一下,接着跑到了石柱边。她和亨利像一对优美的鸟儿一样跳入空中,消失不见了——一定是落到了蝙蝠背上。

格雷戈尔站在那儿,手撑在屁股上,心里对他们满是恨意,差点忘记马雷斯就在身后。

“你一定不要把他们说的话往心里去。”马雷斯轻缓地说。格雷戈尔转过头,看到马雷斯一脸矛盾地望着前方。“他们还是小孩子时,要比现在友好得多。老鼠把他们的双亲都杀死后,他们才变成这样的。”

“亨利的父母也被老鼠杀死了?”格雷戈尔惊讶地问道。

“是的,比卢克萨的父母还要早几年。亨利的爸爸是国王的弟弟。除了地上人,老鼠最愿意看到的就是王室成员的死。”

马雷斯说，“父母一死，尼莉莎就变得像玻璃一样脆弱，亨利的心就硬得像块石头。”

格雷戈尔点点头。他永远无法对一个人一直心怀恨意，他总是能找到一个悲伤的理由，让自己原谅对方。就像学校里有一个大家都讨厌的孩子，他总是欺负小孩，直到有一天，大伙儿发现他的爸爸一直在虐待他。每回听到这种事，格雷戈尔心里总是很难过。

几分钟后，维库斯出现了，格雷戈尔默默地爬到蝙蝠背上。他们起飞后，他这才意识到刚才夹住蝙蝠的腿太过用力，便努力放松下来。看到维库斯的腿自由悬垂着，格雷戈尔也让身体放松下来，随即他惊喜地发现，原来这样更容易保持平衡。

“现在我们要去见见爬虫了。”维库斯说，“你还想继续研究预言吗？”

“等会儿吧。”格雷戈尔说。维库斯没有坚持，估计现在他脑子里装满了和战争有关的东西。

格雷戈尔的心像被什么东西噬咬着，他努力控制自己的情绪。他没有直接拒绝从石柱上跳下去的提议，就是为了让卢克萨和亨利生气。他不是怕被他们嘲笑，而是他从来不喜欢过山车、蹦极、跳降落伞这类活动。他有时也会去参加一下，如果不去，别人就会把他看作胆小鬼。从空中倒栽葱似的猛摔下去，这有什么意思？况且以前玩的时候还都系着安全带。

格雷戈尔没有跳下去，还是因为他内心深处的恐惧，对这一点儿，每个人都心知肚明。

14

他们在黑暗的隧道里飞了几个小时，格雷戈尔感觉到小靴子的头垂到他的肩上，睡着了。白天的时候，他通常不会让她睡太长时间，要不到了晚上她就会半夜醒过来，吵着闹着要玩。可现在四周一片漆黑，她又动不了，怎么能让她一直醒着呢？格雷戈尔想，还是过会儿再思考这个问题吧。

黑暗唤醒了格雷戈尔所有的负面想法：爸爸被老鼠囚禁，妈妈在哭泣，他冒着风险把小靴子带向一趟生死不明的旅途，还有他对那石柱的恐惧。

当格雷戈尔感到蝙蝠准备着陆时，心里一阵轻松，尽管他不想再见到卢克萨和亨利，但总算不用想那些伤心的事情了。他知道，他们又会摆出一副自高自大、高人一等的架势。

他们低飞进一个狭窄的洞穴，蝙蝠的翅膀擦着洞顶和地面。落地之后，格雷戈尔从蝙蝠身上爬下来，却根本就直不起身子，稍微一动，安全帽就撞到了洞顶。这个地方让他想到了一块又圆又大又平的煎饼，他明白了蟑螂选择这个地方的用意——这里只有一米多高，蝙蝠要费一番波折才能飞进来，人类和老鼠也无法在这里施展拳脚。

他唤醒了小靴子。小靴子似乎很喜欢这个新环境，蹒跚着走了一圈，踮着脚，用手去摸洞顶。其他人都坐在地上，静静等待。蝙蝠收起翅膀，拱起身子。

蟑螂的代表们出现了，微微一鞠躬，人类跪着直起身来，回鞠了一躬，格雷戈尔依样画瓢也行了个礼。这种情况下没一个人能站着，只有小靴子张开双臂，对蟑螂表示欢迎。“虫虫！大虫虫！”她呼喊道。

蟑螂们发出一阵快乐的咕噜声：“她是公主，是她吗？她就是那个人，太普，是她吗？”

小靴子特地选中了一只蟑螂，在他的触角中间拍了一下。“嘿，你好！给我骑一下？我们骑一下？”

“认识我，公主，公主认识我？”蟑螂敬畏地说。其他蟑螂都喘了口气。人类和蝙蝠也忍不住惊奇地互相交换了个眼神。

“我们骑一下？多骑一会儿？”小靴子说，“大虫虫给小靴子骑骑！”她用力在他头上又拍了几下。

"轻点儿，小靴子。"格雷戈尔赶忙抓住她的手，轻轻放在蟑螂头上。"要温柔一点，就像拍小狗一样。"

"哦，温——柔，温——柔。"小靴子用手掌轻抚蟑螂，蟑螂兴奋得身体都抖起来。

"认识我，公主，认识我吗？"蟑螂轻声说，"她想起了上次的事，是吗？"

格雷戈尔就近仔细看了一下蟑螂，"哦，你是那天载她去体育馆的蟑螂？"

"是我，我是太普。"蟑螂点头答道。

在格雷戈尔眼里，太普看起来和其他二十只蟑螂没什么两样。小靴子是怎样认出他来的？维库斯挑着眉毛，看着格雷戈尔，好像在等他做解释。但格雷戈尔也只能耸耸肩，表示不知道，事情太古怪了。

"再骑骑？"小靴子恳求道。太普恭敬地趴了下来，小靴子吃力地爬了上去。

所有人都呆呆地看着他们在这间石房子里"啪嗒啪嗒"地爬来爬去。一分钟后，维库斯清了清嗓子，"爬虫们，我们有重要的事情有求于你们。请带我们去见你们的国王，可以吗？"

蟑螂们不情愿地分散开，依依不舍地离开小靴子，领着维库斯和索罗维特走了。

"哦，这下好了。"格雷戈尔心想，"又剩我们几个了！"维库斯走了，他心里愈发地不舒服，这还是他第一次有这种感觉。谁知道亨利和卢克萨会做出什么事来？待在蟑螂的地盘，他觉得十分不安全，昨天他们还想着要把他和小靴子送到老鼠那儿去呢！唉，至少还有马雷斯，他看起来挺和气，蝙蝠也不是太坏。

太普和另一只名为提克的蟑螂留了下来。他们完全忽视了这里其他人的存在，全心全意地轮流载着小靴子玩。

经过一天的飞行，五只蝙蝠已是筋疲力尽，兀自挤成一团，很快便睡着了。

马雷斯把火把拢到一起，弄了个小火堆，在上面放了一些食物加热。亨利和卢克萨坐在一起，小声交谈着。格雷戈尔觉得无所谓，反正他只想和马雷斯讲话。

“马雷斯，你能看出蟑螂之间的区别吗？”格雷戈尔问。他把所有的电池倒在地上，检查哪些有电，哪些没电。

“看不出来，你妹妹居然能，实在太稀奇了。我们中间只有少数几个人能做到，维库斯的分辨力最好，但要从这么多只中找到一只……真的很奇怪。”马雷斯说，“莫非这是地上人的天赋？”他猜测道。

“不是的，在我看来他们长得也都一样。”格雷戈尔说。不过小靴子真的很擅长玩找茬游戏，她能从四幅图中一眼看出不一样的那幅，比如四张印着条纹帽子的图里，她能一下找到多印一条条纹的那顶帽子。大家一起用纸杯喝水时,把杯子放在桌上,她也知道哪个杯子是谁用过的。也许在她眼里,蟑螂长得的确各有不同吧。

格雷戈尔打开手电筒,里面装着两节一号电池。他不停地把电池倒进倒出,检测哪些还有电。他不小心按到了开关上,手电筒的光束正好射到卢克萨和亨利身上。面对突如其来的强光,他俩立马跳了起来。他故意又这样搞了好几次,虽然很幼稚,但他喜欢看他们那副狼狈样。“去了纽约,他们最多只能活个五秒钟。”这个想法让他觉得心里很舒服。

十节电池中有八节有电。格雷戈尔打开帽子上的电池槽,发现里面用的是较特别的长方形电池。他手头上没有可替换的,看来以后只能节约着用了。“也许我应该最后再用这个头灯,要是我不小心把其他电池弄丢了,或是用到没电了,至少还有这盏灯。”他这样想着,顺手关掉了安全帽上的灯。

格雷戈尔把还能用的电池放进口袋,另两节没电的电池放在一旁。“这两个没电。”他对马雷斯说,“它们没用。”

“我能把它们烧掉吗?”马雷斯问,伸手就去拿电池。

就在他要把电池扔进火里时,格雷戈尔急忙抓住他的手腕。“不,会爆炸的!”他并不知道用火烧电池会有什么后果,但他隐约记得爸爸说,这样做很危险。他用眼角的余光看到卢克萨和亨利不安地交换了个眼神。“还会把眼睛弄瞎。”他补充道。

嗯，如果电池真的爆炸，说不定真会把眼睛弄瞎呢。

马雷斯点点头，小心翼翼地把电池还给格雷戈尔。格雷戈尔用穿着凉鞋的脚把电池踢来踢去，这让卢克萨和亨利甚是紧张。当他看见马雷斯也很紧张时，便把没电的电池放进口袋里。

食物已准备妥当，维库斯和索罗维特也回来了，看上去一脸焦虑。

大家围坐在一起。马雷斯把鱼、面包和一种长得像西红柿的水果分给大家。

“小靴子！吃饭了！”格雷戈尔喊道。小靴子跑了过来。

当她意识到蟑螂们没跟过来时，便扭过头去，不耐烦地朝他们挥挥手，“太普！提克！吃——饭！”

真是个尴尬的社交场面。没人想过邀请蟑螂一起用餐，马雷斯也没准备足够的食物，而面前的吃的也不符合蟑螂的标准。幸运的是，他们摇了摇头。“不，公主，我们现在不吃。”他们扭转身准备离开。

“留下！”小靴子指着太普和提克大声说，“你们留下来，大虫虫。”蟑螂们顺从地坐下来。

“小靴子！”格雷戈尔尴尬极了，“你们不用听她的——她特别喜欢使唤人。”他告诉蟑螂，“她想让你们陪她玩，但是她必须先吃饭。”

“我们就坐在这。”一只蟑螂僵硬地说。格雷戈尔感觉到蟑螂们根本不想让他多管闲事。

大家都饿极了，大口大口地吃饭。只有维库斯一人看上去很焦虑。

“我们什么时候走？”亨利含着满满一口鱼问道。

“不走了。”索罗维特说，“蟑螂们拒绝加入我们的队伍。”

卢克萨愤怒地站了起来，“拒绝？凭什么？”

“他们怕加入我们的冒险会激怒戈杰国王。”维库斯说，“他们和人类、老鼠都维持着和平的关系，现在还不想打破这种局面。”

“那现在我们该干什么？”格雷戈尔心想。他们需要两只爬虫，灰色预言里都说了。要是蟑螂不来，他们该怎么救出父亲？

“我们请求他们再考虑一下这个提议。”索罗维特说，“他们知道老鼠部队已经出发了，说不定这个事实能把他们拉拢到我们的阵营里来。”

“也有可能和老鼠沦为一伙。”卢克萨嘟囔道。格雷戈尔心里表示赞同。之前，蟑螂在知道老鼠会吃掉地上人的情况下，还考虑把格雷戈尔他们交给老鼠——这一幕就发生在昨天，在没有战争临近的情况下。要不是小靴子在他们中那么受欢迎，兄妹俩现在已经死了。蟑螂不是作战好手，格雷戈尔觉得他们会为了自己种族的存亡做出最佳选择，而老鼠不失为强有力的盟友——只要你敢信任这些鼠辈。

“蟑螂凭什么觉得他们可以相信老鼠？”格雷戈尔问。

“爬虫的思考方式和我们不同。”维库斯说。

“那他们是怎么想的？”格雷戈尔问。

“他们不管原因,也不计后果。”亨利生气地插话道,“他们是地下王国里最愚蠢的生物！他们连话都讲不周全！”

“安静,亨利！”维库斯厉声说道。

格雷戈尔回头看了看太普和提克,他们一点反应也没有,好像没听见亨利的话。他们一定听到了,虽然蟑螂看起来并不聪明,但在他们面前说这样的话也实在太粗鲁了。况且听了这话,蟑螂就更不可能加入他们了。

“你给我记住,在三明治来到地下王国之前,这些爬虫就在这生存了上万年之久。可以想象得出,在其他生物都已成为历史时,只有蟑螂在生生不息世代繁衍着。”维库斯说。

“那是流言。”亨利轻蔑地说。

“不,不是的。蟑螂在地球上已经生存了三亿五千万年了,人类不过只有六百万年的历史。”格雷戈尔说。爸爸曾给他讲解过地球上不同生物的进化史，他当时因为对蟑螂的漫长历史印象十分深刻,才记得这么清楚。

“你怎么知道这些？”卢克萨突然问道。格雷戈尔看得出来，她对这个话题很有兴趣。

“这是科学。考古学家挖出了不少化石之类的东西，能从中看出他们的历史。蟑螂——也就是爬虫——历史悠久，外形也一直没有多大改变。”格雷戈尔说。尽管所言非虚，他说话的声音还是有点颤抖。“他们真的很了不起。”他希望太普和提克也能听到这番话。

维库斯看着他，笑了，“一种生物能存活这么长时间，毫无疑问，他们的智慧也一定很卓越。”

“我不信你的科学。”亨利说，“爬虫很弱，不善于打仗，他们活不了那么久。大自然就是这么设计的。”

格雷戈尔想到了自己的奶奶，她年老体弱，需要比她强壮的人的帮助；他想到了小靴子，年幼的她还推不开一扇门；还有他的朋友拉里，去年一年，就因哮喘发作、呼吸不畅，往医院急诊室跑了三次。

“你也是这么想的吗，卢克萨？”格雷戈尔问，“你觉得弱小的生物就该死吗？”

“如果那是事实，那我的想法就不重要。”卢克萨在回避问题。

“那到底是不是事实？对于王之城未来的统治者来说，这是个极好的问题，值得你去深思。”维库斯说。

他们迅速吃完了饭，维库斯建议大家先睡一觉。格雷戈尔

不知道现在是晚上还是白天，但他很累，就没反对。

他在地上铺开一条薄薄的编织毯，小靴子则在教太普和提克玩拍手游戏“做蛋糕”。蟑螂们疑惑地抬起前腿，不知道接下来该做什么。

“做蛋糕，做蛋糕，蛋糕师傅做蛋糕。赶快为我做个大蛋糕。拍拍手，和和面，在蛋糕上写个字母‘B’。放蛋糕进炉子，大虫虫和我一起吃蛋糕！”小靴子边唱边拍手，还不时摸摸蟑螂的脚。

蟑螂们完全摸不着头脑。“唱的什么，公主，唱的什么？”太普问道——也许他是提克。

“在地上世界，我们经常教小宝宝唱这首歌。”格雷戈尔说，“她把你放进了这首歌里，这是莫大的荣誉。”想了想，他又加了一句，“她只有特别喜欢一个人的时候，才会把他唱进歌里。”

“我喜欢大虫虫！”小靴子满意地喊道，接着又对着蟑螂们唱了一遍。

“对不起了，伙计们，现在她要睡觉了。”格雷戈尔说，“来吧，小靴子，该睡觉了，跟他们说晚安。”

小靴子发自内心地热情拥抱了一下蟑螂。“晚安，大虫虫，睡个好觉。”格雷戈尔很高兴她没像以前一样顺口说出“别让大虫虫咬你”。

格雷戈尔和小靴子盖着毯子依偎在一起，身下是坚硬的石头地面。小靴子刚才睡了很长时间的觉,这会儿还不困。格雷戈尔让她玩了会儿手电筒，可又担心她时开时关会把电耗完,同时也会影响地底人休息,于是就尽可能地哄着她。终于,小靴子安稳下来,睡着了。格雷戈尔也渐渐进入梦乡,迷迷糊糊中，他听见太普——也可能是提克——小声地说:“给我们荣誉,公主,给我们荣誉！”

格雷戈尔不知道是什么吵醒了他。从脖子僵硬的程度来看,他一定是躺在石头地上睡了好几个小时。他昏昏沉沉地想把小靴子拉过来一起睡,却只摸到了冰冷的石头。他的眼睛一下子睁开了,立马坐起来。他张开嘴,刚想喊她,却被眼前的一幕惊呆了。

小靴子正站在大房间中央,摇摇晃晃地换着脚,缓慢地转圈圈,手里的手电筒将房间每个地方依次照亮。在她四周有一团团的影子,形成一个个完美的同心圆。他们有节奏地一起摇摆着,一会儿向左,一会儿向右,好像被催了眠一样。

一片静谧中,成百上千只蟑螂正围着小靴子翩翩起舞。

15

“哦，上帝啊，他们要把她吃了！”格雷戈尔想着，一下子跳了起来，头狠狠撞在了洞顶上。“哎呦！”睡觉的时候摘掉安全帽真是个错误。

一只手按住格雷戈尔的肩，把他稳下来，是维库斯。他竖起一根手指放在嘴唇边，“嘘，不要惊扰了他们！”他急切地小声说道。

“但他们会伤害她的！”格雷戈尔也小声回应道。他弯下腰，揉了揉头，头上已经鼓了一个大包。

“不会的，格雷戈尔，他们在向她致敬。他们在用最神圣、最罕见的方式向她致敬。”索罗维特的声音从维库斯旁边传了过来。

格雷戈尔的目光重新回到蟑螂身上，想弄明白这究竟是怎么回事。小靴子看起来暂时没什么危险。蟑螂们在她周围跳着颇有韵律的舞蹈，他们摇摆着身体，转着圈圈，再鞠个躬。但除了这些，空气里还有别的东西——庄严、肃穆和专注。这种气氛打动了格雷戈尔，他突然意识到，他们不仅仅在向小靴子致敬——他们在崇拜她！

“他们在做什么？”格雷戈尔问。

“这是圆圈舞。据说，爬虫们只在他们坚信自己的候选者到来时，才会行此最为神秘的仪式。”维库斯答道，“在我们的历史里，他们只对一个人举行过这种仪式，那个人就是三明治。”

“什么候选者？”格雷戈尔忧心地低声问道。他不希望蟑螂们用这种方式把小靴子留下来。

“给他们时间的候选者。”维库斯简单地答道。格雷戈尔的大脑自动把这句话翻译成“给他们生命的候选者”。

其实想想也没那么复杂。自他们到达地下王国后，蟑螂似乎就对小靴子怀有一种特殊的感情。要是他们只发现格雷戈尔一个人，说不定早就把他送到老鼠那儿去了，也就没有这后来的故事了。但小靴子很快就和他们成了朋友，她既没有害怕他们，也没有觉得自己高人一等。格雷戈尔觉得，因为很多人都看不起蟑螂，是小靴子对他们的喜爱深深感动了他们。

同时，小靴子还一眼认出了太普……太奇怪了，格雷戈尔到现在都没法解释这件事。

蟑螂们又绕着小靴子转了好几个圈，然后匍匐在地上，头部朝向小靴子。他们一圈圈地往外退去，消失在了黑暗中。小靴子一言不发地看着他们离去，待他们离开后，她张大嘴，打了个响亮的哈欠，向格雷戈尔摇摆着走去。“我困困。”她说。接着她缩成一团，靠在格雷戈尔身边，睡着了。

格雷戈尔从她手上取下手电筒，借着光亮，他发现其他地底人也都醒了，正看着他们。“她困了。”他淡淡地说，关掉了手电筒，好像什么事都没发生。

等他们再次醒来时，蟑螂们就向他们宣布，太普和提克将加入他们的探险。毫无疑问，他们是为了小靴子才来的。

格雷戈尔很困惑，不知是该为小靴子感到骄傲，还是放声大笑。看来，她还真的是件特殊武器。

这支队伍很快就准备离开了。太普和提克态度很明确，蝙蝠上没有小靴子，他们绝对不坐上去。大家稍稍议论了一番，因为小靴子要和格雷戈尔坐在一起，也就是说，一只蝙蝠必须载着两名地上人和两只蟑螂。蝙蝠能承担得起这个重量，但这也就意味着，他身上将背负四个没有飞行经验的家伙。

维库斯把这个艰巨的任务交给了亨利的大黑蝙蝠阿瑞斯，他够强壮，也很灵活。亨利和卢克萨一起飞。阿瑞斯收到指示，他必须飞在最顶上，以免蟑螂不小心掉下来，蝙蝠们好在其落地前接住。

大家的一番讨论并没有让太普和提克放松下来，一想到要在空旷的高空中飞行，他们就害怕得不行。格雷戈尔尽力安抚他们，但又觉得这很讽刺，毕竟他自己也不喜欢飞行。他刚才还暗自祈祷，不要骑在阿瑞斯身上，他是亨利的蝙蝠，说不定也和亨利一样不喜欢自己。

大伙儿没时间吃早饭，马雷斯分了好多蛋糕和牛肉干给大家，以便路上吃。维库斯告诉格雷戈尔，他们要飞好几个小时才能休息一次，以防万一，他便给小靴子又加了块尿布。他把小靴子面朝后放进背袋里，这样她就能和太普、提克聊天了，也能缓解一下蟑螂的恐惧感。

格雷戈尔小心翼翼地爬到阿瑞斯背上，腿垂在蝙蝠的肩上。太普和提克也蹒跚着爬了上去，紧紧抓住阿瑞斯背上的毛发，生怕一松开，就要命丧九泉似的。格雷戈尔看见阿瑞斯眨了下眼睛，但他什么也没说。蝙蝠们一般不大声说话，似乎这么做很费力气。他们彼此谈话时，也是用短促的尖叫声，音频很高，人类的耳朵根本听不见。

“我们必须飞到纺织工的领地上去。”维库斯说，“记住，蝙蝠经常在这一带巡逻。”

“飞得紧凑一点，我们需要彼此的保护。”索罗维特说，“升空！”

蝙蝠纷纷起飞。旅途上有了新伙伴，小靴子高兴极了。她把自己所有会唱的歌都唱了出来，包括《一闪一闪亮晶晶》、《稀奇稀奇真稀奇》、《小蜘蛛之歌》、《字母歌》，当然了，《做蛋糕》是必不可少的。唱完一遍后，她又重新唱了一遍，接着又是一遍，一遍又一遍。唱到第十九遍时，格雷戈尔实在听不下去了，决定教她《划船歌》，以便她的演唱曲目能有点新花样。小靴子很快就学会了，又教蟑螂唱。她似乎不在乎蟑螂们跑了调的歌声，但格雷戈尔感到，他们每唱一段，阿瑞斯脖子上的肌肉就僵硬一分。

格雷戈尔发现，蟑螂的领土远比王之城大得多，也要比蝙蝠的洞穴大。人类和蝙蝠习惯在一个狭小的地方密集而居，以便更好地自我保护。相比之下，蟑螂在地下王国的栖息地则甚为广袤。

他们守护的领土如此之大，又是怎么保证自己安全的呢？

当他们从一个居住了成千上万只蟑螂的山谷上空飞过时，格雷戈尔想到了问题的答案。这儿有很多爬虫——和人类相比，数目巨大。如果他们遭受攻击，失去一些同类应该不算什么很大的损失；他们土地广袤，也可以不停地撤退下去，让老鼠无谓地跟着他们。格雷戈尔想到了家里厨房里的蟑螂，他们从不反抗，只会逃命。妈妈打死了好多只，但他们还是源源不断地涌来。

飞了好长一段时间后，格雷戈尔感觉到阿瑞斯滑行着向下俯冲,随后在一条浅浅的河流边停下来,河水正缓缓地流动着。格雷戈尔从蝙蝠身上跳下来,脚底下踩着某种松软、有弹性的东西。他弯腰仔细察看,又伸手抓了一把,原来是一种青灰色的带叶藤蔓。植物！这儿没有地底人特别设置的煤气灯，竟也有植物顽强生长!

“没有光,它们是怎么生长的?”他手里抓着一把植物,问维库斯。

“这儿有光,”维库斯指着河水说道,“地底下有火。”格雷戈尔向水面看去,看见无数微小的光束正从水底喷射出来。鱼儿在各种水生植物里穿梭自如，植物长长的藤蔓也爬到了河岸上。

“哦,这就像是一个迷你小火山。”格雷戈尔心想。

“这条河也流经王之城。我们的家畜就以这些植物为食，但人类却不能食用。”索罗维特说。

格雷戈尔早上吃的是牛肉干，却从未想过这儿的牛吃什么。要是没有地底人的解释,他可能要花几年时间才能弄明白地下王国的整个体系是如何运转的——当然他也不想去弄明白。

太普和提克正在河边钓鱼，他们用嘴从水里拉出了好几条大鱼。马雷斯把鱼洗净，放在火把上烤起来。

格雷戈尔放下小靴子，让她伸展下腿脚，并请蟑螂们帮忙看护。蟑螂们跑前跑后，把她从河水边引开，还让她骑个不停。小靴子到达这里的消息很快传开了，没过多久，几十只蟑螂就冒了出来。他们待在一旁，静静地看他们的"公主"。

食物弄好后，维库斯邀请太普和提克一起用餐。亨利皱起了眉头。

"在这里，所有生物都是平等的。"维库斯故意说，"我们因为预言而聚到一起，我们目标明确，旅途中大家要齐心协力。"太普和提克独自坐在一边，躲在小靴子后面，但还是和大家一起用餐了。

"不远了。"维库斯指着前方一条窄小的地道说，"我们步行很快就能到。"

"到我爸爸那儿？"格雷戈尔问。

"不，是去纺织工那儿。我们一定要劝说两名纺织工加入这次探险。"维库斯答道。

"哦，是的。纺织工。"格雷戈尔说。他希望纺织工对冒险的兴趣要比蟑螂们浓些。

他们刚吃完饭，蝙蝠们突然抬起了头。"老鼠！"阿瑞斯嘶吼道。闻听此言，大家一阵骚动。

除了太普和提克，所有的蟑螂都消失了。他们钻进了河岸边浅浅的地道，逃走了。

维库斯把小靴子塞进格雷戈尔的背袋，把他们向先前他指的那条地道推去。“快跑！”他命令道。格雷戈尔刚要反驳，维库斯打断了他。“快跑，格雷戈尔！我们这些人都可以死，但你不能！”

老人跳上蝙蝠，飞到空中，加入地底人的行列。正在此时，六只老鼠组成的小队往河岸赶来。领头的老鼠面目狰狞，脸上有一条又长又斜的大伤疤，他指着格雷戈尔，用嘶嘶的声音命令道：“杀了他！”

格雷戈尔手无寸铁地站在岸边，他回转身，向地道口冲去，太普和提克慌张地跟在他后面。格雷戈尔回头瞥了一眼，只见维库斯长剑一挥，一道白光闪过，正往河边跑的疤脸鼠应声倒地。其他的地底人与另五只老鼠拼死作战，一时间刀光剑影，鲜血狂飙。

“跑啊，格雷戈尔！”索罗维特用粗哑的嗓音喊了一句，和平时那文静的声音完全不同。

“动作快，你们，动作快！”太普和提克也催促道。

格雷戈尔打开手电筒，向地道里冲去。这里高度适合，他正好可以挺起身子跑。突然，他意识到太普和提克不知什么时候不见了，便掉转身，要去寻找他们。这时，他发现地道里从上到下都堆满了蟑螂，像一堵墙一样。他们没有和老鼠打斗，而是用身体堆成了一个屏障，不让老鼠进来。

“哦，不。”格雷戈尔想，“他们这样只会送命！”他转身想去帮他们，但蟑螂们却坚持让他走，“跑！带着公主跑！”

他们说得没错，他必须走，必须带着小靴子离开这里。他还有爸爸要救，甚至还要把地下王国从老鼠手里拯救出来。他不知道结果会怎样，但他知道，老鼠和他一样，都无法通过这由蟑螂堆起的一米多高的“虫”墙向对方下手。

他转身向地道深处跑去。以这样的速度，他起码还能跑半个小时。

二十分钟后，他转了个弯，却径直扑到一张巨大的蜘蛛网上。

16

格雷戈尔从脸上撕下那些黏稠的蜘蛛丝，感觉就像有人把透明胶从皮肤上撕掉一样。“好痛！”他先把拿着手电筒的手抽了回来，而另一只还陷在网里。小靴子被他背在背上，所以没有陷入其中。

“有人吗！”他大喊道，“这有人吗？有人吗？”他拿着手电筒照了一圈，但满目所及之处全是一片蜘蛛网。

“我是地上人格雷戈尔，带着和平而来。”他说道。我带着和平而来，这话他是从哪儿学来的？也许是以前看的老电影吧。“有人在这儿吗？”

他感到凉鞋上被什么轻盈的东西缠住了，低头一看，一只大蜘蛛正将一张厚重的蜘蛛网包裹在他的脚上。

“嘿！”格雷戈尔喊道。他想把脚弄出来，但蜘蛛的网已经结到了他的膝盖上。“你搞错了，我是——我是勇士！预言里的勇士！我是这次探险的号召者！”

蜘蛛充耳不闻，忙碌地工作着，网现在已经缠到他的身上了。“哦，老天啊。”格雷戈尔想，“这玩意儿要把我全包起来了！”他困在网里，胳膊被紧紧捆在了身上。

“格格！”小靴子尖叫道。丝线缠到了格雷戈尔的胸部，把小靴子紧压在他的后背上。

“维库斯让我来的！”格雷戈尔情急之下大喊道。谢天谢地，蜘蛛总算停下来了，格雷戈尔又急忙说道：“没错，维库斯派我来的，他现在还在路上，如果你把我绑起来，他会很不高兴的！”

他挥了挥那只没被束缚住的手，手电筒也跟着晃了晃，光线正好照在蜘蛛的脸上。蜘蛛往后滑了几米，格雷戈尔这才看清这个怪物：六只晶亮的黑眼睛，长满短硬刚毛的长腿，巨大的下巴，长长的尖牙突在外面。格雷戈尔赶忙移开手电筒，他可不想触怒他。

“你认识维库斯？”格雷戈尔问，“他很快就要来了，要和你们的国王，或者女王，进行正式会谈。你们有国王或是女王吗？怎么称呼？我们那儿有个总统，但和你们不同，我们要投票才能把他选举出来。”格雷戈尔停下话头，又问道，“那你现在能

放开我们吗？”

蜘蛛伏低身子，用下巴猛地一拽，格雷戈尔和小靴子立马弹跳到了十米多高的空中，随即又落下来，就像在一个大橡皮圈上弹来弹去。“嘿！”格雷戈尔大喊道，“嘿！你……”午饭在胃里翻江倒海，他差点没吐出来，终于，这个弹跳的过程结束了。

格雷戈尔拿着手电筒照了一圈，四周竟然全是蜘蛛。他们有的在繁忙地工作，有的像在睡觉，大家都对他不理不睬。这可新鲜了，蟑螂和蝙蝠都很恭谦地欢迎他的到来，当他出现在体育馆时，所有的人都一瞬间静了下来，老鼠见到他时则勃然大怒……可蜘蛛呢？他们直接漠视他。

格雷戈尔试着与他们对话，他奉承他们，拍他们的马屁，又说些能让他们抓狂的话，可无论怎样，蜘蛛们都毫无反应。他想到之前小靴子对蟑螂的影响力，就让她唱了几遍“小蜘蛛之歌”，可蜘蛛们还是无动于衷。最后，格雷戈尔实在没招儿了，还是老实待着，静观事态的发展吧。

一只倒霉的昆虫落进了他们的网里。一只蜘蛛扑了过去，把邪恶的长牙插进虫子的身体里，虫子立马不动了。“是毒药吧。”格雷戈尔想。蜘蛛迅速在昆虫周围结网，用蛛丝把它勒断，接着又往虫子的尸体上喷了点液体，然后，蜘蛛开始用餐，津津有味地吸食昆虫已被液化的身体。格雷戈尔赶忙望向别处，“天啊，我们可能也会是这个下场！说不定我们就是这个下场！”他暗自祈祷维库斯和其他人能尽快赶到。

但他们会来吗？河岸边又发生了什么？他们能打败老鼠吗？有没有人受伤，或是……遇害？

他想起了维库斯命令他逃跑时说的话：“我们这些人都可以死，但你不能！”他一定在说预言，毕竟他们可以找到更多的爬虫、飞行者和纺织工，万一卢克萨或是亨利出了什么意外，尼莉莎可以做替补，或者他们也可以找别人做王之城的国王或是女王。但地上人格雷戈尔和小靴子，还有他们的爸爸——正被老鼠囚禁着，却是不可取代的。

格雷戈尔想起那些在岸边自我牺牲的人们，心中充满苦涩，即使胜算不大，他也应该留下来和他们在一起并肩作战。他们冒着生命危险保护他，就是因为他是预言里的勇士。可他不是，这点现在应该清楚了。

时间一分一秒地过去了。说不定所有人都已经牺牲，现在只剩下他俩了。说不定蜘蛛对发生的事都了如指掌，只是暂时让他俩活命，好在他们胃口大开时，吃掉两个新鲜的躯体。

“格——格？”小靴子说话了。

“怎么了，小靴子？”格雷戈尔问道。

“我们回家？”她可怜巴巴地说，“去看妈妈？”

“嗯，我们得先去看爸爸才行。”格雷戈尔尽力让自己的声音听起来很乐观,虽然他被吊在蜘蛛巢里动弹不得。

“爸——爸?”小靴子好奇地问。她只在照片里看过爸爸,从未见过真人。“看爸——爸?”

“我们找到爸爸后,就和他一起回家。”格雷戈尔说。

“看妈妈!”小靴子坚持说道。妈妈的模样浮现在格雷戈尔的脑海里,让他难受极了。“看妈妈!”

旁边的一只蜘蛛发出了嗡嗡的哼叫声,其他蜘蛛也跟着一起吟唱起来。他们唱的是一支舒缓轻柔的曲子。格雷戈尔想起了爸爸以前经常吹萨克斯曲给他听,他七岁时,爸爸给他买了人生中第一把萨克斯,那是从当铺买来的二手货。格雷戈尔刚开始在学校学习如何吹奏它时,爸爸就消失了,成了老鼠的阶下囚。

现在那些老鼠又在怎么对付爸爸呢?

他努力让自己不去想那些消极的事儿,他要振奋起来,但一想到目前的处境,却怎么也乐观不起来。

亨利突然出现在他下方的石头地面上,格雷戈尔兴奋地想大哭。“他还活着!”亨利喊道。亨利似乎真心地为他感到高兴。

维库斯的声音也从黑暗中传来,“把地上人放下来,放下来!”格雷戈尔感觉到身体在慢慢下降,脚刚一着地,便摔了个狗啃泥——他的腿被蜘蛛丝裹得紧紧的,根本无法站立。

人们立刻围上来，用剑砍断他身上的丝网。卢克萨和亨利也来帮忙了。提克和太普忙着啃咬小靴子背包上的丝线。格雷戈尔数了一下蝙蝠的数量：一、二、三、四、五。大家身上都有伤口，但还好，所有人都活着。

“我们以为见不到你了。”马雷斯说，血正从他的大腿上往下流。

“不，我不会迷路的，地道直通向这里。”格雷戈尔边说边伸展着已有些麻木的腿脚。

“不是迷路。”卢克萨说，“是永远消失。”格雷戈尔明白了，她指的是死亡。

“老鼠呢？”他问道。

“都死了。”维库斯说，“不要担心他们曾经见过你。”

“他们看到我会很糟糕吗？”格雷戈尔问道，“为什么？他们从几里外就能闻出我这个地上人来，他们都知道我在这儿。”

“只有那些死去的老鼠才知道你和你父亲长相酷似，只有他们知道你是‘太阳的儿子’。”维库斯说。格雷戈尔想起了范格尔和谢德在火把下看见他的脸时的表情，“谢德，快看，他的样子。”他们想杀格雷戈尔不仅因为他是地上人，还因为他们知道他就是预言中的勇士！他想把这件事告诉维库斯，但一群蜘蛛在他们周围徐徐降落，将他们团团围住。

一只腿上长着美丽条纹的气质不凡的蜘蛛，降落在维库斯面前。维库斯深深地鞠了一躬，“向您问好，维沃克斯女王。”

蜘蛛用前腿在胸部擦了擦，那姿势好像在演奏竖琴。一个阴森的声音传了过来，但蜘蛛却没有张开嘴巴，“欢迎您，维库斯大人。”

“见一下他吧，地上人格雷戈尔，来见一下。”维库斯指着格雷戈尔说。

“他废话可不少。”女王厌恶地说，前腿又在胸前来回划动。格雷戈尔意识到，她是靠身体震动发出声音的。她的声音和住在公寓里4Q房间的约翰逊先生有点像，他做过手术，现在只能通过脖子上的一个小孔来发声，挺吓人的。

“地上人的行为方式总是这么古怪。”维库斯瞥了格雷戈尔一眼，暗示他不要发表任何反对意见。

“你为什么而来？”维沃克斯女王问。

维库斯语调轻柔，用十句话简要地表达了他们的来意。格雷戈尔这才明白，和蜘蛛说话一定要语速快、声音低，对他们大喊大叫只会起到反作用。

女王考虑了一下，说道：“既然你是维库斯，我们就不吸你了，把他们网起来！”

一群蜘蛛立马把他们团团围住。只见一个蜘蛛丝织成的巨桶，在他们周围逐渐形成，如同被施了魔法一般，越来越高。蜘蛛们一直忙碌着，直到这个桶达到九米多高时才停下，两只蜘蛛留守在顶端警戒——这一切用了不到一分钟时间。

大家看着维库斯，他叹了一口气。“要知道，来这儿办事可没那么简单。”索罗维特温和地说。

“是啊，但鉴于最近我们和他们之间的贸易协定，我希望……”维库斯的声音弱了下去，“我对他们抱太大希望了。”

“至少我们还能呼吸。”马雷斯鼓舞大家，“这个结果对蜘蛛来说可不简单。”

“发生什么了？”格雷戈尔问，“他们不和我们一起走吗？”

“是的，格雷戈尔。”索罗维特说，“现在我们是他们的囚犯了。”

17

“囚徒！”格雷戈尔惊呼道，“你们和蜘蛛也开战了吗？”

“哦，并没有。”马雷斯说，“我们和纺织工之间有和平协议。我们和他们有贸易往来，互不侵犯……但要把他们称作朋友，有点言过其实。”

“嗯，是这样。”格雷戈尔说，“那么除了我之外，你们都知道他们会把我们困起来，是吗？”他已经厌倦了总是最后一个知道真相，声音里透出无法抑制的愤怒。

“对不起，格雷戈尔。”维库斯说，“我一直在努力维护我们和纺织工的良好关系。我本以为他们会变得好说话一些，但事实看来，我高估了我对他们的影响力。”

维库斯看起来苍老而疲惫，格雷戈尔安慰他道：“不，他们确实很尊敬你。我想要不是我提到了你的名字,他们说不定已经把我吃了。”

维库斯脸色缓和了些,“真的吗?嗯,那看来的确还是有效果的。只要还活着,就有希望。”

“真奇怪,这话我奶奶也常挂在嘴边!”格雷戈尔大笑了起来,紧张的气氛稍微和缓了几分。

“格——格,新尿——布!”小靴子扯着自己的裤子,暴躁地喊道。

“是的,小靴子,新尿布,马上来!”格雷戈尔应道。她已经好久没换过尿布了,格雷戈尔连忙在达尔西特给他的背包里翻找起来,却发现只剩下两块尿布了。“噢噢,不妙了。”他说,“兜布就快用完了。”

“哈,那你真是来对地方了,我们所有的兜布都是纺织工织出来的。”索罗维特说。

“那兜布为什么不黏?”格雷戈尔摸着脸问。

“纺织工可以吐出六种不同的丝,有的有黏性,有的柔软的就像小靴子的皮肤。我们的衣服也是他们做的。”

“真的吗?”格雷戈尔问,“你觉得他们会给我们几块兜布吗?即使我们是囚徒。”

“我觉得会的,毕竟蜘蛛的目的不是和我们为敌。”索罗维特说,“他们只有先困住我们,才能决定下一步的行动。”说完,她就对着护卫喊起话来，几分钟后，一根丝线就将两打新尿布传送下来。蜘蛛还送来了三个编织篮，里面盛着清水。

索罗维特开始给他们清洗、包扎伤口。卢克萨、亨利和马雷斯眼睛一眨不眨地看着她，就像她在给他们上课。格雷戈尔意识到，在地底下，会治疗伤口是一项非常重要的技能。

索罗维特先将马雷斯大腿上那道深长的切口清洗了一下，接着用针和线缝合起来。格雷戈尔忍不住替马雷斯担心，马雷斯虽然脸色苍白，却眉头都没皱一下。两只蝙蝠撕裂的翅膀也需要缝合。索罗维特手里的银针在他们的皮肤里穿进穿出，蝙蝠们一声不吭，坚强地忍耐着。

处理完流血的伤口后，索罗维特转向格雷戈尔，“现在，该治疗你脸上的伤了。”

格雷戈尔摸了摸脸颊，发现曾被蜘蛛网黏过的地方肿了起来。索罗维特将尿布在水里浸湿，然后贴在他的脸上。格雷戈尔咬着牙不让自己叫出声来。

“我知道这很疼。”索罗维特说，“但你一定要把脸上的黏液洗掉，否则伤口就会化脓。”

“化脓？”格雷戈尔问，这听起来太恐怖了。

“如果你能直接把脸浸到水里，虽然会更疼，但效果会更好、更快。”索罗维特说。

格雷戈尔深吸一口气，把整张脸埋进装满水的篮子里。

“啊啊啊！”他无声地尖叫着，片刻之后，他抬起头来，大口地喘着气。这样重复了五六次后，疼痛果然减轻了。

索罗维特满意地点点头，又给了他一小瓶药膏。格雷戈尔轻轻地把药膏涂在脸上，索罗维特又给他处理了一下身上其他的小伤口，她还强制性地给维库斯包扎了一下手腕上的伤口，维库斯非常不配合。

最后，索罗维特转向太普和提克，“爬虫们，你们需要我的帮助吗？”

小靴子指着蟑螂头上弯曲的触角，说：“太普歪——歪！”

“不用，公主，我们可以自愈。”太普说。格雷戈尔为太普受的伤感到抱歉，但又转念一想——至少他现在能分清他们俩谁是谁了。

小靴子坚持道：“绷—带！”同时伸手去抓蟑螂弯折的触角。

“不，小靴子！”格雷戈尔挡住她的手，“太普不需要绷带。”

“绷——带！”小靴子朝格雷戈尔尖叫道，用力把他推开。

“哦，这下好了。”格雷戈尔心想，“又开始了。”一般情况下，小靴子是个乖巧的小孩。但她毕竟才两岁，有时也会大发脾气，尤其在累了或饿了的时候，让全家人跟着一起闹心。

格雷戈尔在背包里翻找了一下，达尔西特不是说给他们装了点好吃的吗？终于，他拽出了一包饼干。“饼干，小靴子要吗？”小靴子不情愿地拿过饼干，坐下吃了起来。格雷戈尔也许得预防最坏的事发生。

“讨厌我们了，公主，讨厌我们？”提克担心地问。

“哦，不是的。”格雷戈尔说，“她有时就会这样。我妈妈把她这个阶段称为‘可怕的两岁’。有时她无缘无故就会发火。”

小靴子突然冲着所有人尖叫起来，用脚使劲跺着地。

“恨我们，公主，恨我们？”太普伤心地咕哝着。

看来蟑螂的小宝宝从不会乱发火。

“不，我说真的，她还是觉得你们很棒。”格雷戈尔向他们承诺道，“给她一点自己的空间就好了。”他希望小靴子的行为不要伤害到蟑螂才好，说不定他们一不高兴就要回家了——虽然现在这种局面谁也走不了。

维库斯示意格雷戈尔过去，大家都聚集在一个小角落里。他压低声音说：“格雷戈尔，我妻子担心纺织工会把我们的下落告诉老鼠，她建议我们赶快逃走！”

“这主意我赞同！”格雷戈尔说，“但要怎么做？”小靴子突然跑到他身后，一点道理也不讲地在他胳膊上拧了一下。“不，小靴子！”他叫道，“不许拧人！”

“我还要饼干！”小靴子拽着格雷戈尔嚷嚷道。

“不给，拧人就不给。坏小孩没有饼干吃。”格雷戈尔坚决地说。小靴子的下唇抽动着，她一转身，从他身边走过去，一屁股坐在地上,双脚乱蹬,踢着地上的背袋。

“好了,不好意思,刚说什么了?有什么计划?”格雷戈尔转过身去,看着大家,“我们不能直接切开蜘蛛网逃出去吗?”

“不行,这个桶状蛛网外面全是蜘蛛,他们随时准备修补网上的洞,用带毒液的尖牙发起进攻。要是我们从上面逃走,他们就会从上面扑过来。”索罗维特低声说道。

“那还有别的办法吗?”格雷戈尔问。

“只有一个办法。我们必须把蜘蛛网在一瞬间完全摧毁,这样他们就没法再修补,破碎的蛛网也没法承担他们的重量。”索罗维特说。她停了停又说:“必须有个人升到空中把网破坏掉。”

大家都看向卢克萨,格雷戈尔也看过去。她的金色蝙蝠正站在她身后,低垂着头,碰了碰她的脖子。“我们可以。”卢克萨轻柔地说。

“我们不强求,卢克萨。这件事危险性很大,特别是飞到空中的时候。但老实说,你成功的几率最大。”维库斯难过地说。

亨利把手放在卢克萨的肩膀上,“她们可以的,我看过她们的训练。她们既有速度,又有很高的精准度。”

卢克萨庄重地点点头,“我们可以的,不要再浪费时间了。”

“格雷戈尔,你骑维库斯的蝙蝠。维库斯,你和我一起。亨利和马雷斯，你们每人带一只爬虫。”索罗维特命令道。

“我们需要给卢克萨打掩护。”马雷斯说，“我从这边进攻。”

“你那条腿现在还不能剧烈运动。”索罗维特目光炯炯地扫视了一圈周围，“谁都不许从那边走，那是死路一条。”

“纺织工对声音非常敏感。”维库斯说，“我们没带号角，太遗憾了。”

一双愤怒的小脚用力踢在格雷戈尔的腿上，原来是小靴子正坐在地上，不满地踢他。“别闹了！”格雷戈尔生气地喊道，“你该消停消停了。”

“不停！你停！你停！饼干！饼干！”小靴子气急败坏，就快爆炸了。

“你们需要噪音？”格雷戈尔沮丧地说，“我这儿有一个！”他抱起小靴子，把她丢进背袋。

“不！不！不！”小靴子喊道。她的声音越来越高，越来越尖。

“大家准备好了吗？”格雷戈尔问，他从达尔西特准备的小包里拿出一块饼干。

地底人不知他葫芦里卖的什么药，但大家都已做好起飞的准备。

索罗维特看着格雷戈尔点了点头，“我们准备好了。”

格雷戈尔举着饼干。“嘿，小靴子！”他喊道，“想吃饼干吗？”

“不要饼干！不要饼干！不不不！”小靴子现在的愤怒绝非一般食物能平息的。

“好啊。”格雷戈尔说，“那我可就吃了。”他把整块饼干都放进了嘴里，故意让小靴子看到。

“那是我的！”小靴子尖叫道，“我的！我的！是我的！”那尖锐的声音似乎要穿透他的耳膜，击碎他的脑神经。

“上，卢克萨！”索罗维特喊道。卢克萨的蝙蝠立马升到空中。现在格雷戈尔明白为什么这是个大难题了。卢克萨必须以极快的速度一边旋转着上升，一边高举着手中的利剑，只见一道道白光在空中纵横交错，道道锋利无比，蛛网在顷刻间化为一堆碎片。只有一个灵活的卓越骑手，才能完成这样高难度的任务。

“哇！”格雷戈尔惊叹道。他也跳到了维库斯大灰蝙蝠的背上。

“我——的！”小靴子还在尖叫个不停，“我——的！”

在他上方，卢克萨正边旋转边挥舞着利剑，其他地底人跟在她身后，手中的武器纷纷刺向蛛网桶的四壁。格雷戈尔带着仍大喊大叫的小靴子殿后。

蛛网桶的顶部，金色蝙蝠飞出了一个精准的“8”字图案，在卢克萨挥剑保护下，地底人一飞冲天，重获自由。

就在格雷戈尔也要飞出去时，事情发生了。一团蜘蛛丝从天而降，缠住了卢克萨拿剑的手，把她从蝙蝠背上拽了下来，一对长着花纹的蜘蛛腿像收网一般把她拉了过去。

维沃克斯女王尖尖的毒牙，对准了卢克萨的脖子。

18

格雷戈尔惊恐得张大嘴巴，卢克萨命悬一线，危在旦夕。卢克萨也知道自己的危险处境，她极力挣扎着，想用牙咬断捆住手腕的蜘蛛丝，但蛛丝很结实，根本奈何不了它。

格雷戈尔绝望地搜寻着可用的武器。他还有什么？尿布？饼干？哦，他们为什么不给他一把剑啊！他是个愚蠢的勇士，不是吗？他在皮袋里翻找着，突然摸到了那罐老根啤酒。老根啤酒！他连忙拿在手上，用尽全力猛烈地摇晃着。“进攻！进攻！”他大喊道。

就在毒牙刺向卢克萨喉咙的一霎那，格雷戈尔飞身上去打开了啤酒罐。老根啤酒喷涌而出，正好喷在了女王的脸上。女王丢下卢克萨，对着六只眼睛一顿乱抓。

卢克萨摔了下去，她的蝙蝠立即接住了她。已经飞出去的地底人又返回来帮助他们。

“叶轮阵！”索罗维特命令道。蝙蝠们立即聚拢到格雷戈尔身边，将他紧紧地围在中间，人们握紧手中的剑，剑锋一致对外。很快，这个列阵就像一只电动圆锯一样，飞离了这块不祥之地。

小靴子高分贝的尖叫声吓得好多蜘蛛蜷成了一个小球。不知是小靴子叫声的威力，还是叶轮阵型和老根啤酒给蜘蛛带来的恐惧，没几分钟，他们就已经自由地飞翔在高空中，将蜘蛛远远抛在身后。

格雷戈尔发现自己的双腿正紧紧地夹着蝙蝠，他连忙松了下来。他手里还拿着剩了一半的老根啤酒，若不是在这种情境下，他真想喝上一口。

小靴子的尖叫声渐渐变成了呜咽声，她把头搁在格雷戈尔的肩膀上，睡了过去。她闹腾了这么久，睡觉时还不时地发出抽泣声。格雷戈尔扭过头去，轻轻在她长满卷发的小脑袋上亲了一下。

卢克萨趴在蝙蝠背上，一副惊魂未定的模样。索罗维特和维库斯飞到她身边，和她说着什么。她一直在点头，但并没有坐直身体。之后，他们便飞到队伍前方，带领蝙蝠以更快的速度飞进黑暗之中。

他们沿着一条废弃的通道飞了很久，这里没有任何生命的迹象，既没有动物，也没有植物。终于，索罗维特和维库斯挥手示意大家停下来，众人在一条地道口前面的大洞穴里着陆。

大家几乎是从蝙蝠背上摔下来的，一动不动地躺在地上。太普和提克差点吓昏过去。蝙蝠们跌跌撞撞地靠在一起，颤抖着挤成一团。

片刻之后，格雷戈尔开口说道："你们不觉得我该有一把剑了吗？"

众人皆默不作声，随即所有地底人都哈哈大笑起来。格雷戈尔有些摸不着头脑，但也跟着他们一起笑起来，阴霾的心情也一扫而光。

笑声吵醒了小靴子，她揉揉眼睛，兴奋地问："蜘蛛呢？"

不知为什么，她的问题又引发了大家新一轮的笑声。小靴子对这个反应很是高兴，她继续不停地问"蜘蛛呢？蜘蛛呢"享受着大家的笑声。

"我们和蜘蛛说再见了。"格雷戈尔回答道，"吃块饼干怎么样？"

"好啊！"小靴子高兴地大喊。之前的饼干事件一点都没影响到她。这是她的一个优点。她一旦放松下来、睡了一觉后，就又变回之前那个乖巧的小孩了。

太普和提克发现公主并没有讨厌他们后，立即开心地聚拢过来，绕着小靴子转圈圈，和她做起游戏来。

马雷斯正想去准备食物，索罗维特却命令他躺下来休息，把伤腿固定住，晚饭就由她和维库斯来做。马雷斯便和亨利玩起了纸牌游戏。

卢克萨正坐在一块大石头上，格雷戈尔走过去坐在她身边，发现她仍然心有余悸，身体在微微发抖。“你怎么样？”他问。

“我很好。”她的声音里透着紧张。

“你那个旋转上升式飞行真的很酷！”格雷戈尔说。

“这是我第一次在真正的蜘蛛网里尝试。”卢克萨坦白道。

“我也是的。当然了，在地上的世界，纺织工很小，而且我们不把他们当作邻居。”他说。

卢克萨做了个鬼脸，“我们和纺织工也没太多往来。”

“嗯，这是好事。我是说，谁想和他们在一块啊？他们成天就想着怎么把你喝掉！”格雷戈尔说。

卢克萨有些惊讶地说：“女王把你关了起来，你还有心思开玩笑！”

“嘿，你们出现之前，我已经被吊了一个小时了，也鬼喊鬼叫了一个小时了。”格雷戈尔说，“他们对我恨之入骨。”

卢克萨笑了起来，“我看得出来，维沃克斯女王的话也证明了这点儿。”她沉吟片刻，好像费了好大劲儿才继续说道，

“谢谢你。”

“谢我什么？”格雷戈尔问。

“谢谢你用……那个武器……救了我。”她指了指那罐老根啤酒。

“这不是武器，是老根啤酒。”格雷戈尔边说边喝了一大口。

卢克萨一脸的担心，“这个能喝吗？”

“当然了，你也来试试。”格雷戈尔将啤酒罐递给她。

卢克萨试探性地尝了一小口，眼睛大睁着，“它会在舌头上翻泡泡！”

“是啊，这就是它刚才为什么会爆炸。你用力摇罐子，就会摇出好多泡沫来。不过现在没事了，就像水一样。试试把它喝完吧。”格雷戈尔鼓励说。于是，卢克萨连喝了好几小口。

“其实我也欠你的。”格雷戈尔说，“那天晚上你把我从老鼠手里救了出来，现在咱们扯平了。”

卢克萨点点头，但还是一脸困扰。“还有件事，你逃跑的那次，我不应该打你的。对不起。”

“我也要向你道歉，我不该说你们这儿是个混账地方。其实这里没那么糟，有时候还挺棒的。”格雷戈尔充满歉意地说。

“那在你看来，我‘混账’吗？”卢克萨问。

“哦，当然没有了。混账是用来形容蜘蛛、老鼠的，还有那种让你脊梁发凉的东西。你只是……难相处了点。”格雷戈尔尽可能用坦诚的语气说话，但又不至于坦诚得太过粗鲁。

“你也是。人们很难……嗯……逼着你做事。”卢克萨说。

格雷戈尔点点头，趁卢克萨没在看他时翻了个白眼。很难想像这世界上还有比卢克萨更顽固的人。

这时，维库斯喊大家去吃饭。蟑螂此刻也放松不少，和大伙儿围坐在了一起。

“我在喝格雷戈尔对付纺织工的武器。”卢克萨高举那罐老根啤酒大声宣布。格雷戈尔又从头解释了一遍老根啤酒的事，大家都试着喝了一小口。

当啤酒传到小靴子那时，格雷戈尔说：“嗯，看来这回能喝完了。”他以为小靴子会几口就把啤酒喝完，却惊讶地看见她把啤酒倒进两个小坑里。

“大虫虫的。”她指着第一个小坑说道。“蝙蝠的。”紧接着，她又指向第二个小坑。两种动物都愉快地喝完了老根啤酒。

“我觉得小靴子以后可以做大自然的使者。”维库斯微笑着说，“她平等对待自然界的所有生物，这让人深感钦佩。好了，咱们开饭吧！”

大家狼吞虎咽地吃了起来，好像一个星期没吃饭似的。格雷戈尔肚子差不多塞饱之后，才细细品味起食物的味道。自逃离蜘蛛巢后，一个问题一直困扰着他，他问道：“没了纺织工，我们还能开始冒险吗？”

“这的确是个问题。”维库斯说，“这是一个大家都必须考虑的问题。很明显，现在我们不可能期望有任何蜘蛛自愿加入我们的队伍了。”

“等我们一有机会，就抓两只过来。”亨利阴郁地说。

“预言说了，必须蜘蛛同意才行。”维库斯说，“但是我们都知道老鼠抓了不少蜘蛛做俘虏。说不定我们可以救一些出来，说服他们加入。每次我和蜘蛛沟通，结果都还不错。”

“但是维库斯，你不可以现身。”索罗维特冷静地说。

“你是什么意思？”格雷戈尔问，喉头一阵干涩。

维库斯沉默着，大家的目光都齐刷刷地望向他，他说道：“现在，该是我们这些预言里没提到的人回家了。马雷斯、索罗维特和我，将在休息完毕后飞回去。”

格雷戈尔一脸错愕，卢克萨和亨利也是一副同样的表情。

“预言里没说不允许你们来。”卢克萨说。

“我们本不应该出现在这里，况且，还有一场战争在等着我们。”索罗维特说。

格雷戈尔一想到接下来的路程将没有维库斯和索罗维特的陪伴，心里不由得一阵恐慌。“可你们不能离开我们，我是说，我们连要去哪儿都不知道。”格雷戈尔说，“你们知道我们的目的地吗？”他问卢克萨和亨利，他们俩都摇了摇头，“看见了吧？”

“你们会做到的。亨利和卢克萨之前经过了严格的训练，而你也是个机智的孩子。”索罗维特说。她的话很简单，意思也很明确。她心系战争，考虑全局，不能只牵挂着他们。

格雷戈尔的直觉告诉自己，他是不会改变索罗维特的心意的。他转而对维库斯说：“你不能走，我们需要你。我们需要一个人——一个知道我们究竟要做什么的人！”

格雷戈尔看了看卢克萨和亨利，担心这话可能会冒犯他们，却发现他们也在焦急地等待维库斯的答案。“他们明白。”格雷戈尔想，“虽然他们表现得很强硬，但他们知道，光凭我们自己无法完成这次冒险。”

“我并没有打算就这样把你们抛在死亡之地。”维库斯说。

“哦，太好了，我们在死亡之地。”格雷戈尔说，“那你要……做什么？给我们画个地图吗？”

“不，我为你们安排了一名向导。”维库斯说。

“向导？”亨利惊奇地问。

“向导？”卢克萨也跟着问道。

维库斯深深吸了口气，好像要做一番长篇大论式的解释，但有人打断了他。

“嗯，我想我还是比较喜欢把自己看成一个传奇，但喊我‘向导’也行吧。”一个深沉的、充满疲倦感的声音从黑暗中传了过来。

格雷戈尔的手电筒对准声音传来的方向照去。

一只老鼠正倚靠在地道口，脸上一道长长的疤痕格外醒目。过了好几秒钟，格雷戈尔才认出他来：他就是那只被维库斯一剑击倒在河里的疤脸鼠。

第三部分

老鼠

19

“你们都别动！”维库斯大喊道。卢克萨、亨利和马雷斯跳了起来，紧握利剑。“都别动！”

老鼠饶有兴趣地看着三个剑拔弩张的人。“对啊，都别动，要不我可走了，这真是每次都让我哭笑不得。”老鼠懒洋洋地说。

卢克萨和马雷斯犹豫着放下手中的剑，但亨利无视维库斯的劝阻，向老鼠猛刺过去。老鼠立在原地未动，只是甩了一下如鞭子似的尾巴，剑从亨利手中飞出，剑锋划过地面，撞到了山洞的墙上。亨利紧握疼痛的手腕。

“对士兵来说，最难的一课，就是学会遵守他自认为是错的命令。”老鼠的话颇有哲理，“小心点，年轻人，否则你的下场就会和我一样，不仅受人尊敬的地位被剥夺，还要在大敌当前时，给坐在火堆旁的老伙计发出警告。”老鼠看着老人点了点头，“维库斯。”

“瑞普瑞德。”维库斯微笑着说道，“我们刚开始吃饭，你也一起来吃吧？”

“我还以为你不会问我呢。”瑞普瑞德撑在墙上的手一推，跃到火堆旁，在索罗维特旁边蹲坐下来。“我亲爱的索罗维特，战争已经打响，你还飞这么老远过来看我，多么让人感动！”

“我怎么能错过和你分吃一块面包的机会呢，瑞普瑞德？”索罗维特说。

“哦，得了吧，你自己清楚得很，你不过想从我身上骗得点情报。”瑞普瑞德说，“顺便炫耀一下你的胜利。”

“我打败了你们。”索罗维特愉快地说，“你的军队卷起尾巴，哀嚎着跳进了水里。”

“军队。”瑞普瑞德对这个叫法嗤之以鼻，“凭什么？他们要是军队，我就是蝴蝶了。要是让我和爬虫作战，赢的几率会更大些。”老鼠看了看太普和提克，他们俩正靠在墙边瑟瑟发抖。老鼠叹了口气，接着说，“当然了，现在的这种伙伴关系是可以容许的。”

小靴子皱起眉头，蹒跚着走到瑞普瑞德面前。她抬起胖乎乎的手指,指着他,大喊道:“你这只小老鼠!”

“是的,我是只老鼠,吱吱乱叫的老鼠。现在你赶快跑到你的虫子小朋友旁边去。”瑞普瑞德说着,拿起了一块干牛肉。他用牙扯下一块肉,却发现小靴子还在原地,便张开大口,露出一口参差不齐的尖牙,对着小靴子警告似的“嘶嘶”叫了几声。

“哦!”小靴子慌忙跑回蟑螂身边,“哦!”

“别那么做。”格雷戈尔说。老鼠炯炯有神的目光落在了他身上,格雷戈尔心头一震。那双眼睛,目光犀利,充满着智慧,更让人惊奇的是老鼠眼中饱含痛楚。这只老鼠和范格尔、谢德一点都不像,他比他们更老练,也更危险。这是格雷戈尔在地下王国待的这段时间以来,第一次有种甘拜下风的感觉。如果他和这只老鼠作战,根本连一丝胜算都没有。他一定会输,最后一定会死。

“啊,这一定就是我们的勇士了。”瑞普瑞德轻柔地说,“你和你爸爸长得真像。”

“不要吓唬我妹妹。”格雷戈尔努力控制自己不让声音发抖,“她还只是个小婴儿。”

“我得到的消息告诉我,她比你们这儿的许多家伙都勇敢。”瑞普瑞德说,“当然了,当你能数数时,勇气就会不请自来。我敢打赌,这里除你之外都会数数,很快我会逼着你回到那个黏糊糊的地方，把你的勇气榨干！”

老鼠环顾一周，发现卢克萨、马雷斯和亨利都和他保持着距离。蝙蝠们的翅膀一扇一合，一副不知所措的样子。“好了，你们没人肚子饿吗？我讨厌一个人用餐，这让我觉得自己没人爱啊！”

“我事先没给他们做好心理准备，瑞普瑞德。”维库斯说。

“很明显。”老鼠说，“很明显，我是个不受欢迎的不速之客。”他继续啃着那块牛骨头，牙齿在骨头上发出难听的刮擦声。

“来认识一下吧，噬咬者瑞普瑞德。”维库斯对大家说道，“他将以向导的身份加入你们的冒险。”

大家发出短促的惊叹声，还有人倒吸了一口凉气。很长时间里，都没人出声。格雷戈尔不知道维库斯为什么能这么镇定地宣布这个消息。他竟然把大家丢给了一只老鼠。格雷戈尔想反对，但喉咙却像被什么东西噎住了。

终于，卢克萨发话了，嘶哑的声音里满是厌恶，“不，他不可以。我们不和老鼠同行。”

“但‘灰色预言’提出了这个要求，卢克萨。”索罗维特说，“‘一名噬咬者陪伴一旁’。”

“‘陪伴一旁’含义很多。”亨利咆哮道，“也许我们可以让噬咬者的尸体‘陪伴’着我们。”

“说不定你可以，但目睹了刚才你的那一番‘战斗’，我很怀疑这一点。”瑞普瑞德不屑地抛下一句，开始吃起一块奶酪。

“可下午我们杀死了五只老鼠。”卢克萨说。

“你指的是那些我精挑细选出来的懦夫和笨蛋？哦，是的，真了不起啊，女王殿下。那真不愧是伟大的战役。”瑞普瑞德讥讽道，“千万别拿出去吹嘘，你并没有和真正的老鼠战斗过。”

“但他们杀死了范格尔和谢德。”马雷斯勇敢地说。

“嗯，那好吧，我纠正我的话。范格尔和谢德都是出色的战士，除了极少数情况下，他们的头脑都很清醒。”瑞普瑞德说，“但我想他们一定是寡不敌众，而且被‘勇士’的到来吓到了才输的。你是怎么看的，勇士？你也准备拒绝与我同行吗？”

格雷戈尔看着瑞普瑞德那双嘲讽的、又饱含痛苦的眼睛，他本想拒绝，但如果这么做了，自己还能找到爸爸吗？

维库斯好像看穿了格雷戈尔的想法，他发话了，“要找到父亲，你就需要瑞普瑞德的指引。人类的地图上并没有标注这些复杂的地道，没有他，你们永远都找不到正确的路。”

可不管怎样，他都是只老鼠。格雷戈尔只在地下王国待了几天，就已经对老鼠恨之入骨了。他们杀死了卢克萨和亨利的父母，囚禁了自己的父亲，还差点吃掉小靴子和自己。现在的他一想到老鼠，就满腔仇恨，这强烈的仇恨让他力量倍增。但如果所有的老鼠都是坏蛋，那这个站在火堆另一边、正盯着自己看的奇怪生物又是谁？他为什么自愿当他们的向导？

“那你的目的是什么？”格雷戈尔问道。

“这问题提得好。”瑞普瑞德说，“这么说吧，勇士，我正准备推翻戈杰国王的统治，但我需要你的帮助。”

“你要我做什么？”格雷戈尔问。

“我不知道。”瑞普瑞德坦白道，“我们没人知道。”

格雷戈尔站了起来，抓着维库斯的胳膊，“我需要和你单独谈谈。”他声音里的愤怒让自己都大吃一惊。没错，他真的生气了！他同意加入冒险之时，可没老鼠什么事，他当时也没做好半路会杀出这样一个“惊喜”的准备。

对于格雷戈尔的反应，维库斯并没有丝毫觉得意外，说不定他一直在期盼他生气。他们走到离大伙儿十几米远的地方，格雷戈尔问：“那你计划让老鼠加入我们有多久了？”

维库斯思考了片刻。“我也不知道确切时间，大概有两三年吧。当然了，所有计划的实现都取决于你的到来。”

“那你之前为什么没有告诉我？”格雷戈尔质问道。

“我认为，我不应该把你们接受不了的消息告诉你们。”维库斯冷静地说。

“谁说我接受不了了？我接受得了！”格雷戈尔嚷道。很明显，他还没能接受。

“也许你可以,至少不会像卢克萨和亨利那么困难。如果我们讨论完‘灰色预言’的话,我早就告诉你了。”维库斯说,“我知道你会问的,当然了,我也一定会把全部情况都告诉你的。”

格雷戈尔从口袋里抽出预言纸,“那咱们就在这儿把它看完。”他找到了上次解释到一半的地方,读了起来。

一名噬咬者陪伴在一旁,还有一人不见在先。

“那么瑞普瑞德就是‘噬咬者’,‘不见在先’的就是我爸爸。”格雷戈尔说,他继续读了下去。

当死者已死,八条性命将会留下。

“这话是什么意思?”格雷戈尔指着这行字问道。

“如果你把预言里所有生物加在一起——两名地上人,两名地底人,两只飞行者,两只爬虫,两名纺纱工,一名噬咬者,还有失踪的人,就是十二条生命。”维库斯严肃地说,“到了冒险结束时,只有八条生命还活着,四条已经死了。但没人知道这四名到底会是谁。”

“哦。”格雷戈尔震惊了。他之前就听到过这些话,但现在才真切体会到话中的含义。“我们中会有四个丢掉性命。”

“但还有八个活着，格雷戈尔。”维库斯温和地说，“也许这个世界也得到了拯救。”

格雷戈尔现在还顾不了那么多，他只想知道，最后谁会存活下来。他赶忙读起了预言诗的最后一段。

最后将死之人一定要把握好立场。

八条性命就掌握在他的手上。

吩咐他一定要小心，让他小心自己的跳跃之地，

活着的将会死去，死去的生命会再次收割。

“最后一节我看不明白。”格雷戈尔说。

“我也不懂，现在还没人明白它的意思。它含义隐晦。我想，也许只有等到最后一刻来临时，我们才会明白它的含义。”维库斯说，“格雷戈尔，我请求你做出的决定绝不是个愉快的决定，也绝不容易，但其重要性却毋庸置疑。如果你想找到你的父亲，就必须做出这个攸关生死的决定；我的人民若想继续活下去，也仰赖你的这个决定。”

格雷戈尔的愤怒一下子退去，取而代之的是恐惧，深深的恐惧。他又重复着说道：“我不想和老鼠一起去。”他几乎是在恳求了，“他会杀死我们的。”

“不，你不应该根据你对其他老鼠的认识来评价瑞普瑞德。

他的智慧超越所有生物，人类和老鼠之间的关系也并非一直这么恶劣。在索罗维特、瑞普瑞德和我都还年轻时，我们彼此和平相处。瑞普瑞德希望双方能重修旧好，但戈杰国王却想置人类于死地。”维库斯说。

“你是说瑞普瑞德是个好老鼠？”格雷戈尔艰难地吐出这句话。

“如果他不是，我怎么能放心把我的外孙女交给他呢？”维库斯问道。

“你的外孙女？”格雷戈尔一脸茫然。

“卢克萨的母亲朱迪丝是我的女儿。”维库斯说。

“你是她的外公？那她为什么直接喊你维库斯？”格雷戈尔问。地底人虽然彬彬有礼，但却行为古怪，还有什么东西是他不能理解的？

“这是我们的方式。”维库斯说，“好好照顾她。如果这个决定对你来说很难，那对卢克萨一定也是个巨大的折磨。”

“我还没说我要同意！”格雷戈尔看着老人的眼睛，“好吧，我同意了。你还有什么没告诉我的？我还需要了解什么？”

“还有一点：不管我说过什么，自从我看到你的第一眼起，我就知道你是勇士。”维库斯说。

“谢谢你，太好了，这话听着很受用。”格雷戈尔说，他转身走回大家伙儿中间，“好了，小靴子和我将跟老鼠一起走，还有谁愿意加入？”

大家沉默了。

“公主去哪儿，我们去哪。”太普说。

“你怎么说，卢克萨？”维库斯说。

“我能说什么啊，维库斯？我能在王之城生死存亡的一刻跑回去，告诉我的人民我退出冒险了吗？”卢克萨苦涩地说。

“你当然不能这么做，卢克萨。他是故意选择在这个时候告诉我们这个消息的。”亨利说。

“你们可以选择——”维库斯说。

“我可以选择！我可以选择！”卢克萨打断了他，“不要在没有选择的时候让我做出选择！”她和亨利气呼呼地转过身去，背对着维库斯。

“飞行者？”索罗维特问。维库斯愣在那里，一时间不知道说什么好。

“欧若拉和我要跟随我们的搭档。”阿瑞斯小声说道。

“那都解决了。走吧，马雷斯，家乡需要我们。”索罗维特说。

马雷斯心急如焚地把装有食物的几个包裹递给大伙儿。“高飞吧，你们大家。”他的声音里透着疲惫，说完，就爬到了蝙蝠背上。

索罗维特爬上了自己的蝙蝠，打开地图。瑞普瑞德帮她找到返回王之城最安全的路径，维库斯走到亨利和卢克萨身边，但他们没一个人转身看他。

“我不希望我们就这样分开，但我明白你们的心意。也许总有一天你们会原谅我在这一刻做出的决定。高飞吧，亨利。高飞吧，卢克萨。”维库斯说。

他等着他们的回应，但没人吭声。他转过身，沉重地爬到了蝙蝠背上。

此刻，格雷戈尔既为被丢进了老鼠手里感到悲痛，同时心里又忍不住为维库斯感到难过。他想对卢克萨大喊：“说话啊！不要就这样让你的外公飞走啊！我们中将有四个回不来了！”但这些话如梗在喉。

“高飞吧，地上人格雷戈尔。”维库斯说。

格雷戈尔不知道该如何回应，他应该不理维库斯吗？让他知道没有一个人——包括地上人——愿意原谅他？就在格雷戈尔铁下心来不准备做回应的时候，他想起了过去的两年七个月零十五天——现在应该到第十五天了吧？如果能有机会和爸爸说话，他一定要说好多好多。比如每次爸爸晚上带他爬上房顶看星星，他都觉得非常特别；每当他们乘地铁去体育馆看棒球比赛，格雷戈尔都欣喜若狂。还有一件事，那是他要告诉爸爸的最重要的事——在世界上这么多人中，只有他成为了自己的爸爸，格雷戈尔觉得非常幸运。

格雷戈尔的心里再也没有位置来盛放那些未说出口的话

了，蝙蝠们已经飞到空中，他只有一秒钟的时间了。“高飞吧，维库斯！”他大喊道，“高飞吧！”

维库斯扭过头来，格雷戈尔看见了在他脸颊上滚动着的泪水。维库斯抬起一只手，向格雷戈尔表示谢意。

然后，他们越飞越远，飞入了茫茫黑暗中。

20

现在只剩他们九个了。格雷戈尔觉得似乎大人们都回家了,只丢下一只老鼠权作他们这帮小孩的保姆。他内心深处顿感难受、空虚,自己其实还是个孩子,该如何应对冒险途中的重重困难呢？他看了看四周,意识到现在再也没有可以求助的对象了。

“我们可以休息一会儿。”瑞普瑞德打了个大哈欠,“过几个小时等精神好了再出发。”他将粘在皮毛上的奶酪屑掸下,身体蜷成一个球,没一会儿,就打起了震天响的呼噜。

大家不知道该说什么好。格雷戈尔把毯子铺在地上,把小靴子喊了过来。

“走了？拜拜了吗？”小靴子指着维库斯离开的方向问道。

“他们拜拜了，小靴子。我们要在这儿睡觉，现在是睡觉的时候了。”他躺在毯子上，小靴子顺从地蜷缩在他身边。太普和提克一左一右地立在其侧。他们在放哨吗？要是瑞普瑞德袭击他们，蟑螂们真的觉得自己是他的对手吗？但不管怎样，有他们在身边还是很令人宽慰。

卢克萨拒绝躺下来，欧若拉走到她身边，用自己金色的翅膀把她包裹住。阿瑞斯把他毛茸茸的黑背靠在欧若拉背上，亨利则躺在了阿瑞斯脚下。

大家大可采取一切可能的防范措施，不过格雷戈尔觉得，不管他们做什么，瑞普瑞德还是能在一瞬间杀死他们八个。“亨利和卢克萨都有武器，他可以先干掉他们，然后再逐个对付我们。”格雷戈尔想。也许阿瑞斯和欧若拉可以逃掉，但要弄死其他人简直易如反掌。这些都是事实，他只能接受。

奇怪的是，格雷戈尔一旦让自己接受了这个想法，心里就轻松了不少。他现在别无选择，只能信任瑞普瑞德。如果他信任瑞普瑞德，那就能坦然睡觉了。他努力让自己不去想腿上长着美丽花纹的蜘蛛和老鼠那一口参差不齐的尖牙，不一会儿，他的意识渐渐模糊起来。今天是多么糟糕的一天啊！

一阵响亮的拍击声吵醒了格雷戈尔，他下意识地伸手去摸小靴子，这才意识到，原来是瑞普瑞德在用尾巴敲打地面。

“起来起来。”他咆哮道，“该出发了！吃完东西就出发！”

格雷戈尔从毯子下面爬了出来，等着马雷斯分发食物。突然，他想起来马雷斯已经走了。“你们怎么解决食物问题？”他问亨利。

“卢克萨和我都是王室成员，我们才不弄吃的。”亨利傲慢地说。

“是啊，没错。我是勇士，小靴子是公主。如果你们都等着我来服侍你们，那就做好饿肚子的准备吧。”格雷戈尔说。他对什么王室特权不屑一顾。

瑞普瑞德大笑起来，“告诉他吧，孩子。告诉他你的国家曾打过一场大战，国民早已不再臣服于国王和王后。”

格雷戈尔惊奇地看着瑞普瑞德，“你怎么知道的？”

“哦，我了解不少关于地上世界的事，这儿很多我们的朋友都没听说过。我花了不少时间来研读你们的书和文章。”瑞普瑞德说。

“你能认字？”格雷戈尔问。

“大多数老鼠都能。但我们唯一的难题就是无法握笔写字。好了，动起来吧，地上人。吃或者不吃都随你们，不过我们很快就得走了。”瑞普瑞德命令道。

格雷戈尔在一个装满食物的包裹里翻找着，袋子里装的基本都是熏肉、面包，还有味道类似山芋的东西。他估测了一下，如果省着点吃的话，这些食物大概还能维持三天。当然了，瑞普瑞德的胃口像猪一样好，说不定还指望他们来供养他呢。好，就权且算作还有两天的食物吧。

卢克萨走了过来，尴尬地坐在格雷戈尔身边。

“怎么了？”格雷戈尔问。

“我们……该怎么做饭？”她问道。

“什么意思？”格雷戈尔摸不着头脑。

“亨利和我……我们从来没真正做过饭。”卢克萨坦白地说。

格雷戈尔瞥见亨利正生气地瞪着卢克萨，但卢克萨并没有看他。

“你是说，你从来没给自己做过三明治？”格雷戈尔问。格雷戈尔也不太会做饭，不过有时妈妈加班回不了家时，他就给自己做点吃的，都是些炒蛋、通心面、奶酪之类的，也能填饱肚子。

“三明治？这道菜是为了纪念三明治家族的巴赛洛缪发明的吗？”卢克萨困惑地问。

“我不太清楚。就是两片面包，中间夹一些肉、奶酪，涂点花生酱什么的。”

“那我没做过三明治。”卢克萨说。

“不难，你看，切几片肉，不要切太厚。”格雷戈尔说着，递给卢克萨一把刀。他自己则切起了面包，小心地把一条面包切成十八片。卢克萨的肉切得不错，不过想想她的剑术，这是理所当然的。格雷戈尔给卢克萨展示了一下如何做三明治，她学着做了一个，对自己的成果似乎很满意。最后，她拿了四个，分给她的堂兄和蝙蝠。格雷戈尔拿了五个——要让卢克萨给瑞普瑞德和蟑螂送吃的，那也有些过分了。

格雷戈尔弄醒小靴子，她立刻就吃起了自己那份三明治。太普和提克接过食物，礼貌地点了点头，表示感谢。接着，格雷戈尔走到瑞普瑞德身边，他正闷闷地靠在地道边上。格雷戈尔递过三明治，说："给。"

"给我的？"瑞普瑞德装出一副惊喜万分的样子说，"你真会体贴人啊，我相信你的同伴看见我饿死肯定都会很高兴。"

"要是你饿死了，我就永远也找不到我爸爸了。"格雷戈尔说。

"说得没错。"瑞普瑞德将三明治整个丢进嘴里，"我们能达成这项共识是件好事。双方都有需求，才能结成同盟。那种关系比友谊更牢固，比爱更可靠。"

"老鼠也会爱？"格雷戈尔干涩地问道。

"哦，是啊。"瑞普瑞德得意地笑了起来，"我们非常爱自己。"

"看得出来。"格雷戈尔心想。他走了回去，坐在小靴子旁边，她正忙着消灭她的那份三明治。

"还要。"小靴子指着格雷戈尔未咬一口的三明治嚷道。此时，他虽然很饿，但他不能让小靴子饿肚子。他刚准备将三明治一分为二，太普却抢先将自己的三明治递到了小靴子面前。

“公主可以吃我的。”太普说。

“你也需要吃啊，太普。”格雷戈尔反对道。

“吃不了多少。”太普说，“提克会把她的食物分给我。”

“她的食物”，看来提克是个女孩。

“他和我一起吃。”提克宣布道。

太普是个男孩。不过这个发现对格雷戈尔没什么太大帮助，他只是又了解了一种避免冒犯爬虫的方法。

小靴子已经把太普的三明治吃了一半，格雷戈尔也只好接受他的好意。他心想，下一顿饭时，他会多分一点自己的食物给蟑螂们。

不到两分钟，大家的早饭就吃完了，包裹也收拾完毕。大家刚准备爬到阿瑞斯和欧若拉的背上，瑞普瑞德就阻止了他们。“别忙了，我们没法飞到目的地去。”他指了指地道。地道只有一米多高。

“我们要走进去？没有其他路线可走了吗？”格雷戈尔问道。即使他们互有需求，他也不想和瑞普瑞德一起走进一个黑暗、狭窄的地方。

“还有一条路，但这条更好。除非你还知道什么其他的法子。”瑞普瑞德说。

格雷戈尔感到阿瑞斯和欧若拉不安地抽动着。“蝙蝠怎么办？”

“我相信你们能找到解决方法。”瑞普瑞德慢吞吞地说。

“你能走路吗？”格雷戈尔问阿瑞斯。

“走不了多久。”阿瑞斯答道。

“那我们背你吧。”格雷戈尔说。

“背你，飞行者，我背你？”太普问道。

“飞行者不骑爬虫。”欧若拉不耐烦地说。

“为什么不？他们要背你们啊！”格雷戈尔说。他已经厌倦了大家对蟑螂居高临下的态度。蟑螂从不抱怨，默默忍受，还全心全意地照顾小靴子。现在看来，爬虫才是旅途中最好的伙伴。

蝙蝠拍打着翅膀，不吭声。“嗯，反正我不会背你们。我已经背着小靴子了，还有一罐熏肉。卢克萨和亨利也不会背你们，所以你们要是觉得骑在爬虫背上太委屈的话，那就请瑞普瑞德帮一下忙吧。”

“别用这种腔调和他们说话。”卢克萨厉声说道，“他们没有看不起爬虫。只是地道太小，飞行者不喜欢待在无法舒展翅膀的地方。”

“是啊，我们中的一些人也不喜欢在离地面几百米的高空飞行。”格雷戈尔说。突然，他发现自己的话变得尖酸刻薄起来。在他和蟑螂害怕飞行时，阿瑞斯和欧若拉并没有挖苦他们,或是表现得不耐烦。"听着,我知道这么做很难,但我相信我们不会一直都待在这么狭小的地道里的。是吗,瑞普瑞德?"

"哦,当然不会。"瑞普瑞德看着大伙儿争论,他待在一旁甚是无趣,"请问我们能出发了吗?我们再不决定好旅途计划,战争都要结束了。"

"我们骑爬虫。"阿瑞斯简洁地说。

格雷戈尔帮着卢克萨和亨利,让蝙蝠们骑在蟑螂背上。蝙蝠必须脸朝下,用爪子紧抓蟑螂光滑的硬壳才行。格雷戈尔不得不承认,这样子颠簸着前进可不舒服。他把小靴子放进背袋,抓起自己的那份食物。"好了,带路吧。"他对瑞普瑞德说。

"终于能走了。"瑞普瑞德说完便溜进了乌黑的地道口里。亨利跟在后面,一手举着火把,一手拿着剑。格雷戈尔猜他这么做是想给蝙蝠一些安全感。蟑螂们排成一队,背着蝙蝠钻了进去。

格雷戈尔立在一边,想让卢克萨先进去,但她摇了摇头,"不,地上人,我想还是让我走在最后比较好,我可以断后。"

"也许吧。"格雷戈尔说。这时,他才意识到自己还是没有拥有一把剑。他走进地道,把手电筒递给小靴子。卢克萨最后一个钻了进去。

洞里面真是糟透了,空间狭小,空气又不流通,地道顶上还不断有液体往下滴,味道闻起来就像臭鸡蛋。蝙蝠看起来很不舒服，身体僵硬，蟑螂却悠然自得，好像回到家一样。

“啊呀。”一滴液体落在了格雷戈尔的安全帽上，小靴子忍不住喊道，“啊呀！”

“是啊，啊呀啊呀！”格雷戈尔表示赞同。他希望这条地道不要太长，在这种地方不用待多久，人就要疯掉了。他转身看了看卢克萨。她看起来很不开心，但也在勉强适应。

“‘啊呀’是什么意思？”卢克萨问道。

“嗯，‘啊呀’常用来形容一个黏糊糊、特别讨厌、恶心……又臭的地方。”格雷戈尔拼命找着词。

“明白了，就是一个形容老鼠地盘的词。”卢克萨嗤之以鼻。

“嘿，卢克萨。”格雷戈尔说，“瑞普瑞德出现的时候，你为什么会惊讶？我的意思是，我对预言不是那么了解，但你了解啊。你不是早就知道老鼠会来吗？”

“是的，我以为‘一名噬咬者陪伴在一旁’指的是一只老鼠跟踪我们，或者追杀我们。我从没想过老鼠也会成为我们的同伴。”她说。

“维库斯说我们可以信任他。”格雷戈尔说。

“维库斯说过好多话。”卢克萨说。她看起来非常生气，格雷戈尔便没再继续说下去。

大家沉默着，吃力地走着。不时有水滴溅到格雷戈尔脸上，他知道，小靴子身上也一定湿了。他想把安全帽给她戴上，但帽子总从她头上滑下来。最后，他只得掏出几块尿布，盖在小靴子头上。现在他最不想看到的就是小靴子感冒。

大家阴沉着脸走了几个小时，浑身都湿透了，看上去困苦不堪。瑞普瑞德把他们带进了一个小山洞里。臭烘烘的污水像雨水一样，沿着山洞边缘滴落下来。蝙蝠已经浑身僵硬，完全动弹不得，卢克萨和亨利把他们从蟑螂背上抬下来，帮他们拉直翅膀。

瑞普瑞德抬起鼻子，深深地吸了口气。“这就好了。现在你们的气味已经被完全遮盖住了。”他满意地说。

“你是说你带我们走了这么远，就是为了让我们闻起来有股臭鸡蛋味儿？”格雷戈尔问道。

“完全正确，你们这群人身上的气味太容易被识别了。”瑞普瑞德说。

格雷戈尔累得连争论的力气都没有了。他和卢克萨打开包袱，拿出了一点吃的。没人愿意说话。瑞普瑞德，站在地道的入口处，一口就把他的中饭吃完了。

他们刚吃完饭，蝙蝠们便紧张起来。“纺织工！”欧若拉警告道。

“是的，没错。在我们刚上路的时候，他们就跟过来了。这里水太多，我闻不出来究竟有多少纺织工。我想知道的是，他们究竟要干什么？”瑞普瑞德朝卢克萨和亨利挥了挥尾巴，命令道:“你们两个,和我一起组成一个三人弧线。”

卢克萨和亨利交换了下眼神,但没人动。

“三人弧线,不要挑战我的权威！现在没那闲工夫！”瑞普瑞德露出一口可怕的尖牙咆哮道。亨利和卢克萨极不情愿地一左一右站在他旁边，但保持着距离。他们三人形成一道弧线,挡在大家面前,守住了地道口。蝙蝠则守卫在他们身后。

格雷戈尔支起耳朵,但只能听到水声。难道有一队蜘蛛在跟踪他们？他还是像往常一样手无寸铁,难以自卫。这次他连老根啤酒都没有!

大家都一动不动地站着。格雷戈尔发现太普和提克也已经感觉到侵入者的到来。小靴子严肃地舔着一块饼干,但没发出任何声音。

格雷戈尔看见瑞普瑞德宽阔的灰色后背上的肌肉在跳动。尽管对手还未出现,但他做好了迎接一群嗜血蜘蛛到来的准备。

一只橙色的大蜘蛛背着一只棕色的小蜘蛛跌跌撞撞地爬了进来,瘫倒在地。棕色蜘蛛的身上喷涌出奇怪的蓝色液体，她花了好大一番力气才坐起来，用前腿揉擦着胸腔，对他们说:“是维库斯送我们来的。噬咬者袭击了网洞,许多纺织工都牺牲了。我们俩……我们要……加入冒险。”

话刚说完,棕色蜘蛛就断了气。

21

格雷戈尔震惊地看着蜘蛛。她在生命的最后几秒钟里，缩成一团，躺在地上，八条腿也慢慢蜷曲起来。蓝色的液体从蜘蛛肚子上的伤口往外冒着，地面也被染得变了颜色。

“那么我们都到齐了。”格雷戈尔轻声说道。

“什么意思？”亨利问。

格雷戈尔从口袋里掏出预言纸。“三明治说得没错，我们都到齐了……至少到齐了几秒钟。”他大声读了起来：

两名地上人，两名地底人——皆为王室后裔，

两只飞行者，两只爬虫，两名纺纱工——都必须同意加入。

一名噬咬者陪伴在一旁，还有一人不见在先。

他没办法把下一句话读出来，瑞普瑞德则替他大声读道：“当死者已死，八条性命将会留下。嗯，死了一个，还剩三个。”他用尾巴尖戳了戳蜘蛛的尸体。

“别说了！”格雷戈尔说。

“哦，怎么了？我们没法假装自己对这只蜘蛛感情深厚，我们都还不知道她的名字。”瑞普瑞德转过身来，对那只橙色蜘蛛说，“也许你知道吧。”

“她叫福列克斯。”橙色蜘蛛说，“我叫我高克斯。”

“好吧，高克斯，我想你走了这么多路，肚子一定饿了，可我们的食物有限。要是你想吃福列克斯，我们不会有意见的。”瑞普瑞德说。

高克斯立既开始往福列克斯身上注射液体。

“她不会准备——哦，上帝啊！”格雷戈尔惊呼道。

“蜘蛛要求没那么高，也不多愁善感。”瑞普瑞德说，“感谢老天！”

格雷戈尔转过身去，他和小靴子都不愿意看这同类相残的一幕。亨利和卢克萨的脸上也泛起了绿色，看到他们这样，格雷戈尔暗自有些高兴。

“听着，要是我和小靴子遭遇不测，不要让那只蜘蛛吃了我们。把我们扔下悬崖，丢进河里，怎么都行，好吗？”格雷戈尔恳求道。

他俩点点头，“你也会为我们做同样的事吗？”卢克萨一脸苍白，“和我们的蝙蝠？”

“还有提克和太普。我保证。”格雷戈尔说。高克斯正吸食着福列克斯，他都能听见那嗞嗞的吮吸声。“上帝啊。”他忍不住感慨道。

幸运的是，高克斯的进食过程没花多久时间。瑞普瑞德开始问她老鼠袭击的事。高克斯说，老鼠大军——起码有几百只——向蜘蛛的领土杀来。蜘蛛坚守阵地，浴血抗敌，最终，双方都损失惨重，见难以攻克，老鼠大军只得撤退。大屠杀结束后，维库斯赶了过来，用蝙蝠把他和福列克斯送到了地道入口。

“为什么？”高克斯问道，“噬咬者为什么要杀我们？”

“我不知道，也许是戈杰国王下令对地下王国进行全面攻击，也许是他们听到了两名地上人向我们地盘进发的消息。他们提到‘灰色预言’里的勇士了吗？”瑞普瑞德问。

“他们什么都没说，带给我们的只有死亡。”高克斯说。

“你们能找到我们再幸运不过了，否则，我们就要去戈杰国王的监狱里释放两名纺织工了。想要做到神不知鬼不觉并不容易，现在我们最宝贵的就是时间了。”瑞普瑞德对高克斯说。他又看向格雷戈尔，“他们对纺织工发动了袭击，这对你父亲的安危可不是个好兆头。”

“为什么？为什么会这样？”格雷戈尔的心就像掉进了冰窟窿里。

“维库斯一直在隐瞒你的行踪，他这方面做得不错。到现在，除了我，其他见过你的老鼠都没能活命。老鼠们还不知道勇士已经来了。但人类把地上人带到纺织工那儿的消息传了出去，这引起了老鼠的疑心。”瑞普瑞德说，“但是战争带来的混乱转移了老鼠的注意力，现在还没一只老鼠能把你认出来。我们快出发吧！”

没人反对。大家收拾好东西，向洞穴的另一个出口走去，他们进入了一个干燥的比较宽敞的地道。欧若拉和阿瑞斯终于能伸展开翅膀飞翔了，但这儿不够开阔，对骑手来说，仍然比较危险。

“我们走路。”卢克萨对欧若拉说，“就算你们把我们都载上，噬咬者怎么办？”于是蝙蝠背上背包，飞到了空中。

格雷戈尔嫉妒地看着他们，“幸好我不是蝙蝠，要不我就头也不回地飞走了。”

“欧若拉和阿瑞斯永远都不会那么做，他们和我以及亨利结成拍档了。”卢克萨说。

“结成拍档后，接下来再怎么做？”格雷戈尔问。

“一旦蝙蝠和人类结成拍档，他们就要发誓，必须为对方战斗到最后一刻。”卢克萨说,“欧若拉永远都不会置我于危险而不顾,我也不会那么做。”

“所有人都会和蝙蝠结成拍档吗?”格雷戈尔问。他想,在这种恶劣环境下,能有一个愿意对自己不离不弃、随时准备保护自己的对象也不错。

“哦,不是的。有人永远都找不到和自己有缘的蝙蝠。我很小的时候就和欧若拉在一起了,但这种情况并不多见。”卢克萨说。

“你们为什么那么早就投缘了?”格雷戈尔问。

“在我的父母遇害后,我有段时间觉得待在地面没有一点安全感。只要我一睁眼,我就和欧若拉一起待在空中。这就是我们彼此感情深厚的原因。”她简洁地回答,“维库斯说服了委员会,允许我们提前结成拍档。之后,我就再也不害怕了。”

“你现在还会害怕吗?”格雷戈尔问。

“有时也会。”卢克萨承认道,“但比起我在王之城的时候,这里也坏不到哪里去。每天一醒来,我都告诉自己,今天是我活着的最后一天。要是你抓紧利用时间,就不会害怕失去了。”

格雷戈尔没有回应,这是他听过的最伤心的话,深深拨动了他的心弦。

“之后,等你挨到了上床睡觉的时候,你就会觉得开心,觉得总算又多骗了死神一天。”卢克萨继续说,“你明白了吗?”

“差不多吧。”格雷戈尔嘟囔道。他脑海里突然出现了一个可怕的想法。卢克萨对生命的态度，难道不是和另一个极端状态下的自己如出一辙吗？没错，每天，他都不会想到死亡，但他抗拒展望一个有爸爸的未来，不愿意去想没有爸爸的生活会是什么样的。要是他没掉进洗衣房的金属壁栏，就不会知道爸爸还活着；要是爸爸永远都不回家，那他还要拒绝开心多久？一辈子？“也许吧。”他想，“也许真的是一辈子。”格雷戈尔从自己的思绪中回过神，继续和卢克萨说话。

“那怎样和蝙蝠结成拍档？”他问卢克萨。

“就举行一个简单的仪式，很多蝙蝠和人类都会出席。你和你的蝙蝠面对面站着，说出誓言。就像这样。”卢克萨说着，伸出一只手，背诵起一首诗。

“飞行者欧若拉，我与你结成拍档，
我们生死同命，如若一体。
不论身处黑暗、火焰、战争、冲突，
我们都将拯救对方于水火。”

“接着，你的蝙蝠就把名字换成你的，对着你再念一遍。之后我们就开始一场盛宴。”卢克萨说。

“那如果你们有人违背了誓言呢？比如欧若拉飞走了，把你扔在危险中不管不顾，那怎么办？”格雷戈尔问。

“欧若拉永远都不会这样，但也曾有人违背了誓言。惩罚很严厉，犯错的那方要被独自流放到地下王国的某个地方。”卢克萨说，“但没人能凭一己之力，在地下王国活下来。”

“你们的风俗的确有趣，但你们能在我们前进时保持沉默吗？整个老鼠国都在搜捕我们，我们得谨慎行事。”瑞普瑞德说。

卢克萨和格雷戈尔立马不吭声了。格雷戈尔很希望他俩能多聊会天，卢克萨的表现和她与亨利在一起时很不一样，她变得更加友好，也没那么傲慢。不过，瑞普瑞德说得也很有道理。

幸运的是，小靴子打着盹睡着了。接下来的几个小时里，他们只能听见自己轻轻的脚步声，还有瑞普瑞德啃咬一块骨头的声音——那块骨头是他从午饭里省下来的。

格雷戈尔心里满是对爸爸的担忧。从瑞普瑞德的话来判断，也许老鼠已经杀害了爸爸，以避免格雷戈尔接近老鼠国。但不管他们做什么，也没法改变预言，不是吗？也许没人知道。预言的最后一段怎么说的来着？他打开预言纸，读了又读，虽然他早将全部内容熟记于心。

最后将死之人一定要把握好立场。

八条性命就掌握在他的手上。

吩咐他一定要小心，让他小心自己的跳跃之地，

活着的将会死去，死去的生命会再次收割。

他一点头绪都没有。他只能看出，不管第四个死的是谁，身上都肩负着极大的责任，其他八条性命的生死就取决于他。但究竟该怎么做？要做什么？在哪儿？什么时间？“灰色预言”的最后一段看不出丝毫端倪。

大家不停地走着，直到累得快虚脱了，瑞普瑞德才下令停下来，让大家在一个洞穴里休息。那里地面干燥，还有一眼可以饮用的泉水。

格雷戈尔和卢克萨将少得可怜的食物分给大家，食物的消耗速度远比他预料的要快。蟑螂们又把他们的食物给了小靴子，格雷戈尔想制止，瑞普瑞德说：“让他们喂她。爬虫不吃东西，只喝水，就能活一个月。你也不要担心高克斯的食物，等我们旅程结束，她还没消耗完福列克斯呢。”

洞里很冷，格雷戈尔把小靴子身上湿漉漉的衣服脱下来，换了一套新的。她很安静，身体又湿又冷，似乎有些不对劲。格雷戈尔抱着她，蜷缩在毯子下面，试图让她的身体暖和起来。要是她生病了他该怎么办？他们需要赶快回家找妈妈，妈妈知道用果汁、药片和舒服的枕头让病人迅速康复。格雷戈尔又想

起了爸爸,也许等找到爸爸后,他就能帮助小靴子。这个想法给了格雷戈尔不少安慰。

大家走了这么久的路,皆疲惫不堪,很快就睡着了。

突然，格雷戈尔从沉沉的睡梦中惊醒过来。是什么声音？还是有什么新的动静？他不清楚。他只知道,当自己睁开眼睛时,看见亨利站在熟睡的瑞普瑞德身边,手持利剑,正准备刺去。

22

格雷戈尔张开嘴,刚要大吼道:“不!”这时,瑞普瑞德的眼睛微微睁开。亨利正站在老鼠身后,瑞普瑞德只能看见格雷戈尔的脸,但这已经足够了。

就在这一瞬间,亨利的剑挥了下去,瑞普瑞德闪电般跳起来,挥舞着锋利的爪子扑向他。利剑划过老鼠的胸前,亨利的胳膊上也多了一条深深的伤口。

此时,格雷戈尔的“不”字才刚刚喊出来,叫喊声吵醒了大家。瑞普瑞德用后腿站立,一脸狂怒,鲜血从胸前流出来,让人不敢直视。相比之下,亨利看起来又小又弱,受伤的胳膊已无法举起那柄剑。卢克萨和欧若拉立既飞到空中,阿瑞斯径直向老鼠扑去。

格雷戈尔一个箭步冲了过去。他拦在瑞普瑞德和亨利之间，手臂大张着。“停！”他大喊道，“快停下！”

让人难以置信的是，大家都不动了。格雷戈尔想，也许这是他们第一次看见有人试图阻止一场人鼠之战吧。大家片刻的犹豫给了格雷戈尔说话的时间，“谁想动手，请先从我的尸体上踏过去！”

这话不是很有诗意，但却达到了想要的效果。没人希望格雷戈尔死，大家都知道勇士对这场冒险的重要性。

“走开，地上人，否则老鼠会把我们都杀死的！”卢克萨命令道，正准备朝瑞普瑞德俯冲过去。

“我只不过想睡个好觉罢了。相信我，傻孩子，要是我想杀死你们，现在这段对话根本就不会发生。”瑞普瑞德说。

“不要浪费你的谎话了，噬咬者！”卢克萨说，“你觉得我们会不信自己人，反而相信你的鬼话吗？”

“他说得没错！他说的都是事实！先动手的不是老鼠！是亨利！”格雷戈尔大吼道，“他想趁瑞普瑞德睡觉的时候，把他杀死！”

大家的目光都转向亨利。亨利啐了一口，“是啊，要不是这个地上人，老鼠现在早死了！”

众人一脸困惑。格雷戈尔看得出来，卢克萨完全不知道亨利的计划。她以为是瑞普瑞德先发起攻击，现在，她也不知道该做什么了。

“停手吧，卢克萨！求你了！”格雷戈尔说，“我们不能再损失一个队员了！我们必须团结一致！”他急中生智，使用了“队员”这个词，看来恰到好处。

卢克萨缓缓降落到地面，但仍然坐在欧若拉的背上。阿瑞斯犹豫地在空中盘旋。格雷戈尔想，蝙蝠是否知道亨利的计划呢？要是他知道，为什么没有一起从空中发起攻击？蝙蝠的心思实在太难猜了。

格雷戈尔第一次注意到，太普和提克居然一直站在还在睡梦中的小靴子身边，保护着她。高克斯还栖息在她睡觉前搭建的蜘蛛网里。

“都结束了。”格雷戈尔说，声音里透着一种意想不到的权威，“放下手中的剑，亨利。瑞普瑞德，你——坐下！结束了！”

他们会听他的话吗？格雷戈尔不知道，但他下定决心，坚守自己的立场。这一刻十分漫长和紧张。瑞普瑞德收起了一口尖牙，哈哈大笑起来，“勇士，这回我得说，你绝对不缺勇气。”

亨利松开手，剑“咔哒”一声落到地上。格雷戈尔看得出来，他已经握不住东西了，这一举动也不算是什么让步的表现。“叛徒。”亨利低声说。

格雷戈尔眯起眼睛，看着亨利。“你要知道，在我的世界，我们不觉得一个人偷偷摸摸，想把另一个人杀死在睡梦中是什么高尚的行为。”

“他不是人！他只是只老鼠！”亨利说，“要是你连这点都分不清，我看你也离死不远了。”

格雷戈尔迎接着亨利冰冷的注视，很想说几句狠话，却一时想不出来。他总是这样，事后才想得出来。于是，他看着卢克萨，用粗哑的声音说：“我们帮他们包扎一下吧！”

他们的包扎技术并不比做饭好到哪里去，但卢克萨至少知道怎么使用软膏。到最后，贡献最大的居然是高克斯。她织了一张特殊的网，指导他们将蛛丝贴在伤口上。几分钟后，亨利的胳膊和瑞普瑞德的胸口就不再流血了。

格雷戈尔将蛛丝一层层贴在瑞普瑞德的皮毛上，老鼠小声说道：“我想我应该谢谢你。”

“别这么说。”格雷戈尔说，“我之所以这么做，都是因为我需要你。”他不想让瑞普瑞德误以为他们成了什么朋友。

“是吗？那我就开心了。”瑞普瑞德说，“我还以为在你身上发现了公平精神呢。这是地底下最危险的东西，孩子。”

格雷戈尔希望所有人都闭嘴，不要再告诉他地下王国什么最危险。这个地方简直就是个大雷区。格雷戈尔不理睬瑞普瑞德，继续贴着蜘蛛网。卢克萨和亨利低声说话的声音从身后传来，“你为什么没告诉我们？”

“为了你们的安全。”亨利也低声答道。

“安全？”格雷戈尔心想，“好吧。”即使他回到地上的世界，他也不会再有安全感了。

“你不能再这么做了，亨利。”卢克萨说，“你一个人不是他的对手。”

“要不是地上人干涉，我就成功了。”亨利说。

“不行，风险太大了，我们说不定还需要他。”卢克萨说，“就放过老鼠吧。”

“这是命令吗，女王陛下？”亨利的声音变得尖锐起来。

“如果这是让你接受我意见的唯一方式，那就算是一个命令吧。”卢克萨认真地说，“在我们看清局势之前，先把你的剑收好。”

“你讲话的样子和又老又蠢的维库斯真像。”亨利说。

“不，我只代表我自己。”卢克萨像被他的话蛰到了，“我只希望我们都能活命。”

这对兄妹说话的声音越来越高，突然，他们意识到他们争论被大家都听到了，便闭上了嘴巴。在一片沉默中，瑞普瑞德又啃起那块骨头，那牙齿磨在骨头上的声音让格雷戈尔神经紧张。“请你停下来，好吗？”他说。

“不，我不能。”瑞普瑞德说，“老鼠的牙齿一辈子都在生长，适时的磨牙会让牙齿保持在一个恰当的长度。如果我不经常磨牙，下齿很快就会长长，穿透我的头骨，刺进我的大脑，之后，啊哈，我就死翘翘了！”

“幸好我问了。”格雷戈尔将最后一块蛛网贴在瑞普瑞德的伤口上，往后一仰，靠在了墙上。“那么现在我们该干什么？”

“嗯，显而易见，没人能再进入梦乡了，我们还是上路，去找你父亲吧。”瑞普瑞德说着，就站了起来。

格雷戈尔去抱小靴子，可一碰到她，就发觉不妙。小靴子的脸烧得像火炉一样烫。“哦不。”他轻摇她的肩膀，无助地说，“嘿，小靴子。嘿，小朋友……”小靴子呜咽着说了些什么，但没醒过来。“卢克萨，出问题了，小靴子生病了。”他说。

卢克萨把手放在小靴子的前额上。“她发烧了。她一定是在老鼠地那儿染上了鼠疫。”鼠疫？格雷戈尔希望这病不会像听起来那么可怕。卢克萨查看索罗维特留给她的几瓶药水，最后犹疑着拿出了一瓶。“我想这瓶应该是治发烧的。”

瑞普瑞德闻了闻药水，皱着鼻子说：“不，这是止痛的。”他把鼻子伸进背包里，找出了一个蓝色的玻璃小瓶。“你需要的是这个，给她喝几滴。她还小，不能喝太多。”

格雷戈尔不想给小靴子服任何奇怪的药，但小靴子烧得厉害。他只好撬开她的嘴，滴了几滴药水进去，直到他觉得小靴子已经把药水喝下去了，才把她扶起来，放进背袋里。小靴子痛苦地呻吟起来。格雷戈尔咬紧嘴唇，说：“我不能背她了，这个姿势让她很痛苦。”

大家用毯子把小靴子包裹起来，放在太普的背上。高克斯织了一张网，把她固定住。

格雷戈尔担心极了。

当死者已死，八条性命将会留下。

他不能失去小靴子，他不能。他必须带着她一起回家。他本该把她留在王之城，而不是带她一起来参加冒险。小靴子如有不测，那就是他的错。

地道的阴冷之气渗进格雷戈尔的皮肤，侵入他的神经。他痛苦地想大叫，但黑暗扼住了他的喉咙。如果能见到一丝阳光，他愿意献出一切。

大家麻木地往前走着，步履沉重，痛苦、猜忌、焦虑的情绪笼罩着每个人，没有人说话。就连瑞普瑞德——到目前为止这个群组里最为坚强的队员——似乎也被目前沉重的局势压弯了腰。

绝望的情绪使得大家对老鼠的逼近毫无察觉。在这样一个充满老鼠恶臭的地方，瑞普瑞德也没能闻出老鼠的气味。地道前方是一条喧嚣的河流，蝙蝠敏锐的听觉在窄仄的地道里受到了干扰。人类更是无法在这样一个昏暗的地方发现敌人。

瑞普瑞德带领大家走出地道，进入一个巨大的山洞，山洞被一条深深的峡谷一分为二，一条宽广的大河从中奔腾而过。河上横跨着一座摇摇晃晃的桥，这座桥一定是在地下王国几个物种的共同协作下建造而成的——桥上的石板由人类开采而来，连接石板与石板之间的厚厚的蛛丝则是蜘蛛的杰作，当时也一定借助了蝙蝠的飞行能力。

格雷戈尔打开手电筒，想检查一下这座桥是否安全，却发现了他们——二十只老鼠面无表情地坐在地道出口前方的岩石上，就在他们头顶上方。

“跑！”瑞普瑞德大喝一声，纵身向前一跃，差点咬到格雷戈尔的脚后跟。格雷戈尔跌跌撞撞地向桥上冲去，脚在光滑的石板上打着滑，瑞普瑞德炽热的喘息声就在他耳边。亨利和卢克萨从他们头顶飞过，眨眼之间就飞到了河对面。

格雷戈尔跑到桥中央，突然想起小靴子不在背上。自上路以来，他一直背着她，在他的意识里，他俩已连为一体了。但现在她被太普背着！

格雷戈尔转过身，想跑回去找她。瑞普瑞德好像已经预料到了他这个突然的举动，将格雷戈尔往前一转，用自己的牙钩住他的背袋。格雷戈尔觉得自己被吊在了空中，瑞普瑞德则竭尽全力，往河对岸跑去。

“小靴子！”格雷戈尔大吼道，“小靴子！”

瑞普瑞德快如闪电，飞一般地跑到对岸，将格雷戈尔抛在地上，与亨利、卢克萨汇合。他俩正拿着剑，狂砍支撑着桥梁的蜘蛛丝。

格雷戈尔拿起手电筒照了过去，发现高克斯刚爬过桥面四分之三的距离，身后紧跟着背着小靴子的太普，他们正挣扎着往这边跑。在小靴子和二十只老鼠杀手——他们已经潮水般涌上了桥——之间，就只有提克。

“小靴子！”格雷戈尔大喊着冲到了桥边。瑞普瑞德的尾巴猛地抽在他的胸上，他一个趔趄，重重地摔在地上，差点儿背过气去。他又挣扎着跪起身，气喘吁吁，向桥上爬去。他必须救小靴子，他一定要这么做。

高克斯爬了过来，用下巴狠命扯咬那些蜘蛛丝。“不！”格雷戈尔艰难地喊着，“我的妹妹！”他刚勉强站起来，瑞普瑞德的尾巴又挥了过来。

蟑螂们在爬到离河岸还有三米远的地方时，老鼠大军追了上来。蟑螂们没有说话，好像在这之前，他们就已经想好了全盘计划。太普在快到桥边时加快了速度，提克转身，独自面对着气势汹汹的老鼠杀手。

老鼠们向提克扑来，提克直接飞到了领头老鼠的脸上，吓得他倒退几步。直到这时，格雷戈尔才意识到原来蟑螂还有翅膀，也许老鼠们也不知道。但很快，他们就从震惊中恢复过来。领头老鼠往前一跃，用下巴咬碎了提克的头。

就在太普瘫软在岸边时，桥塌了。二十只老鼠——领头的那只嘴里还残留着提克的头——一起落进了水里。似乎这一幕还不够恐怖：翻腾的河面突然跳出许多只巨大的水虎鱼，将吱吱乱叫的老鼠吞食掉了。

不到一分钟，一切都结束了，只剩下奔流不息的河水，老鼠消失了，提克也永远地走了。

23

“快走，快走，快走！”瑞普瑞德命令道。他赶着大家离开空旷的河岸，走进一条地道。大家走了十几分钟，直到再也看不见、闻不到那个隧道入口为止——他们来到一个稍宽敞些的小洞穴里，瑞普瑞德下令大家停下来，“停下，坐好。放松一下。”

探险者们无言地坐在了地上。格雷戈尔和太普坐在一起，太普正背对着所有人。格雷戈尔把手放在太普背上，摸到了小靴子滚烫的手指，便抓住她的手。他差一点就永远失去了自己的妹妹。如果那样，她将再也见不到自己的爸爸，再也不能回到妈妈的怀抱，也不能和格雷戈尔、莉兹一起玩耍、做游戏了。一切都将成为泡影。

格雷戈尔不想再看其他人。他们情愿看着小靴子和爬虫一起掉进河里，也不愿意出手制止老鼠。他不想再和他们说话。

还有提克，勇敢的小提克，为了救自己的妹妹，她勇敢地独自面对整支老鼠大军。提克，一直都少言寡语，乐于分享自己的食物，说到底，她不过是只小蟑螂——一只将自己的生命奉献给小靴子，好让她能继续活下去的小蟑螂。

格雷戈尔把小靴子的手指按在自己唇上，滚烫的泪水从脸上滑落。进入地下王国这么长时间以来，他从来没哭过；经历了那么多艰难困苦，他也没流过泪。但提克的牺牲，不知怎么的，碾碎了将他隔离在悲伤之外的那层薄薄的壳。从现在起，他将对蟑螂永怀尊敬之心，永不褪去。他再也不会杀死任何一只蟑螂了。在这不会，在地上世界——如果奇迹发生，他们能够回家的话——也不会。

他的肩膀控制不住地颤抖起来。也许别人会觉得他很荒唐吧，居然为一只蟑螂落泪，但他不在乎。他恨这些人，恨他们所有人！

太普的触角从头上弯下来，向格雷戈尔伸过去，用触须摸了摸他。"谢谢你，为失去'时间'的提克流泪。"

"小靴子也会哭的，要是她现在……"格雷戈尔说不下去了，他的喉头被哽住了。他很高兴小靴子没有目睹提克的死，否则，她一定会伤心至极。当然，她不会理解提克为什么会死，就连格雷戈尔自己也无法真正理解。

一只手搭在了他的肩上，格雷戈尔猛地一抽身。他知道是卢克萨，但他不想和她说话。“格雷戈尔。”她悲伤地低声说，“格雷戈尔，你知道的，要是小靴子和太普掉下去，我们一定会接住他们的，也会去救提克的。”

格雷戈尔点点头，把手按在眼睛上，让自己不再流泪。好吧，至少这句话让他感觉好点了。要是小靴子掉下去，卢克萨一定会去救她的。地底人有了蝙蝠，从不用担心会从高处掉下去。

“好吧，”格雷戈尔说，“我知道。”卢克萨坐在了他身边，他没有走开，“我想你肯定觉得我很蠢，居然会为一只蟑螂哭泣。”

“你如果觉得我们天生没有眼泪，那是因为你不了解地底人。”卢克萨说，“我们也会哭。我们不只为自己流泪。”

“但不会为提克哭。”格雷戈尔的话里带着一丝苦涩。

“自我父母死后，我就再也没哭过了。”卢克萨平静地说，“因为这点，我被认为有些不太正常。”

一个人要伤心到什么程度，才会丧失哭泣的能力？更多的眼泪从格雷戈尔的脸上滚落。那一刻，他原谅了卢克萨，甚至忘记了自己为什么要原谅她。

“格雷戈尔。”当他停止哭泣后，卢克萨又轻柔地对他说道,“要是你回到了王之城，而我没有……告诉维库斯我明白他的苦心。”

“什么苦心？”格雷戈尔问。

“他离开我们,把我们扔给瑞普瑞德。”卢克萨说,“我们一定要有一名噬咬者陪伴。我明白,他一直在努力保护我们。”

“好的,我会告诉他的。”格雷戈尔擦了擦鼻子,坐在那里不再说话。一会儿之后,他又问道:“那我们应该多久给小靴子吃一次药？她体温仍然很高。”

“趁我们还没出发,现在就给她吃吧。”卢克萨说着摸了摸小靴子的前额。小靴子嘟囔了几句,但没醒过来。他们便将几滴药水滴进了小靴子的嘴里。

格雷戈尔站了起来,试图摆脱萦绕在心头的痛苦。“出发吧。”他说,没有看瑞普瑞德。这只老鼠身经百战,一定目睹了无数生命被杀戮,甚至还让高克斯去吸食福列克斯。格雷戈尔知道提克的死对他来说,就像是……嗯,就像是纽约人拍死一只蟑螂一样无足轻重。

瑞普瑞德说话了，声音里全无往日的嘲讽口吻,“耐心点吧,地上人,你的父亲离你不远了。”

格雷戈尔心里一惊,抬头问道:“那有多远？”

“最多再走一个小时。”瑞普瑞德说,“但他的看守也在那儿。我们一定要万分小心。脚底绑上蛛网,放轻脚步,别说话,紧跟在我身后。刚才在桥那儿我们的运气实在欠佳,但我想,这坏运气不会一直跟着我们的。”

高克斯迅速吐出厚厚的蛛丝，织成可以包裹住他们脚的拖鞋,格雷戈尔对她越来越钦佩了。他打开手电,卢克萨借着手电筒的亮光往脚上穿蜘蛛拖鞋,这时,光线暗了下去。格雷戈尔在背包里翻找,摸出了最后两节电池。

“你的火把还能维持多久?”格雷戈尔问卢克萨。他注意到他们在遇到瑞普瑞德时,只点亮了一支火把,显然是为了节约燃料。而现在,这支火把的光也变弱了。

“坚持不了多长时间了。”卢克萨坦白地说,“你的还能撑多久呢?”

“不知道。”格雷戈尔说,“这是最后两节电池,我不知道里面还剩多少电。”

“等我们找到你父亲,我们就不需要光亮了。阿瑞斯和欧若拉能在黑暗中把我们送回去。”卢克萨鼓励地说。

“他们必须这样。”格雷戈尔说。

大家按照新的队列排开:瑞普瑞德在前带路,太普和小靴子紧随其后。地道空间宽敞，格雷戈尔和高克斯走在他们身侧。欧若拉和阿瑞斯轻轻扇动翅膀,在后面无声地飞着。亨利和卢克萨手持利剑走在队伍最后。瑞普瑞德扫视一番,点了点头。所有人马再次出发,向敌方腹地深入。

大家踮着脚走，大气不敢出。每当脚下踩到一块小石头，格雷戈尔就身体一僵，生怕自己的无心之举又招来老鼠新一轮袭击。他很怕，但一想到爸爸离自己不远了，便又浑身充满了力量。希望就在眼前，爸爸就在附近。只要他们不被老鼠发觉，继续往前走，他很快就能见到爸爸了。

在他们蹑手蹑脚走了约半小时后，瑞普瑞德突然在地道转弯处停了下来，整支队伍也在他身后停下脚步。他的鼻子紧张地抽动着，并随之蹲伏下来。

两只老鼠从转弯处跳了过来。瑞普瑞德神不知鬼不觉地冲过去，用尖牙咬断了前面一只老鼠的喉咙，同时一个后扫腿，踢瞎了第二只老鼠的眼睛，一眨眼的工夫，两只老鼠当场毙命。瑞普瑞德出色的防卫能力印证了格雷戈尔初次看到他时的想法——就算在老鼠堆里，瑞普瑞德也是个一等一的杀手。

瑞普瑞德在其中一只死鼠身上擦了擦鼻子，低声说道："他们是这条通道的守卫。我们就快就要进入一个更开阔的空间。你们都贴墙走，排成一列，脚下的地面很不稳固，随时会塌，下面深不可测。"大家麻木地点点头，都还没从他刚才的凶猛动作中缓过神来。"没关系的。"他补充道，"记住，我是站在你们这边的。"

地道转弯处附近就是开阔地了。

瑞普瑞德向右转了过去，大家一个接一个地紧随其后。一条狭窄的小径蜿蜒曲折,旁边就是深不见底的峡谷。格雷戈尔举起手电,照了过去,除了无尽的黑暗,什么也看不到。“下面确实深不可测。”他想。

格雷戈尔脚下的地面,靠近峡谷那边,一些碎石夹杂着泥土块,不时滚落下去,坠入黑暗中,却听不见落地的声音。他唯一的安慰就是欧若拉和阿瑞斯,他们正飞在大伙儿身边,随时做好营救的准备。

就这样走了近五十米后,他们踏上了一块更坚固的地面,这个地方通往峡谷的另一端。石块在这里组成了一条天然的拱形大道,无数老鼠的踩踏让石头变得平滑无比。瑞普瑞德加快速度,带领大家从拱形石路上面走了过去。格雷戈尔感觉,这里的地面根本无法给人任何保护。

瑞普瑞德、太普、高克斯和格雷戈尔加速走了起来,卢克萨和亨利飞到了空中。格雷戈尔觉得,似乎岩石的每条裂缝后面都藏着一双闪着贼光的老鼠眼睛,正对他们怒目而视。

突然,这条路在一个深深的圆形坑洞前消失了,洞里的墙面光滑如冰。一束微弱的光线在洞里闪烁着,隐约可见一个毛茸茸的东西正弯着腰,在一块石板上弄着什么。格雷戈尔立马做了一个警告的手势,他以为那是一只老鼠。

接着,这个毛茸茸的东西抬起了头。格雷戈尔立即认出了他:是爸爸!

24

这个人在格雷戈尔的生命中消失了两年七个月。那时，他那么健康，强壮、高大，活力四射，充沛的精力似乎要从身上溢出来。而这个蹲在洞底眯着眼睛看他们的人，是如此的瘦小和虚弱，连站都站不起来。他挣扎着想站起来，却四脚朝天摔了个跟头，于是，他艰难地抬起一只手，支撑起自己的头。

“爸爸？”格雷戈尔喊道，但从嘴里冒出的只有水汽。他跪在坑边，徒劳地伸出一只手去。他们之间相隔了十五米的距离，但他不管，把手伸出去。

卢克萨和亨利飞下去，把这个可怜的人儿抬到欧若拉的背上，把他带了上来。

格雷戈尔还是跪在地上，紧抓着爸爸的手——这双手曾经那么强壮有力，那么多才多艺。而现在，爸爸的手瘦得皮包骨头，他记起以前爸爸能一只手把核桃捏碎。

“爸爸！”他喊道，这次喊出声来了，“爸爸，是我啊，格雷戈尔。”

他的父亲皱了皱眉头，似乎在回忆着什么。“我发烧了，又出现幻觉了。”

“不，爸爸，是我啊，我在这儿。还有小靴子也在这儿。”格雷戈尔说。

“小靴子？”爸爸又皱起了眉头。格雷戈尔这才想起，小靴子是在爸爸失踪后出生的，他尚未见过她。

“玛格丽特。”格雷戈尔纠正道。妈妈怀孕时，他们就想好了，要用爸爸的奶奶的名字给小靴子命名。

“玛格丽特？”爸爸完全迷糊了，揉着眼睛问道，“奶奶？”

预言里曾说过会有一个人“不见在先”，但格雷戈尔做梦也没想到，爸爸已经糊涂到这种地步。他骨瘦如柴，弱不禁风。他的头发和胡子，变得像雪一样白。格雷戈尔摸了摸爸爸的肩膀，发现他穿着一件用老鼠皮做成的披风，怪不得从上面看他那么像老鼠。

“我想睡觉。”爸爸模糊不清地说。这是最让人担心的一幕。格雷戈尔本以为，一旦找到爸爸，他就有了依靠，就再也不用做艰难的决定了，他毕竟只是个孩子。但现在，面前这个人明显比小靴子还需要照顾。

卢克萨把手放在格雷戈尔爸爸的脸颊上，不由得眉头紧锁。“他和你妹妹一样都在发高烧，而且他体质太弱，根本抗不过去。这就是他总在说胡话的原因。”

“说不定我和他再说一分钟，他就什么都记得了。他一定会想起来的，卢克萨。”格雷戈尔绝望地说。

“我们一定要起飞了，格雷戈尔。”卢克萨边说边将那个蓝色药瓶里的药水滴进他爸爸嘴里，“等我们到了王之城，我们会好好诊治他的。亨利，过来帮我下。”

卢克萨费力地把格雷戈尔爸爸扶到欧若拉的背上，用高克斯吐出的蛛丝把他固定住。“亨利？”卢克萨再次喊道。

但亨利站得离他们远远的。他没过来帮忙，也不慌张，似乎毫不担心，“不，卢克萨，现在我们不用着急了。”

这个回答可真是奇怪。除了瑞普瑞德，没人明白他在说什么。老鼠的脸上闪过一个古怪的表情，“不，我相信亨利能处理好这一切。”

“亨利必须这么做。”亨利说。他将手指放进嘴里，长长地吹了一声口哨。

“你疯了吗？你在干吗？”格雷戈尔问。他看了看卢克萨，她呆呆地站着，好像变成了大理石像。蛛丝做成的绳子从她手里滑落，掉到了地上。

老鼠急促的脚步声从路的另一边传来。发生什么事了？亨利做了什么？

“瑞普瑞德？”格雷戈尔问。

“看来我不是我们中唯一的间谍，地上人。”瑞普瑞德苦涩地说，“还有一个王室成员。”

“你是说，亨利……”再给格雷戈尔一百万年时间，他也不会相信亨利会做老鼠的间谍，毕竟他们杀死了他的父母和人民。

“不可能，”格雷戈尔脱口而出，“不可能吧，那卢克萨呢？”他们兄妹俩一直都很要好。

“对不起，堂妹。”亨利急迫地对卢克萨说，“我别无选择。在维库斯的领导下，我们只会走向彻底的失败。他让我们和弱者结盟，而我们要想生存，就必须和最强大的一方结为盟友。我们将和老鼠联合起来，一起统治——你和我。”

卢克萨的声音极其冷静，格雷戈尔从未见过她如此这般冷静，“不可能，亨利，现在不可能，以后也不可能。”

“你一定要这样，卢克萨，你没有选择。你必须加入我们，否则只有死路一条。”亨利冷冷地说，但他的声音里却有一种难以掩饰的颤抖。

“今天和往常一样是个好日子。”卢克萨说，“甚至更好。”她的声音听起来苍老而遥远，却并无惧意。

“他们许诺要给你王位，是吗？说真的，亨利，你不会蠢到相信他们会信守诺言吧？”瑞普瑞德说，哈哈大笑起来。

“他们会兑现的。我们将一起除掉地下王国里的爬虫、纺织工，一起分享这片土地。”亨利说。

“可为什么？你为什么要那么做？”格雷戈尔问。

“我厌倦了让懦夫和弱者做我们的同盟。”亨利说，“老鼠强而有力，我们将保护彼此。我们已经决定，将一起实行统治，永获和平。”

“一起，一起。”瑞普瑞德像唱歌一样说道，“你想得多美啊！可你不知道，等着你的只是无尽的孤独。啊，你的朋友们总算来了。”

周围至少出现了五十只老鼠。老鼠们迅速散开，将探险者们团团围住，眼见如此丰盛的猎物，他们放声大笑。

格雷戈尔瞥了一眼四周，还有谁会和他并肩作战呢？爸爸正模糊不清地嘴里念叨着什么；小靴子还被绑在提克背上，对周围发生的事一无所知；亨利成了叛徒，而他和阿瑞斯是拍档，阿瑞斯也被排除在信任的范围之外。那么就只有他、卢克萨、欧若拉、高克斯和……突然，他不知道该怎么看待瑞普瑞德。瑞普瑞德是怎么想的？这只老鼠究竟站在哪一边？

他看着瑞普瑞德，老鼠缓缓地对他眨了下眼睛。“记住，格雷戈尔，预言里说，十二条生命里将有四条离开。你和我，应该可以让它实现吧？”

好的，那现在，还有一只了不起的老鼠和他站在同一战线。

老鼠的包围圈变宽了，留出一条口子。一只巨大的银色老鼠大摇大摆地走了进来，一只耳朵上挂着一个金色的王冠。很显然，这个王冠本来是给人戴的。格雷戈尔听见卢克萨猛吸了一口气，他想，也许这王冠本属于她的父母吧。

“戈杰国王。”瑞普瑞德浅浅地鞠了个躬，“我本以为我们将无此荣幸，在此迎接您的大驾呢。”

“一只倒霉的爬虫告诉我们，你被淹死了，瑞普瑞德。”国王用低低的声音说道。

“嗯，是啊，这是我们的计划。”瑞普瑞德点点头，“但有时计划也会出岔子。”

“你将勇士毫发无损地送到了我们的手里，我们理应感激你才对。这本来应该是亨利的工作，但没关系，只要勇士在这儿就行。在杀死他之前，我一定要好好看一看。那是他吗？”戈杰国王盯着格雷戈尔，“让我有点失望啊！”

“哦，不要这么快就下结论。”瑞普瑞德说，“我发现他总是能给人惊喜，这点让我最为高兴。”

瑞普瑞德在圈子里踱着步，时不时抬起一条前腿，挠挠鼻子。他每次一抬腿，附近的老鼠就吓得往后一缩。

“克劳辛……布拉德雷特，我的心都要碎了，刀锋，真的是你吗？你们不知道哇，看见你们陪在国王陛下左右，真让我心如刀绞。”

那只叫刀锋的老鼠不敢看瑞普瑞德的眼睛。他在为什么感到惭愧？老鼠也会感到惭愧吗？

瑞普瑞德走到亨利身后，把他往前一推。“去，去去去。站到你朋友身边去。”亨利一个踉跄，正好站到了戈杰国王身边，脚不小心踩到了他的尾巴。其他老鼠大笑起来。国王恼羞成怒，将尾巴猛地一抽，从亨利脚下收回来，把可怜的高克斯劈成了两半。

顿时，老鼠们不笑了。蜘蛛蓝色的血喷涌到地上，格雷戈尔不忍目睹。一切发生得太快，就在一瞬间，探险队伍里已经有第三位成员送了命。

“大家怎么不笑了？”戈杰国王说，“继续笑啊！”他命令道。老鼠们像绵羊一样，细声细气地笑了起来。国王舒展了一下身体，摆出一个放松的姿势，但皮毛下的肌肉仍然因为愤怒而绷得紧紧的。

“那谁是下一个？”戈杰国王问，“来啊，别害羞。我们是不是该料理一下这个小崽子？反正她看起来也活不长了。”他那双闪着贼光的鼠眼盯上了小靴子。

“不行。”格雷戈尔想，“只要我还有口气，就不能让他欺负小靴子。"脑海里一直有个东西在困扰着他。到底是什么？他忘记什么了？突然，他想起来了，他明白了预言接下来的一部分是什么意思。

最后将死之人一定要把握好立场。

八条性命就掌握在他的手上。

"说的就是我。"他突然意识到了，"我是最后一个送命的。"一切都很清楚了，老鼠们只想要格雷戈尔的命，他是勇士，是对老鼠最大的威胁。他是那个要选择好立场的人，而他不能在这个地方，看着他爱的人送命。他是勇士，勇士的使命就是拯救他人。

一旦格雷戈尔明白自己的使命，事情就变得轻松起来。他目测了一下高度，向前跑了七步，一跃而起，从戈杰国王银色的后背上跨了过去。

格雷戈尔向小路冲去，身后传来一阵嚎叫。从老鼠的尖叫声判断，卢克萨、欧若拉和瑞普瑞德正在各自展开行动，以掩护自己。但他很肯定，凡是还有行动能力的老鼠，此时一定都在追赶他。很好，这样只要运气好的话，其他人都能逃脱。除了亨利和阿瑞斯——他们会发生什么，他才不管。

手电筒的光线渐渐暗淡下去，格雷戈尔将它扔在一旁，反正拿着它速度也快不了多少。只是在黑暗中奔跑实在不是个好主意，很有可能会摔跟头，但他必须尽可能地将老鼠引开，离大伙儿越远越好。然后，他想起了安全帽上的灯。他本想等到最后紧要关头再使用这个光源，但现在就是个紧急的时刻。他边大步跑着，边打开了灯，一束强烈的光线将道路照亮。

路！他忘记这条路其实并不长了！再跑不到一百米的距离，就到大峡谷了，那条深不可测的峡谷。在峡谷边迂回地跑并并无任何生机，老鼠会在几秒内就取了他的性命。

他不想就这么死去，更不想给老鼠吃掉。他听见他们在他身后，喘着粗气，咬牙切齿。戈杰国王更是愤怒地喷着鼻息。

在这个可怕的时刻，预言的最后一节清晰地出现在了他的脑子里。

吩咐他一定要小心，让他小心自己的跳跃之地，

活着的将会死去，死去的生命会再次收割。

他必须跳，只有他死了，其他人才能活着。就是这个意思。这就是一直以来，三明治想告诉大家的，而直到此刻，格雷戈尔方才明白。

他最后一次加快步伐，遵照教练曾经教给他的冲刺方法，加速向前跑去。他必须全力以赴。就在离峡谷还有几步远的地方，他的后腿上传来一阵剧痛，接着脚下的地面坍塌了。

地上人格雷戈尔一跃而起。

25

格雷戈尔飞到了峡谷上空，耳边响起呼啸的风声，温热的血从后腿上流下，好像死亡的前奏。原来，刚在他起跳时，一只老鼠的利爪抓破了他的腿。

“我正在往下掉。”格雷戈尔想，“就像我进入地下王国时那样。”只不过这次他坠落的速度更快，下面没有能托起他的气流，只有让人毛骨悚然的空洞。他还没弄清楚第一次掉下来时他是怎么安全着陆的，还没有一刻安静的闲暇能让他问一问维库斯。现在，他再也不可能得到答案了。

也许他在做梦，就像以前一样，梦结束时，他就会在自己床上醒来，然后再跑去把噩梦告诉妈妈。但格雷戈尔清楚，他不在梦中，真的在往下掉。当他撞到谷底，也不会在床上醒来。

不过，这次和他第一次的经历有些不同。周围的声音告诉他，他多了很多同伴。

格雷戈尔勉强在空中转了下身体，安全帽的前灯照亮了眼前令人震惊的一幕。刚才一直在追他的老鼠——几乎所有的——在一片如雪崩爆发般的泥块碎石中纷纷往下落。峡谷边的地面很不稳固，刚才完全坍塌了，将整支老鼠大军一起送了下来。

格雷戈尔吃惊地看到，坠落峡谷的老鼠堆里居然还有一个人，是亨利！他也在追格雷戈尔。不对啊，他们俩不可能都死，根据预言，这支探险队里还有一个人会再送命。

一双翅膀划过，给了格雷戈尔答案。当然了，肯定是阿瑞斯，和这个叛徒结成拍档的蝙蝠。阿瑞斯会救下亨利，预言将会成真，其他队员也将获救。

格雷戈尔从未见过阿瑞斯像现在这样急切地冲往谷底，速度惊人，老鼠试图抓住他，却被他一一躲过。蝙蝠像火箭一样掠过亨利，“他飞过头了。”格雷戈尔忍不住想道。

他听见亨利在绝望地大喊：“阿瑞斯！”

就在这时，格雷戈尔突然撞到了什么东西上。

“我要死了。”格雷戈尔想。但他却真真切切地感到自己还活着——鼻子疼得厉害，嘴巴里满是毛。接着，他感到自己在往上升，原来是在阿瑞斯的背上。他透过蝙蝠的翅膀往下看，

发现老鼠们和石头一起砸在了谷底，身体分了家。阿瑞斯接住他时，他已经快到谷底了。老鼠的死状惨不忍睹，尽管他们曾想杀死他。就在亨利快撞上谷底时，格雷戈尔将脸埋进阿瑞斯的皮毛里，捂上了耳朵。

接下来，格雷戈尔发现自己已经到了地面上。卢克萨已经把他的爸爸绑在了欧若拉身上，太普急忙冲到阿瑞斯身上，坐在格雷戈尔身后。

瑞普瑞德浑身是血，正和三只老鼠站在一起，他们一定是在战斗时来给瑞普瑞德支援的。他苦涩地看着格雷戈尔笑了，“总是充满惊喜，真让我高兴。”

“你接下来要做什么，瑞普瑞德？”格雷戈尔问。

“跑吧，男孩，像河流一样奔腾吧。高飞吧，地上人格雷尔！”瑞普瑞德对他祝福道，然后一转身沿着小路飞奔而去。

“高飞吧，瑞普瑞德！高飞吧！”格雷戈尔喊道，阿瑞斯和欧若拉腾空而起，从老鼠头顶飞过。

他们从峡谷上空飞了过去，在下面的某个地方，躺着戈杰国王和他的老鼠大军的尸体，还有死去的亨利。峡谷尽头是一条蜿蜒曲折的复杂地道，蝙蝠们飞了进去。

格雷戈尔终于安全了，此刻的他，才感到有些后怕。一想到自己差点摔得粉身碎骨，就忍不住浑身发抖。他把头深深埋进阿瑞斯的脖子里，全然顾不上鼻子刺痒得厉害。他听见蝙蝠在低声说:“我不知道，地上人，我向你发誓，我真的一无所知。”

“我相信你。”格雷戈尔小声说道。要是阿瑞斯知道亨利的阴谋,此时飞在高空中的将是亨利,而格雷戈尔将……

预言的最后一段又在他的脑海中浮现出来。

最后将死之人一定要把握好立场。

八条性命就掌握在他的手上。

吩咐他一定要小心,让他小心自己的跳跃之地,

活着的将会死去,死去的生命会再次收割。

看来,这段话既提到了亨利,又说到了格雷戈尔。亨利决定站在老鼠那边,也就决定了其他八名探险者的命运。他一心想着帮助老鼠,就没有留心自己的脚下。亨利做了这样一个决定,也让自己送了命。在最后一刻,他以为阿瑞斯会帮他,但阿瑞斯却选择了格雷戈尔。

“地上人,我们有麻烦了。”阿瑞斯打断他的思绪,低声说道。

“怎么了？出什么事了？”格雷戈尔问。

“欧若拉和我,我们……不知道该往哪儿飞才能回到王之城。”阿瑞斯说。

“你的意思是我们迷路了？”格雷戈尔问，“卢克萨说即使在黑暗中，你们也能把我们带回家。”

“是的，我们能在黑暗中飞行没错，但我们必须知道方向才行。”阿瑞斯说，“这块地方没有在飞行者的地图上标出来。”

“卢克萨有什么想法？”格雷戈尔问。

回应他的只有沉默，格雷戈尔猜阿瑞斯正在和欧若拉交谈。过了一会儿，阿瑞斯说：“卢克萨没法说话了。”

“卢克萨可能是受惊吓过度了。”格雷戈尔想，“毕竟亨利做出了这样的事。”

“情况还要更复杂些，欧若拉的翅膀破了，我们若想继续飞行，必须马上帮她修补。”阿瑞斯又说了一句。

格雷戈尔突然意识到现在轮到他拿主意了。“好的，那找个安全的地方着陆，行吗？”

他们很快飞出了弯弯曲曲的地道，出现在眼前的是一条大河。水源来自一条壮美的瀑布，正从拱石上奔流而下，落到了九十几米开外的河里。拱石上有一块天然的石壁，形成了一个三米深的岩洞。阿瑞斯和欧若拉便飞了上去，其他人从蝙蝠背上滑了下来，坐在石头上。

格雷戈尔赶忙向卢克萨跑去，希望能和她一起商量出个对策。但他看了卢克萨一眼，知道现在只能凭自己的力量了。卢克萨眼神涣散，身体像片单薄的叶子一样不停颤抖。“卢克萨？卢克萨？”格雷戈尔呼喊道。但就像欧若拉说的那样，她已经丧失了说话的能力。格雷戈尔不知道该做什么，只好用一条毯子把她包裹起来。

他的目光落在了欧若拉身上。她的翅膀上有一条长长的撕裂口，正在流血。“我可以试着把伤口缝起来。”格雷戈尔说道。但他对自己并没有把握。他能做点缝纫活，钉个纽扣，缝个小开口。但一想到要用一根针将蝙蝠精细的翅膀缝起来，他就不由得心里直打鼓。

“先照顾其他人吧。”欧若拉说。她拍打着翅膀，飞到卢克萨身边，用没受伤的翅膀裹住瑟瑟发抖的女孩。

小靴子还躺在太普背上睡着，额头的温度已经降了不少。在药物的作用下，爸爸也安静了下来，但仍然虚弱不堪，这让格雷戈尔很是揪心。很明显，老鼠一直让爸爸濒临饿死的边缘，他不禁想知道，他们还对爸爸做了什么。

阿瑞斯弓着背，独自蹲坐在一旁，饱含着无尽的悲伤。格雷戈尔决定还是让他独处一会儿好，亨利的背叛几乎击垮了这只蝙蝠。

似乎除了欧若拉和格雷戈尔自己外，没人在和戈杰国王的正面交锋中受伤。格雷戈尔打开急救箱，胡乱翻找着。若要帮蝙蝠缝合伤口，他最好还是当机立断，不要多想为妙。他找到了一个装着金属针的小包，随便挑了一根。针线包里还放着几卷蛛丝，格雷戈尔正要问高克斯应该用哪种线比较好，她惨死的画面立即跃入他的脑海中——蓝色的血液从她毫无生气的橘色身体里汩汩流出。他叹了口气，挑了一根蛛丝，虽然看起来很细，却相当结实。

格雷戈尔先清理了一下欧若拉的伤口，接着按照欧若拉教他的，在伤口上涂了些软膏，软膏可以起到麻醉作用。格雷戈尔强压下心中的不安，开始缝合起伤口来。他很想快点结束这个痛苦的过程，但缝合翅膀可是个慢工细活，一点儿也急不得。欧若拉一动不动地坐着，疼痛让她的身体不由自主地抽搐着。

"对不起，我很抱歉。"格雷戈尔不停地说着。

"不，我没事。"欧若拉总是这样安慰他。但他知道，欧若拉其实很痛苦。

终于缝完了，由于精神高度紧张，格雷戈尔满头大汗。"试试吧。"他对欧若拉说。欧若拉小心翼翼地张开翅膀。

"缝得很好，地上人。"她说，"飞到王之城之前应该能撑得住。"

格雷戈尔松了口气，为自己的成功感到些许骄傲。

"现在你一定要处理自己的伤口了。"欧若拉说，"现在我还没法飞，得等麻醉完全消退了才行。"

格雷戈尔清洗了下腿上的伤口，从一个红黏土罐子里取了一些软膏抹到了腿上——索罗维特之前就是这么做的。他的鼻子是个大问题。他将鼻子上的血迹洗掉,鼻子有平时的两倍那么大,并且鼻梁断了。他不知道医生会怎么处理这种情况。他总不能真的贴个胶布上去吧?他觉得还是不管它的好,如果他要修理自己的鼻子,说不定结果会更糟。

格雷戈尔处理完伤口,不知道接下来该干吗。他试着分析了下目前的局势。大家已经迷了路,剩余的粮食还够吃一顿。卢克萨的火把已经燃尽,现在只有他安全帽上的那点光源了。小靴子还在生病,爸爸仍然神智不清,卢克萨受惊过度,欧若拉受伤了,阿瑞斯陷入了绝望的情绪中。还算正常的就只有他和太普了。

"太普?"格雷戈尔喊道,"你觉得接下来我们该做什么?"

"我不知道,地上人。"太普说,"听见了吗?你听见老鼠了吗?"

"你是说他们摔下去的时候吗?"格雷戈尔问,"是啊,那太可怕了。"

"不,听见了吗?你听见老鼠了吗?"太普重复道。

"你是说现在?"格雷戈尔觉得胃里一阵痉挛,恶心得想吐,"在哪儿?"他爬到岩石边上,偷偷向下看去。

几百只老鼠正在河岸边集结,其中几只正蹲坐在瀑布边,用爪子刮擦着瀑布边的岩壁。有两只老鼠试图爬上去,却又滑回了地面上。他们在岩壁上不断抓挠着，试图抓出攀岩点来。他们要想攀上这岩壁，可能还要花上一段时间，但格雷戈尔知道他们他们一定会做到的。

他爬了回去，手臂紧紧抱着膝盖。他们能做什么呢？嗯，他们必须飞走。欧若拉必须在老鼠们爬上来之前恢复过来。可他们要飞到哪里去？安全帽上的灯不可能永远亮着。要不了多久，他们就将重新陷入黑暗中。他们好不容易从噩梦中熬了出来，难道就是为了死在这个死亡之地吗？

说不定维库斯会派救兵过来，但他怎么知道他们现在在这儿呢？又有谁知道王之城的局势现在怎么样了你呢？格雷戈尔和亨利已经实践了“灰色预言”的最后一段，但这是否就意味着人类已经取得胜利？他不知道答案。

格雷戈尔用手掌按住紧闭的双眼，这辈子，他从未像现在这样绝望过。他努力用“灰色预言”来安慰自己，毕竟三明治说，最后会有八条性命活着。“嗯，也许瑞普瑞德会活下来，但我们这七个坐在石头上的人若想活命，只能指望奇迹发生了。”他想。

就在这时，奇迹果然发生了。

“格雷戈尔？”一个疑惑的声音传来，他不确定自己是否听见。“格雷戈尔，是你吗？”

格雷戈尔缓缓地转过身子，不敢相信地看向声音传来的地方。虚弱的爸爸使尽全身力气，用单手支撑着坐了起来，身体抖个不停，呼吸短促，但眼神却表示出了他对格雷戈尔的认同。“爸爸？”他说，“爸爸？”

“儿子，你在这儿干吗？”爸爸问道。格雷戈尔明白，爸爸的神智已经恢复了。

格雷戈尔动弹不了，他本应该跑过去，一头扎进爸爸的怀里，但他又突然很害怕，不敢相信这个穿着老鼠皮的人，居然会是自己的父亲。他现在真的清醒了吗？等格雷戈尔爬到他身边后，他会不会又开始像发烧时一样，说起和鱼有关的胡话来？又把格雷戈尔抛弃在黑暗中？

“格——格！”小靴子细小的声音响了起来，“格——格！放我出去！”格雷戈尔转身，发现她正在网袋里挣扎着，想从太普的背上挣脱出去。格雷戈尔赶忙跑过去，撕掉了蛛网——这可比对付他爸爸容易多了。

“喝东西？吃早饭？”小靴子问道。

格雷戈尔笑了。要是小靴子想吃东西，那她的身体一定好了。

“饼干？”她充满希望地问。

“好啊，好啊。”他指着父亲说，“但你要先看一个人，看看这是谁？他是爸爸。”如果他俩联合起来，格雷戈尔说不定就有面对爸爸的勇气了。

“爸——爸？”小靴子好奇地说。她看着他，脸上展现出一个巨大的笑容，“爸——爸！”她又兴奋地喊道。随即，她从格雷戈尔手里挣脱出去，径直冲进爸爸的怀抱里，把他撞倒在地。

“玛格丽特？”爸爸努力坐了起来，“你是玛格丽特吗？”

“不，我是小靴子！”小女孩好奇地拽着他的胡须，倔强地说。

嗯，也许小靴子只有在学会数数的时候，才会拥有真的勇气吧，但她热爱他人的个性却是一直都不会变的。格雷戈尔看着她，不由得为自己刚才的退却感到羞愧。他和老鼠、蜘蛛打过仗，现在最害怕的居然是和爸爸团圆。他到底在干什么啊？怎么像个买了票等着好戏开场的看客？

“小靴子，是吗？”爸爸说道。他哈哈大笑起来，声音嘶哑。

笑声像阳光一样洒遍了格雷戈尔全身，是他，他真的是爸爸！

“爸爸！”格雷戈尔跌跌撞撞地跑了过去，用力紧紧抱住他。

“哦，格雷戈尔。”爸爸说着，泪水从脸上滚落而下，“我的小男孩，我的小家伙，你还好吗？”

格雷戈尔笑了，泪水也夺眶而出。

“你们在这儿干什么？你们是怎么来到地下王国的？”爸爸的声音里突然满是焦虑。

“我猜，和你差不多吧。”格雷戈尔让自己的声音恢复了正常，“我和小靴子一起从洗衣房里掉了下来，接着我们就来找你了，最后发现你在这儿。”他拍了拍爸爸的胳膊，想证明自己没看错，“你在这儿。”

“这儿到底是哪儿？”爸爸看着无尽的黑暗问道。

格雷戈尔突然被拉回了现实。“我们在死亡之地的瀑布上方。一大堆老鼠正准备爬上来，我们有几个人受伤了，现在没人知道我们在哪儿。”他说。可一说完，他就后悔了，也许他不应该告诉爸爸目前的情形有多糟糕，也许他还接受不了目前的形势。但爸爸的眼神变得凌厉起来，他在专心思考着什么。

“老鼠现在离我们有多远？”他问。

格雷戈尔滑到石洞边，往下看了看。他惊恐地发现，老鼠已经爬到石壁中间了。“大概有十五米吧。”他说。

“光线如何？”爸爸问道。

“只有这个。”格雷戈尔敲了敲安全帽答道，“我觉得电池也撑不了多久了。”事实上，就在他们说话的当儿，灯光开始变昏暗了。

“我们一定要回到王之城。”爸爸说。

“我知道，可我们没人知道确切地点。”格雷戈尔无助地说。

“王之城位于地下王国的北面。”爸爸说。

格雷戈尔点点头，但不明白这条信息有什么作用。这里没有落日，没有北极星，也没有长在树北面的苔藓——他们身处一个巨大、黑暗的地方，根本无法获得方向。

爸爸的目光落在了欧若拉的翅膀上："你们是怎么帮那只蝙蝠缝合伤口的？"

"用一根针，还有一条蛛丝。"格雷戈尔答道，心里却在琢磨爸爸的精神是不是又失常了。

"金属针？"爸爸问，"你还有吗？"

"有的，在这儿。"格雷戈尔拿出那包针。

爸爸拿起一根针，从口袋里掏出一块小石头，在针的表面来回快速地摩擦。"拿个碗过来，要是没有的话，就把装药水的瓶子倒空。"爸爸说，"在里面装上水。"

格雷戈尔遵照爸爸的指示迅速行动起来，不过心里还是七上八下的。"我们这是要做什么？"

"这块石头——是块天然磁石，有磁性。在关押我的那个坑洞里有一大堆这样的石头，为以防万一，我拿了一块放在口袋里。"爸爸说。

"以防什么万一？"格雷戈尔问。

"万一我逃出去就能派上用场了。我有几块金属，但大小都不适合，这根针正好符合要求。"爸爸说。

"符合什么要求？"格雷戈尔问。

"要是我用磁石摩擦针体，这根针就会带有磁性，也就是说变成了罗盘针。如果我们能不破坏水面张力而让针漂在水面的话……”说着，爸爸轻轻地将针放进水里，针浮了起来。接着，让格雷戈尔惊奇的是，这根针向右转了四十五度角，静止不动了。“它就会指向北方。”

“它正指着北方？就像罗盘一样？”格雷戈尔十分吃惊。

“嗯，可能还有几度偏差，不过也很接近了。”爸爸说。

格雷戈尔看着那碗水笑了。他的爸爸回来了，一切都会好起来的。

老鼠抓挠石墙的声音愈来愈近，格雷戈尔脸上的微笑顿时消失了。“欧若拉，”他喊道，“你现在能起飞吗？”

“我想我必须飞起来。”欧若拉说道。她显然也注意到了下方咄咄逼人的老鼠。

“阿瑞斯，如果我给你指出王之城的方向，你能一直飞过去，不偏离路线吗？”格雷戈尔问道，轻轻地推了推他。

“只要我知道飞行方向，就一定不会偏离。”阿瑞斯立起身来。

“准备起飞！”格雷戈尔喊道，就像维库斯指挥探险队出发时那样，“准备起飞！我们要回家了！”

大家迅速准备好。格雷戈尔安排太普和卢克萨一起飞，让太普帮忙照看她。他把小靴子放进背袋，又帮着爸爸坐到阿瑞斯背上。他再次看了下碗里的针，给阿瑞斯指出方向。“那边就是北方，是我们回到王之城的方向。”

就在格雷戈尔准备把碗拿走时，一只老鼠爪子搭在了岩壁上。他立即跳到阿瑞斯背上，蝙蝠们起飞了，将那只碗和不停咒骂的老鼠们抛在身后。

阿瑞斯沿着地道向北飞去。一个小时后，他对格雷戈尔说："现在我知道该往哪儿飞了。"

于是，他们掠过一个个宽广的洞穴，径直向王之城飞去。

战争痕迹处处可见。老鼠、人类、蟑螂、蜘蛛、蝙蝠的尸体遍布山野，还有好多格雷戈尔在地下王国未曾见过的其他生物，比如蝴蝶。瑞普瑞德曾提起过蝴蝶，但格雷戈尔还以为他是在地上世界看到的。尸体残骸僵硬地横在地上，令人惨不忍睹。

安全帽里的灯光终于熄灭了，对格雷戈尔来说却是个莫大的解脱。他看够了大屠杀的惨状，而黑暗则可以让他完全忘记时间。

在离王之城还有很远的地方，嘹亮的号角声就已奏响，欢迎他们归来。格雷戈尔茫然地往下看去，发现好多人正朝他们挥手、大叫，但他和卢克萨都没有回应。

卢克萨甚至都没看上一眼。自他们起飞后，她一直紧紧抱着欧若拉的脖子，闭上眼睛，不看周围这个世界。格雷戈尔无法想象她此时的感受。他的爸爸回来了，小靴子也毫发无损，很快，他们就会一起回到地上，全家团圆。而卢克萨的家人亨利，居然把她出卖给了老鼠。现在，卢克萨该是一种何等的心情啊？

体育场的大门开了，城市出现在了他们身下。四处欢声如雷，旗帜飘舞。然后，宫殿进入了他们的视野，阿瑞斯一个俯冲，扎进了圣殿里。

大家都进来了。筋疲力尽的蝙蝠们用腹部着陆，在地上滑行着停下来。地底人蜂拥而入，在混乱中，格雷戈尔看见达尔西特抱着小靴子，匆忙离开了圣殿，忠诚无比的太普紧随其后。两个地底人将爸爸抬上担架抬走了。蝙蝠们被抬走时都没发出抗议，他们太累了，此刻最需要的是休息，而不是疗伤。

格雷戈尔拒绝被抬上担架，但他允许人们在他的鼻子上放了一块冰凉的布。必须有人把整个事情的经过说出来，而以卢克萨目前的状态，根本不能胜任这个工作。

卢克萨站了起来，面色苍白，一脸茫然，对身边的忙乱熟视无睹。此刻，她美丽的紫色眼睛空洞无神，双手无力地垂在身旁。格雷戈尔走过去，站在她身边，但并没有拥抱她。他只想让她知道，他和她站在一起。“卢克萨，一切都会好起来的。”他说，但他的话听起来那么空洞乏力。

人群散去，维库斯匆忙赶来。老人在离他们几步远的地方停了下来，脸上印刻着深深的皱纹，写满了担忧。

格雷戈尔知道，他必须把发生的事情全部说出来，但话到嘴边，脱口而出的却只有一句话："亨利和老鼠有勾结，他为了王位和他们做了交易。"

维库斯看着卢克萨，张开手臂。而卢克萨依然纹丝不动，紧盯着维库斯，好像他是个彻头彻尾的陌生人。

"卢克萨，他是你的外公。"格雷戈尔说。此刻，似乎这句话才是最适合、最重要的。"他是你外公啊。"

卢克萨眨了眨眼睛，一滴眼泪从眼角流了下来。她努力压抑着内心深处翻涌而出的情感，表情颇为纠结。

让格雷戈尔松了一口气的是，经过一段思想上的挣扎，卢克萨冲进了维库斯的怀抱。

26

索罗维特也随后赶来。她亲了亲卢克萨满是泪水的脸颊，拥抱了格雷戈尔。格雷戈尔对自己的伤口不以为然，索罗维特却担心得不得了。她立即把他带到宫殿医院，悉心治疗。

趁医生清洗、缝合他受伤的腿部和处理他肿得厉害的鼻子的空当儿，格雷戈尔把两路人马分离后发生的一切告诉了索罗维特——从在散发着腐臭味的洞穴里行军的过程、蜘蛛的到来、亨利想杀死瑞普瑞德的企图，到小靴子发烧、提克在桥上牺牲、找到爸爸，以及后来发生的一系列古怪的事，都阴差阳错地应验了三明治的预言。

讲完这些经历后，格雷戈尔像个泄了气的气球。他只想看一看爸爸和小靴子，然后呼呼大睡。索罗维特先让他去看望了一下小靴子，她正和其他生病的孩子一起待在育儿室里。她洗了澡，换了干净衣服，身体摸起来也暖暖的。达尔西特向格雷戈尔保证，小靴子的病情已经好转很多了。

“这儿还有很多我们目前无法治愈的病，但她的病我们能治好，不过是湿热而已。”达尔西特安慰他说。

格雷戈尔摸了摸小靴子的卷发，便跑去看爸爸了。爸爸看起来已经好了很多，他一脸轻松的表情，睡意正浓。地底人不仅给他洗了澡，还给他剪了头发、刮了胡子。他换上了一身柔软整洁的衣服，散发着臭味的老鼠皮披风已被扔掉。爸爸吃了顿饱饭，服了镇静剂后就睡着了。

“等他醒来后，是不是就没事了？”格雷戈尔问。

“没人能和老鼠一起待上好几年后还安然无恙。”索罗维特柔和地说，“但他的身心能恢复的，我相信一定会。”

听到这个答案，格雷戈尔已经很满足了。在地下王国目睹那么多后，他已变得理性多了，也更成熟。

离开医院后，他听见了一个兴奋的呼喊声。“地上人！”马雷斯狠狠地抱了他一下。见马雷斯还活着，格雷戈尔极为高兴。历经多次战斗，他全身上下已是伤痕累累。

“嘿，马雷斯。”他说，“一切都还好吗？”

“一切都陷入了黑暗，发生战争时总是这样。但你把光明重新带给了我们。”马雷斯坚定地说。

“哦，是吗？”格雷戈尔说。他几乎都快忘记预言诗中的那一部分了。

一名地上来的勇士，他是太阳的儿子。

将会把光明重新带给我们，也可能让我们一无所获。

他一定做到了。将光明带回了王之城，虽然他还不明白具体是怎么回事，不过既然马雷斯这么说了，那地底人也一定都觉得预言成真了。

“什么光明？”格雷戈尔问。浮现在他脑海中的，只有无尽的黑暗。

“戈杰国王的死讯传到老鼠大军中后，他们就陷入了混乱。我们顺利将他们驱赶到了离王之城极远的死亡之地。老鼠们没了首领，立即溃不成军。”马雷斯说。

“太好了。”格雷戈尔说，“希望他们不要再回来。”

在马雷斯带领之下，格雷戈尔回到了自己的房间，他和小靴子曾在这里休息过。格雷戈尔迅速洗了个澡，洗掉身上的臭鸡蛋味，然后爬上床，沉沉睡去。

当他再次醒来时，格雷戈尔发觉自己睡了好长时间。他的意识一片模糊，什么都想不起来。紧接着一切都从眼前闪过，他无法再躺在床上。他又去冲了个澡，回来后发现饭菜已经摆在了桌子上。他胃口大开，狼吞虎咽地吃了起来。格雷戈尔刚准备去医院，卢克萨冲了进来。她的眼睛哭得红红的，但似乎已经恢复了以往的精神状态。

“格雷戈尔，你快跟我走！”她一把抓住他的胳膊，把他往外拉。

起初，他以为是宫殿再遭袭击，但事实并非如此。

“是阿瑞斯！他们想把他流放！”卢克萨气喘吁吁地说，拉着他冲进走廊，“他不知道，格雷戈尔！他和我一样，对亨利的阴谋根本一无所知！”

“我知道他不知道！”格雷戈尔说。

他们跑进一间格雷戈尔从未见过的房间，里面的格局有点像小型竞技场。人类和几百只蝙蝠正围坐在台阶式圆形看台上，中间是一个平台。看台第一排坐的是王之城议会议员，维库斯和索罗维特也坐在他们中间。而阿瑞斯正低着头，独自站在平台中央。

格雷戈尔和卢克萨跑到了平台上，欧若拉也扑闪着翅膀，从看台上飞了下来。

“住手！”格雷戈尔调整着自己的呼吸，大喊道，“你们不能这样！”虽然不了解流放是怎么回事，但他记得卢克萨曾说过，无论是谁，都无法独自在地下王国生存。也许像瑞普瑞德那样的老鼠可以，他无论在什么环境下，都表现得异常优秀。

格雷戈尔一出现，在场的所有人都站了起来，齐齐向他弯腰致意。“欢迎你，勇士，我们感谢你为我们做出的贡献。”维库斯庄重地说道。但同时，他又无奈地看着格雷戈尔笑了笑，这个表情让他倍感亲密。

“嗯，不用谢。”格雷戈尔说，“你们要对阿瑞斯做什么？”

“我们要投票决定他的命运。”维库斯说，“关于他到底是不是亨利的同谋这件事，我们争论了很久。”

“他不是！”格雷戈尔说，“他当然不是！要不然我现在就不会站在这里了。他知道亨利的阴谋后，没有去救他，而是飞下来救了我！”

“他与亨利结成了拍档。”一只红色大蝙蝠反驳道，“要让我们相信他无罪，确实很难。”

“那我也有罪了？”卢克萨问，声音里透着一种愤怒，“我和亨利的亲密关系超过了任何人。你也准备把我驱逐出去吗？”

霎时，屋子里响起此起彼伏的争论声，一股不安的情绪在人群与蝙蝠中播散开来。大家都知道这对兄妹的关系有多好，但卢克萨最后却成了亨利背叛的受害者。

“即使阿瑞斯不受叛国罪名的指控，他还打破了结成拍档时的约定。”红蝙蝠说，“就因为这个，阿瑞斯也要被驱逐。”

“即使你发现自己的拍档是个十足的恶人也不行？”格雷戈尔问道，“看来得制定个特殊协定才行。”

几名议员在古老的书卷中翻看起来，似乎他们能在故纸堆里找到答案。但在场的其他人都有自己的答案。

“不管是用叛国罪将他赶走，还是背叛约定，我都不在乎。我只希望他消失！我们中还会有谁信任他？”一个女人吼道。

竞技场里一下子沸腾了。愤怒的力量似乎击垮了阿瑞斯，他的身体弯得更低了。

格雷戈尔不知道该怎么办。他不能就这样袖手旁观，任凭他们把对自己有恩的阿瑞斯扔到死亡之地去。可他要怎么做才能改变大家的想法？

红蝙蝠重复着刚才那个女人说的话，格雷戈尔听得字字入耳，“是啊，我们中还会有谁信任他？”

“我会！”格雷戈尔喊道。看台上一下子安静了。“我愿以生命为代价信任他！”说完，他就明白自己该做什么了。

他跑到阿瑞斯身边，把手递给他。蝙蝠疑惑地抬起头，接着就明白了格雷戈尔的意图。“哦，不要，地上人。”他低声说，“我不值得你这么做。”

格雷戈尔伸出右手，抓住藏在阿瑞斯左翅膀下的爪子。房间里静极了，连根针掉在地上的声音都能听见，大家清晰地听到格雷戈尔对阿瑞斯说道：

“飞行者阿瑞斯，我与你结成拍档，”

卢克萨曾告诉他誓言的内容，但格雷戈尔只记得这第一句话，不过卢克萨正站在他身后，小声地把剩下的内容告诉了他。

“我们生死同命，如若一体。

不论身处黑暗、火焰、战争、冲突，”

最后一句话不用提醒，格雷戈尔自然而然就想了起来。

“我们都将拯救对方于水火。”

阿瑞斯又重新燃起了希望。勇士与他结成拍档，虽然并不能保证他免于被流放，但这是一件无上光荣的小事，阿瑞斯还在犹豫。

“说吧。”格雷戈尔轻柔地说，“对我说出你的誓词吧。”

阿瑞斯终于开口了，把他的名字换成了格雷戈尔的。

“地上人格雷戈尔，我与你结成拍档，

我们生死同命，如若一体。

不论身处黑暗、火焰、战争、冲突，

我们都将拯救对方于水火。”

格雷戈尔往后退了一步，面向看台。他紧握住阿瑞斯的爪子，站在所有人面前。格雷戈尔开口说话了，声音里透着前所未有的权威感。“我是勇士，预言中的勇士。你们中还有谁敢驱逐阿瑞斯——我的拍档？”

27

有人愤怒，也有人争吵，还有人大肆讨论法律问题。但最后，他们都没法驱逐阿瑞斯。看来，格雷戈尔与阿瑞斯结成拍档的分量，远远出乎他意料之外。

一个老人还在愤怒地翻看旧书卷，维库斯对他说：“哦，好了，别再费心了，显然我们这儿并无此先例。”

格雷戈尔看着他的新蝙蝠伙伴，说：“嗯，不过我可能不会在这儿待上很长时间。”

“没关系。”阿瑞斯说，“只要我能飞，就会在这儿等你。”

待一切平息之后，格雷戈尔径直冲向医院。在走进病房之前，他做好了最坏的心理准备，担心爸爸会旧病复发。他推开房门，呈现在眼前的是一幅温馨的画面：小靴子正在喂爸爸吃饼干，爸爸坐在床上，哈哈大笑。

“嘿，爸爸。”格雷戈尔笑着喊道。

“哦，格雷戈尔……”爸爸也笑了。他张开手臂，格雷戈尔一头扎进他的怀抱中，两人紧紧拥抱着。他静静地享受着这幸福的时刻，小靴子则在一旁拉扯他。

“不，格——格，爸——爸吃饼干。”小靴子说。

“护士让她照顾我的吃喝，她正严格执行她的职责呢。”爸爸微笑着说。

“你感觉好点了吗？”格雷戈尔不肯松开他。

“哦，我再吃几顿像样的饭，就会完全恢复，一切都将重新开始！”爸爸说。但他们都心中有数，事情绝非这么简单，他们都变了，生活也不一样了。不过，值得庆幸的是他们的生活重新步入正轨，而爸爸将不再缺席。

接下来的几个小时，格雷戈尔一直待在病房里，和爸爸、小靴子一起玩儿。没过多久，太普也来了，他想看一看公主怎么样了。格雷戈尔本不想问爸爸的经历，但他似乎不吐不快。“那天晚上，就是我掉下来的那晚，我睡不着觉，就到楼下洗衣房吹萨克斯，我不想惊醒别人。”

“我们也是从那儿掉下来的！”格雷戈尔说，“从通风管道里掉下来的！”

“是的，金属隔栏突然掉下去了，不知道掉哪儿去了。”爸爸说，“我跑过去想看个究竟，却被吸了进去。看，我们都遇到了奇怪的上升气流……”接着，爸爸花了二十分钟来解释和气流有关的各种科学知识。虽然格雷戈尔听不明白爸爸讲的那些东西，但他依然很高兴。

“我在王之城待了两个星期，想家想得快疯了。有天晚上，我溜进博物馆，找到两个手电筒，一把玩具气枪，顺利逃出来了。我还没赶到水路，就被老鼠抓到了。”爸爸说到这里，摇了摇头。

“他们为什么还让你活着？”格雷戈尔问。

“他们想要的不是我，而是那把手枪。我用完里面的弹药后，他们就抓住了我。其中一只老鼠问我这把枪的来历，我就开始乱说起来。我努力说服他们，让他们相信我能给他们造枪，所以，他们就让我活下来。后来，我一直努力制造各种武器，弓箭、石弩、攻打城门用的大锤子等等，但这种武器只有我能用，老鼠一用就会坏。他们对我起了疑心，觉得我永远无法造出能让他们使用两次以上的东西，幸运的是，就在那时，你出现了。”

“我不知道你是怎么熬过来的。”格雷戈尔说。

“我一直都坚信我能回家，从不放弃这个想法。”爸爸说。爸爸的表情突然阴沉下来，他费了好大的力气，才又问道，“那……你妈妈怎么样了？”

“现在恐怕不怎么好。”格雷戈尔说，“不过我们一回家，她肯定就会好起来的。”

爸爸点点头，“那你呢？”

格雷戈尔只字不提以前的那些伤心事，只捡轻松的说。他跟爸爸说了田径队、学校里的事，还有他在卡内基大厅吹萨克斯的经历。爸爸失踪后他们的生活有多艰难，他在地下王国遭遇老鼠和蜘蛛的事他都没提。

整个下午，他们都在和小靴子玩，互相劝对方吃东西，时不时没缘由的摸摸对方。

最终，达尔西特打破了这种局面。她坚持要小靴子和爸爸休息，格雷戈尔只好离开。他在宫殿里闲逛着，此刻的他心情畅快，比这两年多来的任何一天都高兴。他给自己订的那些规矩也彻底失效了。即使现在不顺利，现实令他痛苦，他不再抗拒自己幻想一个快乐的未来。

就在他往卧室走的时候，经过了逃跑那晚关押他的房间。只见维库斯正独自坐在桌旁，身边堆满了纸卷和地图。他一看见格雷戈尔，脸上立即散发出光彩。他招招手，示意格雷戈尔进去。

“来啊，过来，自从你回来后，我们还没好好谈谈。”维库斯急切地说，“你父亲怎么样了？”

“好多了，比之前好了很多。”格雷戈尔坐到了维库斯对面。

“小公主呢？”维库斯笑着问。

“她很好，已经不发烧了。”格雷戈尔说。

他们静静地坐了一分钟，不知道该从哪儿说起。

“那么勇士……你当时跳了出去。”维库斯说。

“是啊，我想是这样的。”格雷戈尔笑了起来，“幸好阿瑞斯当时在。”

“这也是阿瑞斯的幸运。”维库斯说，“是我们大家的幸运。你知道老鼠们正在撤退吗？”

“马雷斯跟我说过。”格雷戈尔说。

“我相信战争不久就要结束了。”维库斯说，“老鼠们已经开始为争夺王位起内讧了。”

“瑞普瑞德怎么样了？”格雷戈尔问道。

“我听到关于他的一些消息。他组织了一帮老鼠党，把所有同情他在死亡之地遭遇的老鼠集结在了一起。不过要做老鼠的头头可不容易，他一定要先说服他们，让他们相信历经漫长努力后，一定会拥有和平。但话说回来，瑞普瑞德这只老鼠也不好惹。”维库斯说。

“是的。”格雷戈尔说，“就连其他老鼠也怕和他为敌。”

“当然了，所有人面对他都无招架之力。”维库斯赞同地说，“啊，这倒提醒我了。我有东西要给你。在冒险旅途中你说你没有剑,提了好几次。议会请我把这个交给你。”

维库斯将手伸到桌子下面，拿出一个长长的被厚厚的丝布包裹的家伙。格雷戈尔打开丝布,惊奇地发现这是一把制作精美的利剑,刀柄上镶嵌着很多宝石。

“这把剑曾属于巴赛洛缪·三明治本人。我的人民希望你能拥有它。”维库斯说。

“我不能收。”格雷戈尔说,“我的意思是,这份礼物太贵重了。并且,我妈妈连一把小折刀都不允许我带在身上。”这话没错。格雷戈尔十岁生日时,叔叔曾送给他一把附带十五种工具的小折刀，但妈妈帮他收了起来，说等他二十一岁时再交给他。

“我明白了。”维库斯仔细地端详着格雷戈尔,“也许让你父亲替你保管,你妈妈就愿意了。”

“也许吧,但……”格雷戈尔欲言又止。他不知道该如何开口,但正是这个原因,让他无法接受眼前的这把剑。那个原因和提克、福列克斯、高克斯有关,和他在飞回来的路上见到的所有僵死的生物有关,甚至还和亨利、老鼠们有关。也许是他不够聪明,或者是他无法理解,但他觉得,一定有别的方法能让人们远离战争杀戮,与其他物种和平相处。

“为了救出爸爸,我假装成勇士,但我不想做什么勇士。”格雷戈尔说,“我想成为像你一样的人。”

“我经历了许多场战斗，格雷戈尔。”维库斯说。

“我知道，但这些都不是你故意挑起的。你总是试图用别的方法解决争端，即使面对的是蜘蛛或瑞普瑞德。”格雷戈尔说，“甚至在人们认为你是错的时候，你还是不放弃努力。”

“那么，格雷戈尔我希望能送你一份礼物，但你只有通过自身努力，才能找到它。”维库斯说。

“那是什么？”格雷戈尔问。

“希望。”维库斯说，“有时你很难发现希望，有时选择仇恨更容易。但你如果想找到和平，就一定要心存希望，才会让希望成真。”

“你觉得我做不到吗？”格雷戈尔问。

“不，恰恰相反，我对你存有很大希望。”维库斯微笑着答道。

格雷戈尔将桌上的剑推还给他，“告诉他们，我很感谢，但是无法接受这份厚礼。”

“你无法想象能传递这个口信我是多么开心。”维库斯说，“现在你必须去休息了，明天你还有行程安排。”

“我吗？要去哪儿？不用去死亡之地吧？”格雷戈尔不情愿地问。

“不，我想该是我们送你回家的时候了。”维库斯说。

这晚，地底人在爸爸的病房里放了一张床，让他和小靴子一起睡在病房，陪着爸爸。马上就要回家了，格雷戈尔思潮起伏，无比想念莉兹和奶奶，不过，想得最多的还要数妈妈。等他回家后，家里人还会相安无事吗？他想起了之前和维库斯的谈话，于是心里燃起了希望，一切都会好起来的。

翌日，爸爸和小靴子睡醒之后，他们被一起带到了码头边，来到地下王国的第一晚，格雷戈尔曾从这里逃跑。一群地底人已经站在码头上了，为他们送行。

“阿瑞斯将带你们去水路上面的入口。”维库斯说，“到了那儿，就离你们的家不远了。”

马雷斯将一叠纸按在格雷戈尔手上，他立刻意识到手里拿着的是钱。“我从博物馆拿出来的，维库斯说你们会在地上世界派上用场。”

“谢谢你。”格雷戈尔说。他很想知道这个水路上面的入口是如何通到他家公寓的，不过他很快就能自己找到答案了。

“那条通道目前是安全的，只是不要逗留太久。你知道的，地下王国的一切都变化得太快。”索罗维特说。

格雷戈尔突然意识到以后再也见不到这群人了，竟有些依依不舍，这让他自己都很吃惊。他们一起经历了那么多，这已成为他人生中值得珍藏的回忆片段。格雷戈尔和每个人一一拥抱、道别。走到卢克萨面前时，他想，也许和她握握手就好了，但还是忍不住走上前去给了她个拥抱。卢克萨居然也抱住了他，动作有点僵硬——毕竟她是女王嘛。

“嗯，你们要是去地上的话，一定要来看望我们啊。”格雷戈尔说。

“也许某天我们还会再见的。”卢克萨说。

“哦，那我可说不准。为了确保我的安全，我妈妈说不定会关我禁闭的。”格雷戈尔说。

“‘禁闭’是什么意思？”卢克萨问。

“就是不让我离开公寓。”格雷戈尔说。

“这莫非就是‘灾星预言’里所说的。”卢克萨若有所思地说。

“什么？那是什么？”格雷戈尔惊恐地问。

“维库斯没跟你说过吗？这个是紧跟在‘灰色预言’后的又一个预言。”卢克萨说。

“但我不在里面，是吗？我是说，预言里面没有我，对吗？维库斯？”格雷戈尔问道。

“啊，如果你们要赶上气流，就得赶快出发了。”维库斯将小靴子放进背袋里，领着格雷戈尔走到阿瑞斯身边。爸爸已经坐在蝙蝠背上了。

“你为什么不告诉我？‘灾星预言’是什么？”格雷戈尔边问边爬到阿瑞斯背上。

“哦，那个啊。”维库斯回避道，“那个意思挺模糊的，几百年来还没人能确切解释里面的内容。高飞吧，地上人格雷戈尔。”维库斯发出起飞的信号，阿瑞斯立即张开了翅膀。

“那到底是什么啊？都说了什么？”格雷戈尔一边上升，一边急切地问道。

“再——见，太普！以后再见！”小靴子挥着手高兴地说。

“不，小靴子，不！我们不会再回来了！”格雷戈尔说。

他们越飞越高，格雷戈尔看到维库斯向他招手，他似乎听见老人对他说：“我们很快就会再见面的！”

他们再次向河流下游进发，但这次格雷戈尔是坐在阿瑞斯强壮的背上，飞在波涛滚滚的大河上面。很快，他们就飞到了他遇见范格尔和谢德的河滩。城市的灯火已远离了他们，格雷戈尔再次回头，看了看那片已沉入黑暗的土地。

十分钟后，河水奔流进大海或者是大湖——格雷戈尔此生见过的最大的湖。巨大的浪花在水面迭起，冲刷着巨石嶙峋的岸边。

两名蝙蝠护卫出现了，护送他们飞过水面。格雷戈尔没看见一只老鼠，但谁知道呢，也许他们正藏在下面的某个地方，伺机捕杀他们呢。格雷戈尔瞥见一个长着约六米长的尖尾巴的水中生物从浪花中跃起，又一个猛子扎进了水里。“我连想知道这是什么的兴趣都没有。”他心想。

阿瑞斯开始往上飞，飞进一个巨大的石质圆锥体，护卫在一旁保持住阵型。圆锥体底部的直径长约一公里，一股奇怪的风正往上吹着。“一定是气流。”格雷戈尔想。

阿瑞斯一圈一圈地往上旋转着飞，飞到圆锥体顶部开口的时候,他必须收起翅膀,才能挤进去。

突然他们就进入了隧道里,看起来十分眼熟。地道的建造材料不是石头,而是混凝土,格雷戈尔立即意识到他们已经在地上了。蝙蝠停在了一个荒废已久的楼梯上，头朝上点了点。“我只能飞到这儿了。”阿瑞斯说,“这就是你回家的路了,高飞吧,地上人格雷戈尔。”

“高飞吧,阿瑞斯。”格雷戈尔说。他的手紧紧握住阿瑞斯的爪子。一分钟后,阿瑞斯飞走了,消失在茫茫黑暗中。

楼梯很长,爸爸必须靠格雷戈尔的搀扶才能爬上去。楼梯顶上有一块石板。格雷戈尔用力推开石板,一股新鲜的空气吹在他的脸上。他爬出来,手抓在了草地上。“哦,老天啊。”他把爸爸拉了上来。“哦,老天啊,快看！”

“月亮。”小靴子指着天空开心地说。

“是的,月亮,小姑娘。看啊,爸爸,是月亮！”格雷戈尔喊道。但爸爸爬了这么多级台阶,已累得上气不接下气。他们在草地上坐了几分钟，欣赏着美丽的夜空。格雷戈尔看了看四周,意识到他们正坐在中央公园里。车辆的轰鸣声穿过一排排树木,钻进他的耳朵里。他把石板推回原位,把爸爸搀扶起来。

“走吧,咱们去叫个出租车。小靴子,我们去看妈妈,好吗？”格雷戈尔问道。

“太棒——啦！”小靴子高兴地大喊，“去看妈妈喽！”

现在一定是深夜了，马路上一个人都没有，只有几家餐馆还开着门。这时间很适合他们，毕竟他们都身着地下王国的衣服，看上去挺可笑的。

格雷戈尔招招手，拦下一辆出租车，大家挤坐在后座上。司机不是没发现他们的穿着打扮，就是根本不在意。说不定他早就把他们的样子看个遍了。

格雷戈尔把脸贴在车窗上，贪婪地看着周围的建筑、汽车和霓虹灯！那些美丽温馨的万家灯火！似乎没过多久，他们就到达了自家的公寓。格雷戈尔付了钱，还给了司机一笔数额不少的小费。

大家走到门口，爸爸从口袋里拉出钥匙圈——是格雷戈尔亲手制作的。他用颤抖的手指翻检着，找到了正确的大门钥匙。今天电梯居然没坏，他们走进电梯，疾速向上升去。

他们不想吵醒任何人，轻柔地打开家门。格雷戈尔看到莉兹正在沙发上呼呼大睡，奶奶梦呓的声音从卧室里传了出来——那奶奶一定没事。

厨房里还亮着灯。妈妈正一动不动地坐在餐桌旁，沉默得像尊雕像。她的手紧紧握在一起，眼睛无神地盯着餐布上的一块小污点。格雷戈尔记得爸爸失踪后，妈妈就是这样打发过许多个夜晚的。他不知道该说什么好,他不想吓着妈妈,也不想让妈妈太震惊,他再也不想给妈妈带来任何痛苦了。

于是,他走进厨房,说出了长久以来妈妈最想听的那句话。

"嘿,妈妈,我们回家了。"

致 谢

首先，我要感谢优秀的童书作者詹姆斯·普瑞莫斯。没有他的鼓励和慷慨,我永远都不会走上文学这条路。是他将我介绍给我们的代理商罗森玛丽·斯提莫拉。编辑们都说，她是业内最佳的代理人,对此我也深信不疑。许多年前,我遇到了我的律师杰罗德·卡顿尔,是她用娴熟的技巧指引着我踏过娱乐业的重重荆棘,我将对她永远心怀感激。

在这里我还要特别提一下简和迈克尔·柯林斯,我的父母,以及全球最佳的研究队伍。无论是在书内还是书外,我都要感激他们为我的生活做出的种种规划。

我还要特别感谢两位作家朋友,他们来自同一领域。早期时,克里斯托弗·桑托斯与我的一番对话为这本书指明了方向,贡献巨大。理查德·里吉斯特,我一直信任着你,和你就多个话题亲密交谈,为此我一定要在全世界面前向你致谢,感谢你为我做的一切。

凯特·伊根，有你做我的编辑我是多么幸运，我简直无法找到言语来表达这种心情。她充满才干、对人对事均有深刻见解，还有超人的耐心，我无法想象若换成他人，这本书是否还会问世。同时，也要感谢莉兹·森热布拉对我十分专业的指引和支持，以及学术出版社的了不起的团队。

为了这本书，我曾多次待在别人的家里进行写作。迪克西和查尔斯·波利奥夫妇、爱丽丝·瑞科尔，还有代比、格雷格·伊万斯夫妇，如果不是你们打开家门，允许我享受你们家中安静的环境，我真不知道我会不会完成这本书。

《地下城·光明勇士》讲述的最重要的是关于一个家庭的故事。而我自己受上天庇佑，拥有一个充满了爱的大家庭。感谢柯林斯家族的人们——布拉德利、波利奥、瑞科尔、普莱曼、卡莫西诺、伊娃斯、戴维斯还有欧文——感谢你们在这个变化无常的世界里对我恒久不变的支持。

说到家庭，我更应着重感谢我的丈夫卡普，和我的孩子——查理和伊萨贝尔，每天，是他们将光明带给了我。

VIP专区

只要在路上，就该心存梦想

猫爪君◎著

新世界出版社
NEW WORLD PRESS

图书在版编目（CIP）数据

只要在路上，就该心存梦想 / 猫爪君著. -- 北京：新世界出版社，2016.11

ISBN 978-7-5104-5954-2

Ⅰ. ①只… Ⅱ. ①猫… Ⅲ. ①故事—作品集—中国—当代 Ⅳ. ①I247.81

中国版本图书馆CIP数据核字（2016）第221894号

只要在路上，就该心存梦想

作　　者：猫爪君
责任编辑：冀　晖
特约编辑：叶　飏
责任印制：李一鸣　黄厚清
出版发行：新世界出版社
社　　址：北京西城区百万庄大街24号（100037）
发 行 部：（010）6899 5968　（010）6899 8733（传真）
总 编 室：（010）6899 5424　（010）6832 6679（传真）
http://www.nwp.cn
http://www.newworld-press.com
版 权 部：+8610 6899 6306
版权部电子信箱：nwpcd@sina.com
印　　刷：北京君升印刷有限公司
经　　销：新华书店
开　　本：880mm×1230mm　1/32
字　　数：159千字　印张：7
版　　次：2016年11月第1版　2016年11月第1次印刷
书　　号：ISBN 978-7-5104-5954-2
定　　价：35.80元

CONTENTS | 目　录 |

【故事】

序 | 记忆里的未来 // III

Chapter 01 | 少年当远行

1. 宋哥的故事 // 003

2. 有壮士自远方来 // 015

3. 新兵上阵一把火 // 027

4. 租房英雄传 // 037

5. 巷子里住着彩色的人 // 049

Chapter 02 | 梦想越大越繁杂

1. 现实是个胖子 // 061

2. 片子，色彩，梵高 // 073

3. 总有人轻声道别 // 085

4. 梦里人 // 095

5. 繁星升起的地方 // 107

Chapter 03 | 十年一刻

1. 演员们 // 119

2. 小世界 // 131

3. 剧社总动员 // 143

4. 舞台之下，生活之上 // 153

5. 最好的岁月有最亮的光 // 167

后记 | 走着的跑着的都在路上 // 177

【声音】

宋哥专访 | 最好的生活就是一起做梦 // 183

彦如笔记 | 人生，就是梦想的旅途 // 191

【故事】

序 | 记忆里的未来

故事的开端，要从六月份接到宋哥的面试通知说起。

那时候，我离开待了整整七年的大学，远赴天津老城，在火车站附近租了套顶楼一居室，希望能在这座心念已久的城市里扎根生长。虽然也想过事情不会那么顺利，总会碰上些像交通不便、老板难搞、同事奇葩这样的波折，但我想，自己还是有那么点儿“红军不畏远征难”的精神。这些苦不算事儿，咱扛得住。

凡有希望算计，必有在劫难逃。短短三个月，我先后辞掉了两份工作，而且都是薪酬不错清闲自在的那种。我特别沮丧，整日里呼天喊地，一位同校实在看不过去，特地坐硬板从哈尔滨过来探望。

我们隔桌而坐，煞有介事地点了两瓶百威。城市的倒影聚成一团被丢在酒杯里，一晃就散成一圈。

交流意外短暂，因为同校认为实在没什么可谈的：“你一应届毕业生，这待遇不错了，还想要啥？”

我说：“我不想卖茶叶和摩托车，这和我的梦不挨着。”

他说：“你傻呀，梦能当饭吃吗？”

当时，我真想掀桌子反驳他，但后来发现桌子实在太沉，而且我也拿不出反驳的理由。他说的其实没错，我也不止一次问过自己，到底想要什么。在学校里读了七年书，毕业后经历却比A4纸还白，而且满心都是安定下来的愿望，确实没什么必要折腾自己。一份安稳工作，一碗阿香婆，慢慢熬着呗。

可我心里始终住着一个理想主义的魔鬼，他怂恿我去做冒险家。就是为了采到无尽山巅上的一朵兰花而不惜粉身碎骨掉入谷底，连追悼会上都有人骂你傻的那种。

同校终归看不下去，动身离开前丢给我一句话："不行你去北京试试吧。"

多少人都说北京是理想的广场，有点儿宿命之地的意思。不信？上北京站蹲守半天，保准能看见无数年轻而躁动的生命背着行囊，像终于找到了谜题的答案一样，激动而热血。

但我对北京是有成见的。

两年前我曾到北京旅行，住在海淀一个特别偏的地方，出门要走上二十分钟才能看见公交站牌。那时候是八月，天气骄傲狂躁，我和女友像壮士出征一般奔赴十五站地铁外的目的地。出地铁时已是中午，我们饥肠辘辘，却发现围绕周身的全是赛百味、肯德基、麦当劳这样的旅行快餐，看不见一家当地风味的铺子。而且那些餐厅里人满为患，一团团躁动的旅行者拥来挤去，跟山洪似的，喧嚣着流出去老远。

当时我特别绝望，感觉明明身处北京，却又只如旅人，被永远卡在通向帝都的路上。

这不是我的城市。我蹲坐在路旁，毫不怀疑。

这一成见，使我长久以来对北京望而却步。

所以我挺佩服宋哥的。要改变一个顽固的处女座，着实需要一颗异常强壮的心脏。

面试的另一方，是著名影视公司小马奔腾旗下的戏剧社。刚刚成立，正待生长。

接到面试通知，我犹豫了很长时间，最终让我下定决心去闯这一次的原因，如今已经忘得七零八落了。只记得那天我起了个大早，还特意吃了早餐。楼下的早点摊是一对东北夫妇开的，手艺绝佳，豆腐脑儿四分白六分黑清浊分明，果子金黄透亮，除了香脆外还有一种让人安定下来的力量。

虽然也是异乡，但我对天津却有种天生的熟稔，特别是总能发现那些藏在街角巷尾的微小美好。

这种熟悉让我的前半段旅途异常轻松。我轻车熟路，取票，进站，等待火车开动。车厢里坐着或疲倦或兴奋的旅行者，窗外是狂风怒卷，急速而野蛮地将一座城市拉远，又将另一座城市推冲过来。

旅程比想象中更崎岖。抵达北京南站后，我好一番折腾，倒了三趟地铁，勉强摸到小马奔腾公司时，已是精疲力竭。手机电量报警，皮肤被烈日灼烧得痛痒难耐，一副残兵败将的模样。

说实话，那一刻，我心里早就打了无数次退堂鼓，然而莫名其妙地，愣是撑到了最后——

理想啊，梦想啊，真的是特别难以参悟的东西。

我想，那时候的自己，就跟赌徒似的，执着地想抓住一次机会。

和之前所有的面试一样，在公司前台填好了应聘登记表，我便揣着简历进到面试间。眼前是一位导演气息很浓厚的大哥，头戴棒球帽、身着短裤，眼瞳明亮，一见我就喊了一声："你好！请坐！"

嗓音嘹亮，音节分明，吓得我一个激灵，赶忙照做。

我特别受不了热情的人。而那时候，宋哥给我的第一印象就是热情，热情得跟傣族少女似的，而且还是那种看不出路数的傣族少女。

面试过程异常简单，简单到极尽我的想象，也虚构不出其他任何故事。

我们聊了影视，聊了话剧，聊了艺术市场行情，聊了一切让人觉得匪夷所思又热血高涨的理想和信念。他说他要打造一个核心团队，虽然现在还很稚嫩，但一个作品一个作品磨过来，坚持住，迟早会壮实起来。那句话怎么说来着？我们的征途是星辰大海。

最后他补充说："而且啊，大家一起追梦的时候，是最快乐的。"

我一直认为，口口声声谈理想、谈梦想的人都很虚伪，跟某名人似的，话出口后连自己都不信。但宋哥那时候却说得真真切切，就像介绍自己中午吃了几两包子、几碟咸菜一样，好像梦想就是特平常的玩意儿。它能让我们快乐，能给我们挺下去的动力。

但只有这样的梦想才不中二，才靠谱。

坐车回天津的路上，我一直都在透过车窗看外面平行延伸的铁轨。它是冰冷的坚硬的，却绵长不止，连着两座城市。方向的这一头，通向天津；方向的另一头，通向北京。两座城市离得这么近，又这么像，真想亲近它们，却得鼓上半辈子的勇气。

但即便如此，也总需要个开始。那么，趁腿脚还利落着，心脏还躁动着，赶紧开始吧！

我佯装考虑了两天，然后给剧社回了接受聘任的电话。接着，我开始收拾屋子，把东西三三两两塞进皮箱，不能带走的都通通丢掉。突然感觉，我像个准备离家出走的小姑娘一样，任性得很，急切地想要奔向一种新的生活。

可不就像小姑娘嘛，为了一个不怎么理智的念头，甚至是一种不负责任的冲动，就扔掉已有的一切，去往一个先前还深恶痛绝的城市。

怎么看都觉得有点儿缺心眼。

直到后来加入剧社，我才发现，这个世界上缺心眼儿的人还真不少。

写这本书的初衷，是想一本正经地记录剧社的发展史，形式上等同于纪录片。然而，当我真正敲击键盘，却发现笔触不受驭制，到最后连热度也偏离了航道，变成了一出嘻嘻哈哈、吵吵闹闹的喜剧。

也是没辙。谁让剧社里的少年们都不怎么爱吃药，不管多苦多累都顶着一副开心鬼的模样。纵然一穷二白、困苦艰难，抵不过痴心不改、没心没肺。

这本书里的十五个故事，包括那些看上去不像正常人能干出来的，每一样都真实存在，字字属实，掷地有声，写的时候我自己都觉得害臊。

所以，有关梦想的文字，未必都如吃了蛇胆一般，苦逼又苦涩，也可以欢乐得跟小马驹子似的。

我们就那么热烘烘地围在一起，把遇到的所有艰难困苦、复杂烦琐，统统入味，烧成一锅好菜，趁着热辣的好酒，就那么不管不顾地放马天涯。人生嘛，本就是羁旅，能一起搀着走上一段，就没理由不热血沸腾。

说起来都是回忆，却又像是包裹着无限未来。

所以，趁阳光正好，请插上耳机，就着Monkey Majik的*Sunshine*，听我给你讲讲小马剧社的故事……

BÉNIT
SOÎT
LE
CHIC
PARIS

Chapter 01
少年当远行

据说秘鲁有一种鱼，倔强、不安分，整日成群结队地往陆地上跳。它们不断地跃出海面，每破水一次就会跳得更高。直到终有一日，它们挣脱海洋，成功着陆。然后，它们会因缺氧而死去，可那些后继者们仍会义无反顾地翻腾、跳跃。

小马剧社里没有一个本地的北京人，全都来自他乡。我们就像那些不安分的鱼，为了某个念头，聚在这座黑暗而明亮的城市。我们远行至此，等待飞翔。

1. 宋哥的故事

宋哥是我们的老大，剧社的创始人。

他有一个漂亮的艺名，听上去玉树临风的，可我们还是习惯叫他宋哥。他为此郁闷了好长一段时间，但终是拗不过，最后只能妥协："宋哥就宋哥吧，别叫宋总，叫了你们就赶紧收拾东西走人。自己记着点，我容易忘事儿。"

宋哥容易忘事儿，大概是因为他经历太多。几年前，人人网上有篇很火的日志，说的是一个住在利物浦的粤菜厨师，归隐前是道上的大哥，拼了半辈子命，左手断了两根指头，萌生退意后辗转到英国开了家小店。每天烧好菜后，他就卷上烟草，把故事讲给客人听。

宋哥和这位厨师大哥相差不多，也是满身传奇，就差没砍过人。

宋哥十多年前来的北京。之前，他一直在山东老家，一个我总是叫不上名儿的镇子。他比我们年长几岁，过的青春也不一样，都是实打实的冒险。初三那会儿，他和一帮哥们儿护校，就是在学校里守夜，跟安保差不多。那时，他们四个人躺在软沙坑里看月亮，看累了就起来在操场上疯跑。跑累了，宋哥就提议说："去偷学校的桃子和草莓吧。"

宋哥所在的初中属于农校结合，每一排教室前都种着果树，大多是桃子和苹果，树下伏着草莓，都是学生和老师亲手栽的，宋哥自己也给果树喷过农药。

那天晚上，星子亮得耀眼，他们几个人猫着腰潜到果树底下，哥们儿摘桃子，宋哥趴在地上挖草莓。最后兜了两三斤回来，但只有草莓能吃，桃子不熟，一咬一嘴毛。几个人直到后半夜都在吐毛。

高中毕业后，宋哥进了当地一家服装厂，和七八个人一起负责烧锅炉。服装厂的衣服需要用蒸汽熨烫，蒸汽足不足就看锅炉烧得旺不旺。组里只有宋哥是年轻人，身边没个搭话的，就整天对着煤烟星火和轰鸣的机器，日出上班星落回家，捱着日子。

好在宋哥生性乐观，总会苦中作乐。木材摆好，他刻意踩着节奏劈，一嗒嗒、二嗒嗒，就仿佛还在高中教室里练声乐一样，玩得很欢乐。厂领导过来视察，看见宋哥这极有艺术感的劈柴方式，也受到了不小的震撼。再加上宋哥活儿干得利索，蒸汽给得又快又足，领导见他机灵，就把他调到裁剪部。

裁剪部的工作不算复杂，却有很多讲究。宋哥没技术也没经验，一开始就只能做服装打板。板子是事先打好的，把布铺好，然后用电动机器切形。这活儿看着简单，但也分手生手熟，聪明如宋哥，也在忙活了很长时间后才摸到路子。也就是那个时候，宋哥觉得还是有一门技术好。于是他决定去进修，提升一下自己。至于学校，当时在山东省内，似乎也没有什么太多的选择。

宋哥毅然决然地去了蓝翔技校，专业是服装设计。

多年以后，蓝翔技校荣膺为“宇宙第一名校”时，宋哥已经到了小马奔腾。面对我们一众初出茅庐的实习生，他脸上满满地都是恣意：“我是蓝翔技校毕业的。”说这句话时他威风凛凛，就好像在说“我是格兰芬多毕业的”一样。

其实，那时候宋哥的日子并不好过。

当时蓝翔技校还没有搬迁，在栗山路一号，宿舍建在一个高陡的斜坡上。宋哥说，那儿之前是部队养猪的窝棚，校方找人整饬了一番，就把新生唰唰地往里丢。

宿舍很小，只够四个人住，加上柜子、衣服、脸盆什么的就已满满当当了，进屋都得一小步一小步地蹭，可学校硬是塞了八个人进去。于是，室友们每天“低头不见抬头见”，硕大的、慌乱的人影在眼前晃悠，袜子和脚丫子的味道缠在一起浑然不分，已辨不出是不是科学含义上的“臭”了。醒着的要晕厥，晕过去的又被熏醒，横竖都是难受。

有时候，生活真的需要麻醉剂，让人忘却泥泞满脚，忘却苦难缠身，只顾一往无前。宋哥为自己找到的麻醉剂，叫作“理想”。

蓝翔技校实行军事化管理，校门平时都闭着，只在周末开放，允许学生短暂离校。每到这时，宋哥就早早起床，慌不迭地套上衣服，然后满济南城疯跑，就为了去买落下没看的《山东广播影视报》。

这报纸 1954 年创刊，闯过大风大浪，直到现在仍屹立不倒，小编时常在微博里卖萌。那时《影视报》前三版刊登的，都是山东电视台的动态及电视节目播放表，后两版是影视评论、人物专访、演员介绍等，实用的花哨的，专业的娱乐的，都有。

买到报纸的宋哥，就像终于跟心爱的姑娘共进烛光晚餐一样，走路都是横着的。其他同学都出去疯玩，他却回到学校，翻身躺在床上看报。宿舍的天花板极不结实，到处是漏洞和罅隙，偶尔还会有碎渣子耐不住寂寞，纵情一跃，毫不犹豫地拍到宋哥的脑门上。

他毫无顾及，继续看。

宋哥想搞艺术的念头，大概是从偷草莓吃的时候就有了，也可能是在蓝翔的单调岁月里，慢慢发酵形成的。总之，那时候他沉迷于一切和艺术影视有关的东西，新的旧的光鲜的糟烂的，照单全收。不过，真正让他决意改变生活轨迹，踏上遥远北京征程的，却是一本盗版书。

宋哥和我讲这段往事是在休息间，他抽着烟，我喝着可乐，话音毫无预兆地就卡住了。他表现出一种让人匪夷所思的羞涩，死活不肯告诉我书名。他说，我知道后一定会笑话他。

我说："你是咱剧社的老大，你得相信，谁敢笑话你，你就能让他滚蛋。"

他耸耸肩说："好吧，那本书叫《成功学》。"

我一边写辞职信一边狂笑不止，他就在旁边干瞪着我，时不时还吐出一句"你看你看"。

说实话，《成功学》的作者拿破仑 · 希尔是美国颇有地位的成功人士研究专家，这本书里也有不少极具研究价值的干货。之所以这本书后来被黑，大多要怪那些层出不穷的励志段子手和洗脑专家们，殃及池鱼。

宋哥说，那本《成功学》是下铺老兵买的，盗版，很多错字，而且因为长期存放在宿舍，已经熏染了某种难以描述的奇妙味道。宋哥和它第一次相遇就欢心大作，然后迅速沉沦，好像书里每个字都是蒙皮战鼓和桃木鼓槌，“当当当”地敲击着他对现实和梦想的认知，甚至连那奇妙味道都变成了墨香气韵，闻着还挺带感。

宋哥如饥似渴地读着这本书，几乎沉沦不醒。那时候恰逢老兵修学完成，正到处张罗散伙饭，马上就要离开学校。宋哥如临大敌，捧着书没日没夜地看，后来干脆一个字一个字抄到本子上，熬得不成人形。老兵惊心触目，又不知道原因，就买了一大筐药给宋哥，临走时语重心长地说：“有病就得治，别掖着，不好。”

故事讲起来好笑，但真写下来，却让人心疼。我们都经历过最暗无天日的岁月，那时候，哪怕见到一只羸弱的萤火虫，都可能将它错认为太阳。

我很庆幸，这本《成功学》能够与宋哥相遇，支撑着他向另一个完全陌生的黑夜走去，支撑着他最终坐在这里，提笔昂扬，在白板上规划小马剧社的未来。

宋哥仅用了三个月，就学完了半年的课程。然后，他偷偷报考了中央戏剧学院，捏着车票，星夜赶考。

尽管雄心壮志不褪灭，但生活就是难以揣度的玩意儿，宋哥头两年的考试都以遗憾告终。在第三次报考之前，他的工作履历可谓五花八门，卖过报纸，卖过保险，还卖过猪饲料，整天上山下乡，满城满市地跑，做的都是苦行当。但梦想还在心里，宋哥觉得苦的甜的都是暂时的，日子过得还挺有意思，每天都斗志昂扬的，满脸乐呵。

那几年，宋哥认识了很多人，都是些热血青年。其中一些后来成了朋友，有难的时候互相搀一把，闲下来的时候一起插科打诨。前面说过宋哥不太记事儿，但对朋友却记得清清楚楚，名字整齐地码成一排，每个名儿都能对上号，每个人都能就着酒忆上三五个小时。宋哥这种魔力现在还有，剧社刚成立的时候，我们十几号人立在那儿，他楞没叫错，有的甚至还给起好了昵称。

他告诉我说："我之所以一直快乐，除了理想，还因为那些特别好的朋友。"

那几年，宋哥和一大帮子朋友互相照应着，白天跑工作，晚上复习，日子过得不紧不慢。风风火火几个月后，他再次进京，站在中戏主考老师的面前，淡定得跟石佛似的。

那一次中戏的考试特别严，好几千人中只录取了十六个。而宋哥，就是这十六分之一。

去北京前，宋哥向朋友告别，表情露着羞赧："别人都快毕业了，我才入学。"

朋友摇摇头，拍拍他的肩膀："你得这么想，别人都开始往后退了，就你还在往前走。"

最后，那位朋友还特意准备了一样礼物，沉甸甸的，塞到宋哥包里，说让他留个念想，勿忘初心。宋哥一路背着这礼物，直到在学校报完到才打开。只见玻璃丝编织袋上写着"×××牌饲料"，很沉，很沉。

室友都没来，宿舍里空空的，宋哥就那么笑了一晚上。

在中戏的时候，宋哥写过几个剧本，也当过几次执行导演。

毕业后，为工作的问题，宋哥在北京和山东老家间折腾了几个月，期间去一家影视公司做过策划。这份工作也稳当，算是白领，宋哥却总觉得自己更适合具体操作，这份工作太规矩，做得不那么顺手。

两个月后他辞了职。之后辗转多次，遇到过几个话剧导演，谈过几次合作，然后继续颠沛流离。

一个偶然机会，宋哥和某著名警匪剧导演取得了联系。两个人聊了一顿饭的工夫，宋哥答应了导演的邀请，进组，上飞机，离开北京，远赴冰天雪地的哈尔滨。

我在哈尔滨上了七年大学，对这座城市的每条街巷、每张面孔都熟络无比。当年《白日烟火》上映时，哈尔滨着实火了一把，我身处其中也不由得沾沾自喜。我曾执着地相信，即便我最终离开，也仍会热爱这座既土气又时髦的城市。所以在面试小马剧社时，我特意对这座城市指名道姓，如数家珍，然而坐在对面的宋哥却一脸漠然。

后来我翻宋哥的博客，发现他写了不少关于哈尔滨的东西，热度却和写北京的不一样。宋哥说，哈尔滨太冷了，所以写出来的东西也是冷的。他还说，其实他很不喜欢拍电视剧的那段日子，觉得大家不是为了好好拍戏，而是都在糊弄。他考了三年的中戏，不想出来后就一口气辜负个干净。

不久，宋哥离开了剧组，再次回到北京。之后在某个影视类杂志的编辑部做了一段时间编辑。因为工作相对清闲，他又接了一个活儿：艺考辅导老师。

宋哥特别热爱做老师的感觉。每次说到他那些可爱又可气的学生，眼里都闪着热情的光。

其实在大学的时候，宋哥就做过辅导老师，而且还颇有门道，当年门下弟子就有成功考入中戏的。之后一直在北京辗转，做过那么多事，却始终放不下当老师的念头，有空就去教课过瘾，哪怕得不到一分钱。

三四年前，八一电影制片厂附近有一所艺考学校，宋哥每个周末都会跑过去给人家上课。路程不近，特别是夏天，顶着大太阳一路过去，难捱得很。但宋哥却乐此不疲，没有缺上过一次课。

那时候宋哥带了一个小班，每个学生对他的评价都差不多：不正经，装嫩，甚至莫名其妙。但每个学生都爱他。

宋哥说，只要和他的学生在一起，就觉得世界和生活都是单纯的、纯粹的，梦想也是最清晰的。别看站在台上吆五喝六，但他也没正经教什么，大多都是在和学生们讲故事。讲自己的，也讲别人的，然后听他们讲，讲完就稀里哗啦一起哭或者一起笑。

教得久了，很多老师特有的习惯就养成了，创建小马剧社后，仍然会时不时蹦出几句说教。不过更多时候，宋哥都在发挥做老师时学会的哄孩子的本领。我们一大帮刚毕业的、还在上学的黄毛丫头毛头小子，没经过什么挫折，每天又问题不断，宋哥总是先生气，气过后又得哄着，若是没教师的经历，真是难免要抓狂。

宋哥说，他后来又辗转到过很多地方。人越是流离，就越容易顿悟——他觉得还是话剧最近初心。

宋哥的两部公演话剧在 2013 年正式成型，但本子却是在 2008 年就写好了。那会儿，话剧的前期筹备已经开始，进度推进得也不算慢，但接下来，他却中了邪似的接连遭遇事故：投资被撬、档期被占、剧本被偷，一切看起来匪夷所思，却又令人沮丧至极。

幸好有好心人找到宋哥，出资帮他做公司，办经纪人证，又千方百计拿到了演出证。总算有了好起来的苗头，话剧终于进入到排练期，正当宋哥觉得能舒展眉头时，却不想投资又撤了。那感觉就像站在悬崖上，往前无路可走，往后只能落魄收场，一向乐观无畏的宋哥这回真的急了。

想了很多办法，最终宋哥决定试一试众筹。那时候众筹这个概念陌生新颖，也没有成熟的众筹平台，很少有人乐意自己掏钱去帮别人做事业。这次举动可谓极其冒险。

让人意外的是，宋哥在微博上还真募到了资金，一笔不大却已够了的数目。

后来，宋哥结识了新的投资人，就坚持把当初筹到的款项一一退了回去，甚至还亏了几百。他说，那时候他第一次意识到，原来真的还有人在乎理想这种东西，他感激那些好心人，退了钱，排好剧，这样自己才能心安。

话剧最终还是做成了，历时一百天，三十场演出，声势壮阔。

至于反响，有特别喜欢的，也有特别讨厌甚至骂街的。宋哥说，他印象最深的那一场，是在百子湾路的木马剧场，观众反应极为冷淡，整场的节奏也混乱不堪。他硬着头皮上去谢幕，心里特别不舒坦，后来连朋友都不敢邀请了。其实宋哥心气儿很高，剧本迟迟终稿不定、演员表演不稳、与剧场协调不利，这些问题他都看在眼里，也拼命地去解决，但最后留下的遗憾也是实实在在的，抹不掉。

生活总有遗憾，有的大有的小，但都是可爱的。我特别尊敬宋哥的一点，就是他瓷实、坦诚，成功的失败的，收获的失去的，他都能大大方方地晾在那儿。就算对实习生，也从不藏着掖着。

遗憾的就遗憾了，路还长着，下次补上。

2015 年的早些时候，宋哥来到小马奔腾就职，职位是制片人。

但他还是想做话剧。念头如野草般疯狂生长，怎么拦都拦不住。

公司董事长问他理由，他说了一大堆，什么市场、什么效益、什么前景，但说到最后，却只剩下“想做”俩字。董事长笑了，让他回去等，随后在公司范围内召开了一次表决会。

会议通过了宋哥创办剧社的提议。场地、办公室、宣发、营销，所有需要的，公司都全力支持；所有想做的，都大胆去尝试。

宋哥心里终于有了底。那几天，他一个人坐在空荡荡的B区，焦灼地兴奋着，无法自已地设想着那个即将诞生的剧社。它应该是怎样的呢？是快乐的吗？对，一定是快乐的，不管多难、多险峻，每个社员都必须是快乐的。只有我们真正快乐的时候，才能看见理想的曙光，才能踏上孤独旅程，一往无前。

它还应该是专业的。它有这么好的平台，这么丰富的资源，就只等着那些热血昂扬的少年们远行而来。剧社里的每个人都应该是特别的，他们的过去可能与话剧无关，但他们一定要有自己的光芒——耀眼的，闪烁的，只要聚在一起，都能熠熠发亮。

这就是剧社最初的样子。当它还只是一个稀薄模糊的念头时，只有宋哥直挺挺地站在那里，像个英雄。

说到这儿，你应该知道，为什么宋哥不喜欢被叫作“总”了。因为，他和我们一样，都是有点儿苦逼又有点儿逗逼的梦想实现者。尽管他担着整个剧社的担子，尽管他有时候脾气很暴，但他更像是我们的朋友、战友和师哥，很烫的那种，“总”这个词太过冰冷，承不住这样的温度。

都曾是激情少年，都曾热血满腔，都在逐梦的路上。

当然，更重要的是，宋哥始终觉得“总”这个词体现不出他的帅气。“哥”就好很多了，因为“帅”和“哥”总是连在一起的。

总之，帅气的宋哥已经踏上征程。

那些满怀梦想的少年们，也将在不远的未来，如约而至。

宋哥

2. 有壮士自远方来

创办剧社的主意打定后不久，宋哥写了一则招聘启事。

那个招聘启事的风格啊，怎么说呢，就像是把一个谐星丢到《哈姆雷特》里去演忧郁王子，装模作样绷着脸挺了两个小时，最后十几分钟绷不住了，瞬间原形毕露。明明前面几栏里一本正经地写了招聘的职位、团队要求和岗位需求，规整严肃，但宋哥偏偏不甘寂寞地又补了几条：

所有招聘人员都必须爱玩，只有爱玩的人才有不凡的创意和激情；

待遇方面最重要的一条，是工作时身心愉悦；

最后，一定要夸我帅，不然没戏。

听上去很有道理无言以对，看上去也特任性诱人，就是禁不住琢磨。琢磨个三四遍，人就得犯嘀咕，这是剧社招社员还是夜总会招调酒师？好像还是那种有附加业务的。

宋哥准备了一兜子道理，说他想组建的是一支从项目策划到制作再到宣发都包揽的全能型团队，因此，团队风格特别重要，而招聘启事的风格就决定了团队的风格。当初意大利的唐 · 维托招部下时，招聘启事就写得特霸气凛然，所以后来的团队也足够硬气。他举这个例子时特别艺术，以至于在很长一段时间里，我都以为唐·维托是某个天赋异禀的戏剧家，直到两个月后我看了《教父》。

之前的众筹经历让宋哥对微博的好感度倍增，这则不太像招聘的招聘启事也就理所当然地被丢在了微博上。宋哥的微博粉丝数不少，加上朋友的转发倒腾，效果也是立竿见影，很快就聚集了一大堆慕名而来的应聘者，北方的、南方的、陆上的、岛上的，其中还不乏身处美帝英皇的海外人士。当然，慕宋哥之名的相对还是有点儿稀薄，更多的是因为小马奔腾名气壮、平台大，在传媒界里是颇具传奇色彩的名角儿。

总之，招聘启事一贴，宋哥的微博就宛如西单的地铁站和肯德基的洗手间，每天评论和@一吨一吨的，私信多得跟在杭州下的雨丝一样。宋哥受宠若惊，一天到晚提心吊胆的，偶尔望着窗户还会颤巍巍地自呓："我是不是要火了？"

面试邀请发出后，北京城里就有一股奇异的行人流向，从东城、西城、丰台、海淀，浩浩荡荡地涌向朝阳。若是同一天出动，不单是商务园区，连整条酒仙桥路都得沦陷。

宋哥和佳姐坐在用来面试的套间里，纸笔齐活儿，眼睛亮烁，做好了"一个人才都不放过"的准备。佳姐是公司的HR，剧社的构想尚处襁褓时，她便全力支持。面试开始那会儿，佳姐已是孕妈妈，身子特别需要保养，但还是主动要求给宋哥把关。

那段时间，宋哥感觉压力很大，真是大得连照镜子的频率都少了很多。

宋哥就此开始了“你好，欢迎来到小马奔腾”和“再见，欢迎继续关注小马奔腾”的日程。他总说，人适不适合再说，但昂扬的热情和积极的精神一定要传达到位。很久之后他又偷偷补充说，万一有人看上我呢。

面试大概进行了一个礼拜，应聘的人们热情不减，宋哥和佳姐忙得七荤八素，满脸疲惫里仍挂着微笑。宋哥心气儿高，挑得仔细，经验经历不要求，但必须有激情、有想法、有一技之长，三“有”缺一不可。

他说，我要最莽的汉子，最灵巧的姑娘。可惜，那些经过重重筛选的姑娘和汉子，都在毕业期里，不能马上到岗。

剧社最初成立那会儿是六月下旬，正好赶上学校的毕业季。苦读四年的有为青年聚在礼堂和操场，眼巴巴地等着那两张写有自己名字的毕业证和学位证，再疯颠颠地和即将远隔天涯的室友们搞怪拍照。

虽然有了几个人选，也给了应诺，却因为在毕业季的当口，少有人能立刻上岗。最初那几天，剧社办公室里人丁稀少，屋子宽敞，十五个工位大多都空着，那荒凉劲儿，跟破产小老板儿携款逃跑后的景象差不多。

宋哥做导演和老师做惯了，感情细腻得如同南方姑娘，整天待在这种悲悯苍茫的氛围里，特别伤感。开会的时候，他总会提到这事儿，说那时候特别孤单无助，总在心里追问：“我的团队呢？我年轻牛逼的团队呢？”然后环顾着那些空工位，每看一眼就多一分怆然。

蛋出现的时候，宋哥不再怆然，直接哭了。

蛋是个女孩儿，东北人，染着黄黄的头发，一张娃娃脸，笑起来一股爽朗劲儿。她是第一个加入剧社的实习生，比我们早几天，是众人的师姐。宋哥那篇招聘启事贴出去当天，她就投了简历，接到面试通知就马不停蹄地狂奔而来，连面试时都还在喘着。她住在大兴，距公司有两三个小时的车程。十点半面试，她七点多就出发了。

面试时，她和宋哥隔桌而坐，宋哥问她："你是学什么专业的？"听到回答，宋哥愣了，"啥？"

蛋的专业叫信息安全，属于计算机系，对口职业是网络警察和信息安全员，都是时下走俏的新兴职业，但跟戏剧和传媒确实没什么关系。然而每次谈到本专业，蛋总是想办法岔开话题，不愿意多说一句；倒是一提起剧社，她就热情汹涌，一脸红晕，一身干劲。

蛋说，她最开始一心想报考传媒大学，最后出于种种无奈，填报了现在这个专业。那时候她敲着电脑码着代码，但心里想的却还是传媒。大二那年，她拜托同学帮忙偷偷选修了新闻和艺术学院的课程，名称她自己也忘了，大概是"影视艺术概论"一类很基础的。因为修这些课程的学生门可罗雀，所以才有了空额。

同学给蛋打电话通报胜利讯息，这女孩儿兴奋得整晚睡不着觉。

然而，这次"叛逃"最后还是在课程表登记时被本学院老师发现了，蛋被叫去单独训话。老师气愤得像个糖块被偷的孩子，大声斥责她："这虽然是选修课，但你对自己的专业课成绩很满意吗？不满意，为什么不修本院的课补充补充？就这个样子，早晚得挂科！"

蛋心里大呼委屈，嘴上却也只能连声道歉，最后咬牙退掉了课程。直到毕业她都不敢再去触碰那个念头，只是偶尔和艺术学院的朋友聚在一起，好奇又欣羡地听她们讲故事。直到领了毕业证，走出校门，蛋这才决意把那株埋了三年的萌芽重新刨出来。

之后，几乎每一次传媒专场招聘会蛋都会参加。那时的她，捏着简历，挤在一大堆形色仓皇、风尘仆仆的求职者中间，瞪着那些心仪已久的公司的招聘台位，眼泪都要掉下来了。

梦想就是这么一种东西，远远眺望着像光一样温暖，近一点发现它色彩斑斓、绚丽缤纷，可是真正触碰到时，却又总会受伤。像柔软的手指碰到仙人掌上的刺一样，钻心地疼。几乎所有公司都要求专业对口或有相关的工作经验，蛋只拎着一兜子热情，毫无悬念地只能碰一鼻子灰。

真正的壮士必是越挫越勇，蛋开始曲线救国。为偷师摄影技术，她去儿童摄影工作室做助理；为了解节目录制流程，她去围观节目录制的台前幕后，被工作人员穷追猛打；为搞清票务机制，她去应聘大麦网的销售助理……

就这样，毕业两年，她尝试过很多不重样的杂活儿。家人都在北京安定下来了，自己却还没定住，满京城地漂泊。

这次面试剧社，蛋也没什么底气，但俗话说“不见棺材不落泪”，她还是决定硬着头皮试一次。宋哥看准了蛋做过运动员这一点，能吃苦，而且经历杂眼界阔，上手快。虽然计算机专业和话剧不挨着，但逻辑思维能力肯定有的。剧社里急需一个与其他部门对接的人员，明确各方面所需资源，否则就算公司再全力支持，也只能干瞪眼。宋哥想让蛋做这个中间人，在内负责部门的对接，在外负责演出程序的审批。

想法已然定下，但宋哥拿学生开涮有瘾，便故意说：“你的专业确实不对口，做这个不太合适。”

蛋心中一凉，一种空调砸在身上的感觉。

“不过你之前做过的事挺杂的，我喜欢那种有过不同经历的人。”宋哥见目的得逞，就开始丢甜枣儿，“剧社刚成立，工资不高，就这个数，你还要做吗？”他立起两根手指，轻轻摇了下。

“做！”蛋声音嘹亮，像许下重誓似的，干脆得义无反顾。

蛋当天就决定不走了，拉了张椅子坐在宋哥后面，愣愣地看着他。

之后那几天，剧社还什么都没有，只有蛋满腔热血地坐在电脑前，整天挂着一副梦想照进心窝的表情。宋哥嘴上叫苦，说第一个进来的就这么不专业，兆头不好，这剧社算是没法干了，趁早解散得了，但心里却多了几分安稳。那个模糊不清的剧社的设想，因为这个大头女孩儿的到来而变得清澈明晰起来。

宋哥说，他理想中的团队，就是要有很多颗自带微光的星星，虽然一颗星的亮度有限，但聚在一起就成了星河。这话听起来矫情，但比喻还算精当，他想打造的剧社就得是这样，温暖，明亮，真闪耀起来，能让夜空变成白昼。虽然那时候，这条壮阔星河里还只有一个蛋，多少还是让他有点儿心虚。

宋哥和蛋形单影只的日子并没持续多久，两三天后，他们就等来了梦娅。

梦娅今年大三，说话细声细语，长相清秀，和章子怡有七分相似。她来面试时把宋哥吓了好大一跳，还以为真是师姐来登门拜访了。抠了隐形换上镜片仔细打量了一遍，才松了口气。

但他总感觉哪儿不太对劲，拉了张椅子坐下瞪着梦娅看半天，最后发现了问题所在："你谁啊你？"

事情的原委，是我后来从蛋那儿听来的：那则勉强算是招聘启事的东西贴出来后，梦娅就往宋哥的邮箱里塞了七八份简历，每天两到三份，频率相当密集，有着非常明确的炸箱意图。宋哥每天早晨点开邮箱都会感觉一阵惊恐，以为昨天还没过去，自己被困在某个时间隧道里了。持续了三四天，宋哥熬不住了，在微博上发表声明，说原邮箱作废，简历请投到新邮箱，并附上邮箱地址。

几天后，新邮箱也迅速阵亡。

其实宋哥早就看过梦娅的简历，内容情真意切，态度毅然决绝，而且她人长得漂亮，对团队的颜值建设很有帮助。之所以宋哥迟迟拿不定主意，原因和蛋一样：这位小章子怡学的不是表演，而是物流。

但是一直让她这么炸下去毕竟不是办法。宋哥考虑了一阵子，最后还是托佳姐给梦娅发了一封面试邀请。邮件发出的时间是二十五号，但是万万没想到，在那之前，梦娅已经战车白马地杀到了公司门口。

宋哥受到了巨大的惊吓，面试之前抽了三四根压惊烟。

整个面试时间里，梦娅一直站着，眼神又仓皇又紧张，好像之前杀到公司的魄力已经悄然遁去。她声音很轻，一紧张就会卡住。她说今天来小马奔腾的路上满心忐忑，但最后还是决定让自己豁出去一次。

梦娅是安徽妹子，之前一直在广东学习，去年学院对学生学习方向重做安排，她被分到了北京校区，这才千里迢迢奔赴过来。她一直对传媒有一股子热情，所以格外珍惜这次机会，早早地就和朋友约好在北京一起租房子实习，做简历，投简历，像所有北京站里拖着行李捧着梦想的年轻群体一样，憧憬着这座变幻莫测的城市里的生活。

然而，梦想总是难以照进现实，不尽人意多。正当梦娅投出去的简历石沉大海、杳无音讯之时，朋友又突然来电，一通抱歉说自己不能和梦娅一起北上了。之前的计划和设想都落了空，难过之余只剩下惊恐，连梦娅自己也不知道，她是不是真的做好了一个人北漂的准备。

北京这地方啊，天空中永远飘扬着太多美丽的梦想，也隐藏着太多酸涩和艰难。这酸涩和艰难只要一露头，就有人心碎，就有人离开。

梦娅后来跟我说起，那时虽满心惶恐，但还是想朝前走。她说她的泪点很低，看电影时一到泪点，室友就会把头转向她。有时候室友们还会下个注打个赌，猜她到底会不会哭个稀里哗啦。她为这事儿苦恼了很多年。但在最茫然无助的时刻，她却意外地无所畏惧。

梦娅大概就是那种很有韧劲的姑娘，心底藏着硬度，却从不外露，甚至自己也不曾察觉。

那天，他们聊了很长时间。佳姐建议梦娅去做行政前台，她婉拒了，说来这儿就是要走艺术口；宋哥告诉她，一开始只能做流程和应聘通知方面的工作，没法立刻进策划小组。她狠狠地点头应下，说就算没薪酬，也要做。她说，我不怕做实习生，因为我知道最后我一定会留下来！

宋哥当时就泪眼婆娑几欲潸然，说怎么一个个都这么死乞白赖的，非要赖在这儿？我那些傻学生都比你们聪明，什么梦想啊理想啊，听着多幼稚，怎么就这么让人着魔！其实，他比谁都清楚，却非得拧着，就像很久以前跟命运拧着一样。

招聘工作持续进行着。江湖上各路人马纷纷杀到，神通尽显，花样无穷。大概折腾了两个星期，初建社员总算定得差不多了。宋哥这台人形面试机也累得面黄肌瘦，喘气都得喘三下歇一下。蛋和梦娅自告奋勇给宋哥打气，看着她们一脸的热情洋溢，他感觉更累了。

剧社的框架已定，校园里没完没了的骊歌也渐渐息声，招聘阶段算是告一段落。就在这时，宋哥收到了一封自荐信。

信很长，贴在邮件里，每行段首都仔细地空了格，印刷般规整，戳个红章跟机关文件没啥两样。

信是一个女孩儿写的。她叫力颖，山西人，现在南京，金融系应届毕业生。在微博上看到招聘启事后，她鼓了很长时间的勇气，才决定写下这封信，想得到一个面试的机会。她说她热爱话剧、热爱影视，还在上初中时就带着一拨人没日没夜地排练过课本剧《孔雀东南飞》。那时候正是期末，狠抓学习的老师逮住这事把他们骂了个淋漓透彻，还批评她身为班长带头捣乱，造成了严重的负面影响。但她感觉只要能排剧，再累再委屈都挨得住，有点儿傻开心。

历经蛋和梦娅那一遭，宋哥这次铁下心狠了一把，任谁说得再动容都没用，坚决要做个硬气领导。那天，他坐在家里的椅子上，外面天黑成一片，碎碎的雨滴撞碎在玻璃窗上，风雨交加，越发清晰。

这种天气总是让人想读点东西。宋哥想了一会儿，最终还是决定把这封信看完。

力颖说自己其实已经拿到了美国MF（金融方向研究生）的Offer，不出意外的话，今年九月就会乘机飞往美国。之后，或许会在当地的知名金融机构找到一份实习工作，得到一份不错的薪酬和一段让人艳羡的职业经历。毕业后她还能得到一个移民澳洲的机会，等待她的是高薪而清闲的工作，是清朗的海风和柔软的沙滩，是安稳和惬意的生活。一切看上去都美得不像话，但力颖却一直很纠结。她不想要那种按部就班的生活：困在工作间里，时时盯着数据变动，查看公告消息，快速进行操盘动作，抑或向客户介绍为其量身定制的增值保值方案。虽然也有挑战，但更多的是机械式重复。

所谓的青春热血，一旦爆发，就会迅速蒸发，不见踪迹。那里没有她渴望的东西，那里没有能让她立刻燃起来、肯为之奋斗牺牲的东西。所以，力颖将这次机会看成一次搏杀。得之，就证明自己还有择选命运的力量；不得，就重新回到原有的生活轨迹。倘若十几年后，这艺术理想还留有一颗青芽，也许她还会伸出手，试着去抓住它。

宋哥看完最后一个字，又把邮件重头看了一遍，然后给佳姐打了电话，请她安排力颖来面试。

面试安排在两天后。那天，力颖早早就赶到公司，脸上有些历经颠沛的疲倦神情。她身材微胖，长相憨厚，眼睛里却藏着一股锐气。她说昨天晚上到北京时，天色已晚，大部分宾馆都客满，她找了很久才找到一家破破旧旧的小旅店。总算可以休息了吧，却猛然想起面试的补充材料还没有打印，便又拖着疲惫的身体踏上了寻找复印店的茫然旅程。

宋哥问她最后找到没有，力颖拿出材料，点点头："厚着脸皮在我爱我家那里打印的。那小哥不太愿意，但人还挺好的。"

捏着简历反反复复看了很久，一罐汤力水都喝完了，宋哥一直有一搭没一搭地闲聊。后来，宋哥跟我说，他那天始终感觉魂不附体，本来决定做个硬气领导，不再听理想主义青年的故事，可到了这当口却又遏不住摇摆。性情中人，也是没辙。

“你真的愿意放弃去美国的机会，来到这儿，做个实习生？”宋哥最后问。

“愿意啊。我不是一时冲动，我是真的想做出点改变。哪怕代价很大，也没关系。喜欢就是喜欢。”

宋哥记得力颖当时是这么说的。但我想她性子憨厚，可能当时说出来的就只有“愿意”两个字。生活嘛，还是直接点儿好。想做就去做，不想做就煮一碗鸡蛋柿子面，就着热气吃了。饱了，热了，再去考虑明天。

宋哥安排力颖做剧社的票务核算、资金预算和风险预估，都是需要实打实专业知识的活儿。力颖笑嘻嘻地说有压力，临回南京前还从朋友那儿蹭了几本专业书，说入职前先来个大补，好让心里有底。

这次招聘，剧社最后大概定下七八个人，大多是“90后”的异乡少年，毕业的、没毕业的，漂泊的、定下的，每个人都与众不同，都有不同凡响的好故事。烫壶酒，都能说上好几天。

这些人聚在一起，剧社就不再只是宋哥的一个念头。它已悄悄地发芽，恣意生长。

我听到这些故事已经是两个月以后的事了。那时候剧社人丁兴旺，空的工位都放上了电脑，沉积的荒芜尘土也都换成了绿萝和覆盆子，叶片朝着太阳，绿得油亮。

故事里的少年就在我的对面，睡着的醒着的，依旧热血满腔。

BROOKLYN
NYC

3. 新兵上阵一把火

我正式加入剧社是在六月末。北京难得的碧洗蓝天，就是风大，一路都飞沙走石。

来北京之前，我已有过几份实习经历，虽经验不多，也足够为自己添几分胆气。但走在路上，总有一种不安，预感到即将面对的工作环境将和之前的全然不同。宋哥说过，这个团队里每个人都是特别的，我见过的风景太少，想不出这是怎样的一个团队，倒是更容易联想到精神病院。

越想越瘆得慌。

抵达公司时，还没到上班时间，偌大的玻璃门通透地横在我面前，屋内风光清晰可见。公司布局大致呈长条状，分为ABC三个区，A区最为宽广，在靠近前台和大门的位置，墙上贴着小马奔腾先前拍摄过的电影的海报。剧社在B区，一个小复式的结构，楼上是雷明顿广告，楼下就是剧社，由一道铁质楼梯相连。

公司的主色是暗灰色。灰色的地毯、灰色的天花板，威严雄浑，但看上去多少有些冷峻。

因为是第一天入职，我还没有门禁卡，只能拜托前台的大哥“放行”。

我一路心惊地走到办公室。其他部门都还空着，剧社办公室里却已经伏了个人影，是那个叫蛋的女孩。她一手拿着早点，大概是火烧一类，夹着已经咬了一半的肠，另一只手在本子上唰唰地写着什么。我和她之前打过照面，她看见我稍微顿了一下，就笑着和我打了个招呼。

我朝她点点头算是回应，接着在挨着过道的桌子上放下背包坐定。桌子被蛋他们细细擦过，纤尘不染。我试了下电脑，键盘有些软，心里想着以后把我的宝贝Cherry带过来换掉。窗边有一盆大概养了两三个月的绿萝，叶子已很饱满，我的心情一下子就松软起来。

宋哥是十分钟后过来的。他住在亚运村附近，周一容易堵车，到公司时，他像跟刚打下上甘岭的老兵似的有点儿战斗英雄的样子。

我们边吃早饭边聊天，聊北京，聊房价聊物价，都是挺糟心的事儿，但饭反而吃得特别香。办公室里陆续有人进来，都拎着温过的豆浆或者早餐奶，也一并加入了早间谈话。

我这人性格内向，怕生，之前在天津实习了整整一个月都没和同事聊上几句。不知道为什么，这次却聊得特别开，打过照面的和完全陌生的，都天南海北地侃。早饭吃完，我们也都认识得差不多了。宋哥还特意为我补办了一个欢迎仪式，慈爱满满地拍了拍我的肩膀，说：“欢迎加入小马剧社。”

后来我总是琢磨这个名称的来历，可能经过缜密而漫长的会议讨论，充分考虑到小马奔腾的品牌、营销机制以及蕴藏的萌点，是凝结无数人智慧的结晶；也可能是宋哥实在懒得去想，随口一提，大腿一拍，就这么得了。怎么想，都觉得后者的可能性更大一些。

俗话说“万事开头难”，难的不是一无所有，而是抓不住前行方向。

虽然社员基本到位，但剧社的预期发展目标，作品风格、质量，怎样进行宣发和营销，这些重要环节却还是一片空白，亟待明确。所以那天我们的主要工作，就是确定剧社第一季度的大计划表。

剧社所在的位置相对封闭，宋哥不知从哪里弄来了一块一人多高的白板，挥笔写上“小马剧社第一季时间计划表”，算是会议主题。我们七个人都搬着椅子凑过去，过道容不下，就干脆坐在桌子上。早晨还有说有笑的实习生们，此刻陡然变了神色，好像被训练有素的武士灵魂附体一样严阵以待。

宋哥以剧社的核心理念起头，向我们细致地讲述了戏剧的力量。他说戏剧起源于上古仪式，是人对自然的模仿，剧院就像古希腊时期的祭祀之所，所以它应有浓厚的神圣色彩。当下虽然电视剧和电影种类繁多，题材广泛，但戏剧作为一种未完成的艺术，它讲求的是此时此刻的真实，讲求演员和观众的高度一致，而这一点是电影和电视剧做不到的。对于观众来说，现场观赏戏剧时所受到的直接感染力最强，得到的人性思考也最深刻、最切实。科技越发达，生存压力越大，人越需要戏剧力量的慰藉。所以，在北京、上海这些大都市里，生活节奏越来越快，戏剧反而成长得越发壮实、茂盛。

说这些的时候，宋哥全然像另外一个人，认真得不要不要的。

他还回忆起自己第一次接触戏剧时的那种震撼。他说，他想把这种力量带给更多的人，所以才一直坚持到今天。“小马剧社要做的新戏剧，也要接地气、讲生活，表达真情实感。”他越说越起劲，最后猛地一拍桌子，声音更加高昂，“所以我们的理念，就是‘温暖明亮’，要做感动中国人的戏剧！”

我们集体鼓掌，并以眼神表示，领导的志向我们都理解，但别和桌子较劲儿啊，您看您手都肿了。

确定了理念，第一部戏的风格便有了眉目，接下来就要做整体的进度安排。都说拍电影耗时耗力，导演、编剧、制片人缺一不可，带着棉裤、饭盒，大风大雨里一钻好几个月，之后又要后期剪辑和特效，等等，每每谈到一部大片的诞生，总能让观众感动得热泪盈眶。其实戏剧也一样，剧场、场务、排练、磨合、宣发、票务，等等等等，都需要一砖一瓦扎扎实实地垒起来，无论缺哪一块，都可能让整个季度的努力付之东流，变成一场空忙。

所以，会议的后半场，我们一直在打磨时间计划表。从剧本审批、演出资质审批到确定剧场，从海报和周边方案的策划到物料的实地投放，从演员的选拔到分组排练，由宋哥主导，我们参与，都尽可能地做到全面和精准。然而，之前的我们都只算是和戏剧匆匆见过一面，资历尚浅，这个大流程真确定下来时，大家反而云里雾里不太明白。宋哥安慰我们说：“别着急，1 到 2 简单，0 到 1 难，咱们先吃饭。”

年初，我在天津一家互联网科技公司做了第一份实习，做的是时下最热门的O2O电子商务。一个三十人左右的工作室，坐着的都是二十多岁的年轻人，活泼、精干，却总觉少了些热血沸腾。我负责的是产品和广告的文案，薪酬蛮高的，任务也不重，但就是感觉如坐针毡。我小心翼翼地打量着那些熟悉又陌生的同事，明明是阳光满溢的清晨，每个人都无精打采的，好像一进这屋子，就被偷走了一半灵魂似的。

当时我刚出校门，不知道是不是所有的公司里都是这般光景，是不是走入职场就得将理想和热血统统埋葬，把薪酬当作唯一的追求。下班后躺在出租屋的床上，我一夜一夜看着窗外的星空，但越想越不敢有奢望，越想越觉得这就是现实。

后来与哈尔滨的同校聊起这事儿，他说他也有相同的感受。那会儿他在当地一家规模颇大的国企上班，每天朝九晚五，日子丰实，但就觉得老得特别快。曾经许下的凌云壮志早已成为黄历旧闻，说都说不出口了。

“我打算再挺一阵子就辞职，去别的地方闯一闯。”他悄悄地对我说，带着期待和犹豫。

“别的地方还不是一样？”

“那可说不准。毕竟理想是不会死的嘛，我相信，总有一个地方是热气腾腾的。”他说。

当时我笑他天真，现在却发现，天真的其实是我。这个世界上还真有一个地方是热气腾腾的。

何止是热气腾腾，小马剧社简直已经大火烧山了。

午饭时分，大黄和蛋匆匆扒拉几口，就开始拉出刚刚做好的时间计划表，一个字一个字地往里填；梦娅只要了一碗粥，每喝一口就核实一次人事部资料，满满一屏幕的条框表格；力颖已经摊开账目，开始着手整个季度的资金到位表，虽然任务艰难而漫长，但浑身充满干劲；我被这气氛燃到想哭：原来真有另一种团队，另一种工作方式。感动之余，内心却也一声苦叹，这顿饭他妈的算是没法好好吃了。

这场大火整整烧了一天。

下午，我们细分了每个人的职责，把方案策划、演出流程和剧本团队划分成不同的扇面，齐头并进，提高速率。我和石头、畅畅等几个负责文案策划的组成了策划小组，首先要确定一个与大流程对接的宣发策划案，这是基调，决定着以后的宣发方向。

石头和我同一天入职，南京姑娘，戴着一副圆圆的眼镜，说话带点儿可爱的口音。上午开会时，我见她满脸无措状，讨论时也很少发言，以为她和其他南方姑娘一样，属于那种心思谨言语少的小家碧玉型女孩，结果证明，我错了。

下午，不知道是被大家的热血点燃，还是内在本性爆发，石头迅速换上一张凛冽的面孔，键盘码开，手指飞动，不到二十分钟就完成了自己的策划草案，页眉页脚齐全，甚至连带着把小马剧社的Logo都给设计了。

我们这边刚刚备好纸笔、拉好桌子，准备来个初步讨论，石头就干脆利索地两步过来把草案摔到桌上，然后强硬地霸占了畅畅的椅子，坐定后开口："你们看看这个行不行，行就沿着这个路子走。"

她的南京口音，让她的后半句话听起来像"沿着这个骡子走"，我们迷茫了好一阵，才反应过来。

我的女性朋友不多，虽也有霸气汉子类型，但人家表里如一，汉子得很纯粹。石头不像北方女孩儿，她身材娇小，这连环动作一下子还真把我给吓着了。

那时我刚看完《侏罗纪世界》，里面有一句台词，大意是说：动物回到自然界，首先会试探自己在食物链中的位置，得到认知后才会制定自己的生存计划。所以呢？石头一上午其实都在试探，摸清我们这群小黄鸡的底子后，才露出她的翅膀、鳞爪。

说起来有些惊悚，其实石头人很好，心细，而且行事有方。她之前当过瓢虫映像的志愿者，在立人大学做过义工，参加过中国独立影像展，还在市电视台实习过。比我小三四岁，经历却比我丰富好多倍，这多少让我有些嫉妒，但更多的是心甘情愿的佩服。

幸亏她有媒体经验，让我们的策划避开了不少弯路，随后的讨论很顺畅，气氛也算融洽。虽然她也会为一个问题跟大家争得面红耳赤，但每次即将迸出火星之时，大家马上又会被她的讲话方式逗乐，然后哗哗地笑成一片。缓过神来，连讨论到哪儿都忘了，还得重新来过。

后来我采访石头，她也觉得那时候有点儿傻，呵呵地笑个不停：“哎呀笑死爹了。”

那天，临近下班，策划组仍然没达成一个共识，但每个人的本子上都已记录了几十条想法。石头主动揽下了将这些想法综合整理的任务，约好明天上午在会上讨论。

北京的夏夜总是姗姗来迟。散会后，我们靠在公司的大窗户前看天空。畅畅特意到楼下的May Tree餐厅买了咖啡，卡布奇诺和美式糕点。石头打趣说这是铁了心要她在家里加班了，吓得畅畅差点儿立誓明志。

那时的我们，像久经沙场的战友，结束一天突袭后卧在战壕里，谈今天攻下的堡垒有多难多险，谈明天还有几场硬仗要打，却已忘记几个小时前我们还都是互不相识的陌生人。

摄影师燕子在她的书里说，她喜欢北京，大概是因为城里住着的是一群生动的人。北京是特别需要朋友和伙伴的城市，它没什么脾气，你认识的人热闹，这座城市就会跟着热闹。

喝完咖啡，我们回到办公桌收拾东西。

十几分钟前，宋哥一脸焦急地跑了出去，边跑边说好不容易打到顺风车可不能让它跑了，你们赶紧回去吃饭睡觉，谁赖在公司加班就扣谁工资……

话说到一半就已经听不清了，大家只从窗户上看见宋哥像只兔子一样又跑又蹦，那速度，也是没谁比得了的。

我们各自报了住处所在的位置，顺路的便一起走，落单的会得到大家的祝福。分开时，还顺带牢骚了几句现在的房子多么难租。说到气愤处，石头一推眼镜："真是，怎么他妈的这么多人来北京。"

吓得我们一边笑一边落荒而逃。

在剧社亢奋了一整天都浑然不觉，待真躺在床上时，我才发现自己的体力脑力早就透支了不知多少。

明明只来了一天，却感觉像过去了个把月，这还真是奇事一桩。之前实习的时候我都是熬着过，一天拆成二十四小时，一小时拆成六十分钟，等着盼着这一天快点烧完。

但现在像换了个人似的，觉得一天太过短暂，我们仿佛历尽沧桑，却忽略了只是初次相见。

其实，这种感觉挺好的。我孑然一身地来到并不喜欢的北京，只有这份信念和这些相识一天的朋友做伴。这让我依稀感觉到了这座城市的温度，想破土而出，想努力生长。

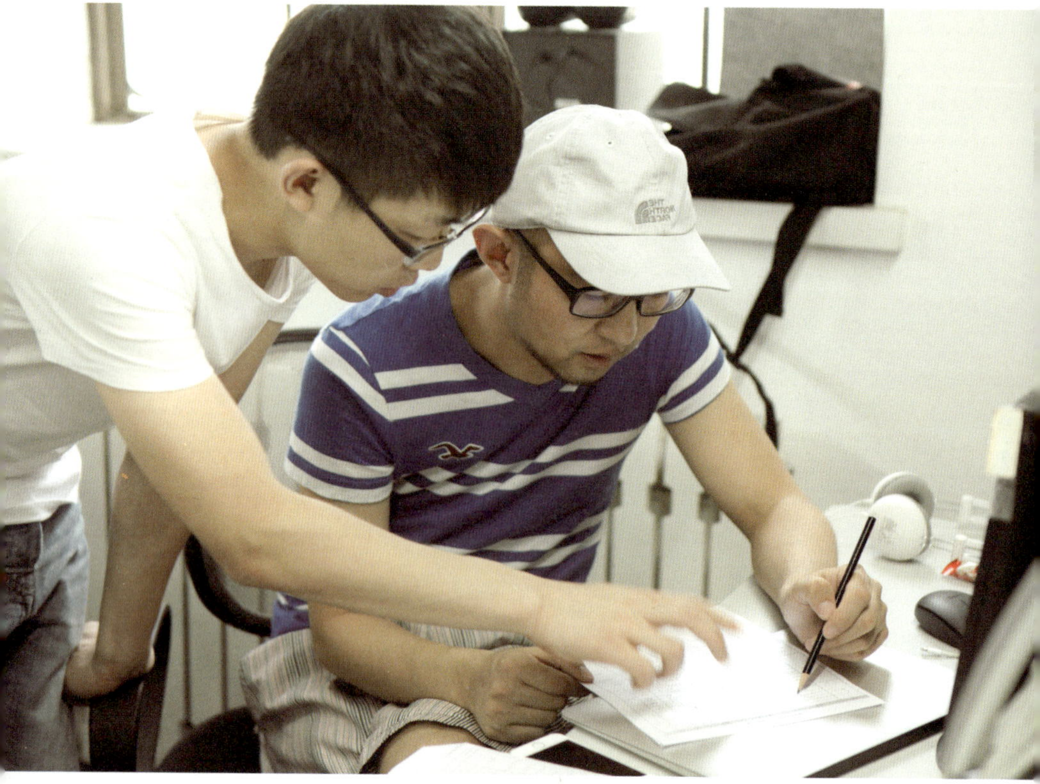

4. 租房英雄传

剧社有一个微信群，宋哥很早之前建的。上班时在群里通报一下工作，下班后便在一起瞎扯。

扯的最多的就是租房。北京租房难，北京租房苦，就算不挨中介这一切，迟早也得被房东摆一道，每次聊起这个话题，大家就如同猛兽洪水般收刹不住，各自都满肚子苦水。宋哥那厢又是感同身受又是鼓舞人心，最后干脆豁出去了：“不行你们都来我这儿住！”

来北京之前我准备了许久，各大租房网站逛个遍，也和几位房东沟通了几次，心里有了谱，就认为北京租房也不过如此。然而到我入职的当口，先前那些说得天花乱坠的中介和房东却集体换脸，统一口径，就俩字：没房。

我慌了神，心中却还倔强地怀疑是那些奸商不安好心。之后向有经验的同学打听过才知道，六月适逢毕业季，来京求职的毕业生足足有好几万，每年这时候都会出现房源短缺的情况。别说我们这些初来乍到的，那些已经租到房子的也不好过，每天都要冒着被撵走的风险跟房东操心操肺地斡旋，只为能少涨一点房租。

那时候我真是傻了眼，茫然无措不知该怎么办，就打电话给我妈。我平日不怎么给家里打电话，她看见我的号码就知道准没什么好事儿，语气里全是警惕。我赶忙示弱，狠狠地煽了把情，衔泪诉说生活之困苦、处境之艰难，需要友爱之士施以援手。我妈最后狠狠地说：“这二十多年我净在你这儿赈灾了。”

妈的心毕竟是软的。挂了电话，我妈立刻托了好几层关系，联系到了她在北京扎根多年的同事。很快，我接到一位大叔的电话，声音挺粗的，开口便问了我期望地址和期望房价。

我一一报实，他在电话里沉默良久，说：“这个价位，就只有地下室了，行吗？”

“能上网吗？”

“能……但是……”

“行！”

之前我住过几次地下旅馆，觉得虽不宽敞，但也不碍什么事儿，够用就行。当时在我的概念中，地下室就是盖在地下的房子，黑点儿而已。

很久以后我才顿悟，大部分感觉困苦交加的北漂青年们，多半都是被自己给坑了。

那房子挨着将台公园，离公司不远，步行大概只要二十多分钟。

看房那天特别热，我坐在中介的小摩托上，一路被热浪拍着，进小区时已经不成人形。小区规模很大，楼体以红白为主，有七八层的样子，看着壮阔洋气。中介是个三十多岁的男人，总爱不自然地眨眼，好像是某种小毛病吧。他推车走在前面，一路絮絮叨叨，我就在后面跟着，偷偷地瞄着在小区里散步的住户。

我有这样的习惯，每到一个地方总是想把它摸透，人啊猫啊狗啊路标啊小店啊，没什么特别的理由，就是想一一记下来。那时候，我看着小区里往来穿梭的人们，猜想着他们是北京人，还是从其他地方漂泊来的？他们都买到房子了吗？如果买了，是不是现在就是幸福的？

北京就是这样的城市，总让人缺乏安全感，好像只有从它那里拿到些什么，才能壮起胆子生活。

我租的地下室在一栋小别墅里，从外面看上去极为奢华，进去却一鼻子破败气，不大的面积硬是塞了十几个单间，混乱不堪，整座房子像是被掏空了的感觉。中介告诉我说，这间别墅分三层，一层二层都要一千六百元，挺小的，不到十五平；地下室大点儿，条件差不多，还便宜，和上面一比挺实惠的。

楼梯里没灯，黑得一塌糊涂。我俩摸黑扶着墙一步步蹭下去，到了地方手上缠满了蜘蛛网。

因为在负二层，刚下去就感觉冷气彻骨，好像霎时间就从盛夏跌入了深冬。中介在一旁不断地给我塞定心丸，说这房子多好，冬暖夏凉，空调都省了。我当时租房心切，鬼话也当蜜语听，见屋子还算干净，没太大问题，就满口同意，风风火火地签了合同，根本没在意柜子上因为返潮而渗出的水汽。

我还没搬进去，畅畅就发来微信，问我租的房子怎么样。

畅畅也是刚来的实习生，雄性，家住太原，人长得特敦实、肺活量大，说话总有些轴。我俩还没正式见面前，我看过他的朋友圈，里面零零散散的都是跟哥们儿旅行的照片，底下贴着描述：“4 个人，6

座城市，8趟火车，13次东升西落。53° 33′ 42″ N，中国最北，92小时硬座，6721公里。”字里行间都是闯意和不羁，有那么一瞬间我以为我看的是Columbia的特摄广告。

除了这些，剩下的几乎都是自拍。

那时我对畅畅的第一印象，是体育系的大猛男，抡圆膀子就能扛起一座山的那种。但体育系和话剧毕竟是有一定跨度的。我猜测宋哥大概是想缓冲一下剧社的性别差，以免被其他部门误会我们不是要搞话剧而是要成立妇联。如此用心颇良苦，做领导的真是操碎了心。

一个星期以后，我才意识到自己当时多么天真。畅畅猛男形象是假，逗逼嘻哈是真，入职第二天，就以不容置疑的实力荣膺剧社的“搞笑担当”，直接将剧社的风格凶猛地带往本山集团那边去。

后来，我们坐在排练室的地板上聊天时，都一致认为畅畅有种天生的本领，就是每次拍宋哥的马屁，总会拍在不该拍的位置上；每次他认真起来，周围人都会哗啦啦地笑成一团；每次他哈哈大笑，整个公司却鸦雀无声。总之一句话：他开口，或笑或冷，总会产生效果，且立竿见影。

宋哥一开始对他的评价是“憨”，算是有褒有贬，理性客观。抽了根烟回来，他又补充说：“还蹬鼻子上脸，死乞白赖的。”

据说畅畅的面试经历离奇曲折，特别动人。那天宋哥因为头一宿失眠，进剧社时没精打采的，又被佳姐强行拽到面试间，有点儿气急败坏。他眯着眼睛一进门，便看见一个肉实的哥们儿站在电脑前，嘴里滔滔不绝，正自信酣畅地讲述自己拍过的视频作品。

宋哥定神看了一会儿，摆手说：“可以了。就一个机位来回切，有意思吗？”

哥们儿急了：“不可以，我还有其他作品。您看看，那个更能代表我的水平。”

呀呵？还没见过这样应聘的。宋哥顿时就来气了，正准备发作，就见这哥们儿抢先搭了腔：“领导，我干什么都行，我就想留在这儿。”

宋哥愣了一下：这话似曾相识得很，好像不久之前也有人这么说过。

“我这人脾气不好。”宋哥淡定了。

“没事儿，你可以打我，往死里打，留口气就行。”哥们儿十分真诚。

宋哥这才表示，剧社是正经地方，没有这种附加业务。畅畅从硬皮包里掏出简历，特精致，宣称愿意从实习生干起。宋哥问他为什么，他说在这儿工作有干劲儿，很有成就感。说这话时他目光闪闪，配上圆润的脸盘，跟大熊猫似的。

畅畅一个月前从老家来到北京，之后一直在同学那里寄宿。剧社的工作定了下来，他就打算在附近租一套合适的房子。因为预算有些吃紧，先可着便宜的来，地下室也行。

当时的我对住处颇为得意，以为占到了大便宜，向畅畅推荐的时候底气也特别足。周日，畅畅跟着中介绕了一圈，眉头都皱出了花，最后撂下一句“再考虑考虑”就撒腿跑了，连头都没回一次。

我一直没有过问原因，只是忙着搬行李、收拾屋子，地上地下跑了一整天。等到傍晚，狭小的十五平米已经被收拾得焕然一新，我对此颇为得意，枕着一心的满足安然睡去。

半夜，我起床找了条夏凉被铺上，十几分钟后又加了条毯子。真他妈冷。

一整晚，我都感觉自己缩在未名湖的冰窟窿里，醒来时一身的湿气，跟刚解封的美国队长似的。

自此之后，每天早晨五点，我都会被准时冻醒，打着寒战摸黑爬到一楼洗手间胡乱洗漱一番，就背上包慌不择路地跑出去，蹲在小区空着的车位里，胳膊绷直，像晾衣服那样把自己烤干。好在当时是盛夏，阳光充足，大概到六点湿气就已消失了大半。那些日子，我背着包一个人乱逛，偶尔碰见一身劲装的晨跑阿姨，就尴尬地打招呼，找借口说："刚开始跑，还不知道路线，阿姨您有啥推荐不？"

阿姨说，跑这么多年，第一次见背这么大包晨跑的。

有一天我出来得晚，晒干自己时快到八点了，就提着包跑到商务园里瞎逛，没想到正好撞上难得不堵车的宋哥。他拎着一兜子早餐，看见我后愣怔了一下，问我在这儿干吗。我支支吾吾，不知道该编什么理由好，只得坦白从宽。后来，每逢公司会议，谈到剧社难处时，宋哥总会提起这事儿，以渲染剧社的艰苦卓绝和斗志昂然，说完总会得到一大堆资金上和精神上的支持，屡试不爽。

后来，畅畅在十里堡那边租了房子，也是地下室，本来觉得环境稍微差了点，但自从去我那边看过，就陡然觉得那里简直是天堂，几乎是跑着到中介签了合同。

他用浓重的山西口音向我表达了谢意，顺带着反客为主成了卖安利的那个："有空你可以去我那看看，还有空房，真的不错呢呀。"

我又气又笑又悲情，两个一穷二白只能租地下室住的北漂，反而还为那些别人压根儿瞧不上眼的物件攀比斗嘴："我的地下室不漏水！”“我的地下室离洗浴间更近！”“我的地下室没有蟑螂！”说起来真是令人发笑，但笑着笑着，又觉得我们特可怜。

不过，畅畅不这么觉得，他说追梦就是要吃点苦，只要心中有梦撑着，就一定能挺过去。说完又补充一句，况且我的地下室还比你的好。

剧社那时七个人，已有住处的三个都住得很偏远，不是通州就是大兴，上一次班几乎要跨过大半个北京城；剩下的就是我们几个拎着一壶漂泊，想走马天涯却连马都没有的青年，只能看着房市希望失望再希望。

幺鸡是我们的设计师，先前在成都，来剧社后一直住在一间四人旅社里，月付九百元，只有一张床和一张不大的板材木桌，四人合用的。房间本来还算宽敞，但耐不住四人同舟共济，幺鸡每天回去都得小心翼翼，步子稍大些不是踩到别人的行囊，就是磕到床角桌角，总之是要闯点乱子出来。

之后幺鸡也和我一样，四处找中介碰运气，但都不太合适。平日五百的此时变成了八百，平日一千的偷偷地窜到了两千，谁也不会守着金钱树还淡泊明志，房商比谁都算得精。幺鸡不愿意吃这个亏，就一直扛着。后来力颖看准望京附近的一间次卧，位置和租金尚且可以，就提议幺鸡搬过来一起合租。她们谋划了好几天，但一直不见实际行动，最后到底有没有遂愿，也不得而知了。

南京少女石头，热血威猛，但强悍的她也为租房这事儿伤透了心肝脾肺。和畅畅一样，她一开始也在朋友那里借住。朋友是个男孩，几年前在立人大学做义工时结识，俩人关系很铁，听到石头来京的消息就立刻帮了一把。大概住了一周，这位朋友突然接到任务要去外省，本想干脆把房子交给石头，石头却怕给朋友添麻烦，最终还是婉拒了这份盛情，辗转流离到另一个朋友那儿。

虽不至于露宿街头，但终归稳不下来。于是，石头也加入了找房一族。每到周末，别人都三五成群地去逛三里屯、逛后海，石头却轻装出门，早饭都顾不上吃，就打电话联系中介看房，一看就是整整两天。那会儿天气正是灼热，石头涂着好几层防晒霜，依然被晒得元气大伤，连开会时的威猛劲儿都打了折扣。

畅畅尤为关心石头，时常把自己的王老吉分给她喝，一边劝她消火一边出谋划策：“哎，你也来我那地下室吧！条件特好，真的，还有空房呢。”

不在北京的人说北京生活艰难，一半是暗地里偷笑庆幸，另一半是给自己打预防针，以防自己哪天也成为北漂青年而茫然不知所措。但当你真到了北京，才会明白，再多的预防针都没用，含着糖块嚼黄莲，还是苦的。那种苦切身体会，掩不住。

来剧社的头一个星期，我从网上买了不少以前根本不看的书，什么梦想啊北漂啊生活啊，七七八八堆了半箱子。横在永远干不了的床上，枕着女友寄来的电热毯，我一页一页地猛翻，好像书里就有我的前途。书在屋里搁久了，纸页上挂着潮气，不用沾手指就能自动分开，倒是格外方便阅读。

书读得多了，哪怕错觉也好，多少会有点顿悟。有位作家说，一开始来北京时总是想着吃苦，逮着点苦就跟挖到黄金似的，赶紧揽过来狠狠咬上一口，笃定地认为这是人生历练之必须，不够苦还不乐意呢。其实，你明明可以租到更好的房子，这儿多花点，那儿就少花点，怎么也能把这个劫度过。别怕别人嘴杂说你奢侈，吃不好又睡不好，还指望能做出什么成绩？可追梦的少年大多都看不破这个理儿，梦那么远，快马疾奔都未必一时半会儿能抵达，还非要光脚上路，这不是自讨苦吃嘛！

话说得相当辛辣，而且多少有点儿站着说话不腰疼的感觉，但读完还是让我膝盖疼。有时候真是这样，以为北京是个特可怕的怪物，自己就得把苦吃尽了，然后伪装成受害者，别人问起便将这苦痛经历往外一抡，不管混成什么样都能得到各种同情和激赏。

说白了，苦难只是个漂亮的说辞，掩盖着的，其实是不敢与生活搏斗的那份懦弱。

我虽这么想着，但始终定不下心，执着地认为怎么也得把这一个月租金住回来。最后因为发烧湿热，咳嗽了一个礼拜都不见好，实在扛不住了，才被老妈勒令换了间顶贵的单间。

单间的环境也是一般，但好在是地上，没那么重的潮气，不用每天早早儿地爬起来晒太阳了。

搬家那晚，我一个人端着锅碗瓢盆、凳子、风扇，拉着一个好几年前的老式滚轮箱，叮叮当当地往新房子走去。一路上我不断地骂自己蠢笨，不光玩坏了身体，里外里还赔进去不少，这苦吃得真不值。路边到处都是吃饭的跳舞的唱歌的，他们看着那么快乐，好像这座巨大的城市只是他们的游乐场。我走着走着就会停下一会儿，呆呆地看着周围的霓虹灯火，看够了再走。

裤兜里的手机一直响着，拿出来看看，群里聊得正酣。石头在倒苦水，说明天还要跑去看房子，要累死爹了；幺鸡说刚刚到家，正在清扫室友忘记扔掉的果皮；畅畅还在向大家安利他的地下室，眉飞色舞。蛋突然说："要是能有小马宿舍就好了，咱们就不用这么折腾啦。"

大家热热闹闹地讨论了半天，宋哥却表示小马宿舍是什么鬼，听着跟马圈似的。你们啊，现在多难都不要挺着，也别瞎想，要去解决。在这座城市，只要坚持住，不论你花费多少，终有一日它会还给你。

我握着手机杵在路旁，星光垂落，那些模糊的人影还在那里跳舞唱歌。

我决定了，要为梦想的实现而坚持着。

海报设计
公众号运营
工作总结
还是要有梦想啊，
万一见鬼了呢

5.巷子里住着彩色的人

剧社的前期筹备时间很长，一直到七月初。那会儿，我们每天都动如火掠不动如山，头脑风暴一经刮起就收刹不住。行政那边很为难，整天跟在宋哥后面转圈："你们到底能不能把会议室给空出来，几天了都！"

就像作家构思著作一样，纵使主题大纲了然于心，但真要下笔，开篇那几个字都会再磕上几天。剧社也如此，虽然有了整体宣发方案，但具体方案还没出来，更别提细节和注意事项了。我们连着三四天都聚在一起讨论物料、衍生品和线上推广平台，明明一周前还不知道这都是些什么东西，现在却都摇头晃脑，一副很上道的模样。

尽管互相吐槽打趣，但确实很累，中午休息时，众人七七八八地趴成一片，像被打劫了似的。

宋哥开完会回来，坐在那儿瞪着睡成一团的畅畅，板着脸乐。等大黄的"战斗闹表"一响，我们就像触电一样跳起来，眼镜都来不及戴上就摸着凑到一起准备下午会。那景象，要是拍摄下来，看着跟到了盲人按摩院一样。

宋哥挥手说：“来，先停会儿，给你们讲讲咱的第一部大戏。”

听了这话，没人不惊奇。入职差不多两周了，大家忙活的一直都是制作和宣发，还真不知道戏是哪般模样。宋哥见我们都来了精神，自己也提了提嗓音，说剧本他很早以前就构思好了，是一出荒诞喜剧，特别接地气，但语言和人物还需要细密地打磨。我以为接下来要讨论剧本，但宋哥却摇摇头，说戏剧剧本可不是光凭一颗脑袋和一张嘴就能捣鼓出来的。还说写剧就是写生活，想了解得更仔细，就得实地走上一遭。

我们听得摸不着头脑，宋哥却已经背上他的小包，一副胡同口的导游模样，一招手：“走，我带你们去个地方。”

签好了外出单，我们就浩浩荡荡地出发了。临走时宋哥嘱咐说，偷偷地出村，打枪的不要。

剧社有七个人，只能打两辆车，分拨儿走。我们几个汉子跟着宋哥上了一辆车。司机师傅是个老北京，人特瓷实，我们一上车他就打开了话匣子，念叨说北京现在变了模样，说以前西直门外有个火烧摊子，味儿正、个头大，现在却缩得跟果仁儿似的。又说北京头些年开出租的还算是有点儿本事，这几年就不行了，都乱走道儿，全是愣头青。师傅一面说一面灵活地转着方向盘，专挑一些僻静的道儿钻，一路通畅，还真是一次都没堵。

下车时，我们向师傅表达了真诚的敬意，师傅一脸大师般的平静淡泊，提档起步就窜了出去。然后，他颇为悲剧地被堵在了街口。

我们下车的地方人特多，多半都背着相机和旅行包，那兴奋劲儿跟刚结婚似的。

这地方似曾相识。

最后还是大黄先反应过来，狐疑着问宋哥："你要带我们逛大栅栏？"

宋哥抬抬下巴让我们往后看。我们转过身。大栅栏的对面同样是一条老巷子，青砖灰瓦，同样色调的石板路，带着古朴气息扑面而来。遥遥地能看见墙上挂着酒旗，红的黄的，在黑压压的人群上空飘扬着。巷子把头的地方立着铁丝勾织的牌匾，黑底儿，上写着"鲜鱼口"三个大字。

宋哥说我们的第一部戏讲的就是这条巷子。这里面住着彩色的人，他们的生活就像一坛陈酿，全都是好故事。

我们被宋哥说得心花怒放，迫不及待地冲进去，却忘了迎面撞过来的人潮，结结实实地被卡在了当间儿。剧社姑娘们从我们旁边路过，呵呵地笑成一团。

终于进了巷子，我们满心的期冀却落了空。这不过是个平常无奇的旅游区嘛，建筑是仿造的，远看时古意浓厚，近看却满是雕琢和刻意，周围的商店清一色镶着明亮而花哨的玻璃，摊位上不是糖人手艺活儿，而是甜腻的冰激凌。

那略带腥味的、朴实的老北京鱼市画面瞬间坍塌，畅畅问宋哥，你刚才说的啥再说一遍。

很久以前，老北京流传着一副对联：花市草桥鲜鱼口，牛街马甸大羊坊。那时候，鲜鱼口的名气比大栅栏还要响。宋哥说，早年间，有条运河流经这里，人来船往，渐渐就形成了一座漕运码头，因为专门贩卖鲜鱼，所以得名鲜鱼口。但后来这巷子慢慢衰落了，名气也被对面的大栅栏抢了去。前几年崇文区政府下文，将这里打造成京味儿小吃一条街，为了招揽游人，新修了不少旅游景点和商铺。总结一句，都是假的，骗外地人的。

说完，宋哥故弄玄虚地压低声音："你们可以随意逛逛，逛够了，我带你们去真正的鲜鱼口。"

被忽悠了一遭，我们都满腹狐疑，接着便释然了。反正来都来了，客串一下游客四处转转，也算是给这几天的工作减减压吧。我们约好在前面的金糕张那里碰头，然后就三三两两地散开，各走各的。我初到北京，外加天生路盲体质，生怕被这人潮冲走就此人间蒸发，便慌不迭地跟紧路熟的大黄。

大黄今年中戏导演系毕业，是剧社里为数不多的专业口，职务是流程监督兼"剧社第二帅"。他在北京驻扎多年，对前门这边尤为熟悉，边走还边为我介绍着这胡同里的小店。卖鞋的天成斋，卖帽子的马聚源，拈出来就跟他自己开的似的，记得一清二楚。不过，与这些名铺相比，大黄对那些"黑摊点"印象更深，哪家一百八的非要六百，哪家料不足，哪家挂着藏银的标其实都是本地淘换出来的，等等。说起这些，大黄热情洋溢，一副"3 · 15"打假英雄的模样。

逛到快四点时，巷子里的人潮非但不减，反而愈演愈烈，一连串满怀热情、无惧无阻的游客，从我们面前推搡而过，霸气冲冲的，大有攻陷北京城的势头。之前我在书里看过，说现在北京人见到北京人都要问候一句："哎哟，难得能在北京见到北京人啊！"就好像北京早就变成了别人家的。连我租房子的那个小区，环绕着的都是河北河南的同胞，平日要想听京片子过过瘾，得特意跑出去寻觅一番。当然，要是乐意掏钱，那就打个的，准能碰见满口京腔的司机师傅。

一想到这儿，我就觉得自己给首都添了老大的麻烦，就算被宰也好，多少得来样北京特产以示敬意。当时我们正在一家洋溢着上个世纪二三十年代风情的小店里，金黄的留声机咿咿呀呀地唱着歌，我从最当间儿的柜台中挑了一块包装精美的香皂，准备结账时却被大黄火速拦下。我看他一脸严肃以为他要劝我别挨宰，便连连拍胸脯说，贵些没关系，我愿意留下一点北京记忆。大黄说，你要留北京记忆也别拿上海牌香皂啊。

我们再次碰面时，宋哥和彦如姐正守在一条胡同旁等着众人。

都到齐后，我们跟着宋哥一头扎进胡同。胡同里窄小深邃，最窄的地方只能一人侧身而过，宽敞些的地方堆着老旧的自行车和凌乱的杂物，还挂着昨天残存的雨滴。胡同两边的砖土墙看上去已经颇有些年头，斑驳破败，但还是硬生生地将这条小巷和不远的鲜鱼口大街隔绝开来，自成一片方圆。只一条蜿蜒小路的距离，方才还是车水马龙、游客成群的现代商业街，仿佛转眼间，时光就咆哮着退回到七八十年代，没有Wi-Fi，没有星巴克，没有喧嚣，只有一整片素然的宁静。

莫名地，我们几乎不敢大声喘气儿了。

彦如姐说，虽然鲜鱼口很久之前就改建了，但这里还留着旧巷子的一点儿味道。她伸手指向一座修得凌乱的铁皮屋，屋顶是密密麻麻的电线，不远处栽着一颗粗壮的歪脖子榆树，影子生硬地垂落着。铁皮屋一半浸在树影里，一半被炽热的阳光晒着，安静地伫立，浑然如这岁月本身，容不得任何惊扰和喧嚣。

有时候想想，人真是奇怪的动物。我们总是疯狂地去寻找光鲜和宏伟，建拔地升空的大楼，修宽阔整齐的大路，然而，当我们真正面对这万丈辉煌时，却又总觉得少了些什么。于是，我们开始不顾一切地想要追回小巧与静谧，把自己置身于凝固的时间里，就好像我们从未将曾经的这些毁灭一样。

穿出小巷，眼前是一条乡间常见的土路，土石建造的低矮平房拥簇在一起，有的开着门，股股白烟飘浮而上。我们从一家简陋的小卖部买了几瓶老北京酸奶，玻璃瓶的那种，店主大叔一个劲儿地叮嘱我们千万别把瓶子弄丢了。我们几个蹲坐在树荫下的大石头上，喝着酸奶，偶尔有黑色的二八自行车碾着红土过去，溅起一小把飞尘，在阳光下像飞舞的薄纱。

我端着酸奶瓶子四处瞎转，偶然撞见电视台的记者正在做采访。受访的是个意气风发的大叔，看样子已经年过五十，但眼神却像刚刚打磨过的尖刀，锋利得很。他坐在自家的门槛上，叼着一颗老式卷烟，正对着记者小哥大侃特侃。我凑过去听。见有观众，大叔的表情更加洋溢，气色陡然亮了三分。

他正在讲鲜鱼口。他说这条巷子不算鲜鱼口胡同的，前面那几条才是，但是前些年房屋改建，那几条巷子都拆得差不多了，现在只能看见那些又新又高的商业大楼。大叔打小就在这儿生活，那些胡同拆除时，十几年的老街坊邀他去家里喝临别酒，他喝了一次，第二次死活都不去了。他说自己一个壮实的大老爷们儿，不知怎么的当时就想哭，愣是刹不住。

“我家现在也用上了那什么Wi-Fi，手机上网，确实挺方便的。所以我就想啊，社会确实还是得发展，鲜鱼口也得发展。我小的时候，那边连猫啊狗啊都少见，你看现在多热闹。但是吧，还是觉得不大得劲儿，一想到以后卖煎饼果子，身边儿缺了卤煮李和豆浆张，就不得劲儿，感觉挺……挺寂寞的吧。”大叔说完就咯咯地笑自己，说这几年也学会点儿矫情词，这段还是掐了别播了。

后来，大叔又说起了他的家人。他爷爷也是打这儿长起来的，那时候是清末，来鲜鱼口贩鱼的商贩特别多，每人挑满满两筐，就站在运河边上吆喝。那吆喝声儿特响亮，他听爷爷唱过一回，比那些说相声的学得好听多了。当时巷子里就有名满天下的便宜坊，闷炉烤鸭一出炉，三里外的鲜鱼口全是香气，可比现在的香多了。从清末到现在，弹指百年，历经风云变幻、世海沧桑，但巷子里的老铺子和老旅馆却从未没落过，三三两两地连在一起，成了不断线的风景。

“有时候还真是念想，想再看一看这旧胡同、老街坊。”说到最后，大叔抖抖肩膀站起身，浑身都是遒劲，脸上却是不搭调的微笑。

采访结束后，摄影师大哥走过来问我有没有火。

我带他去刚才那间小卖部买打火机，他点了烟就蹲在道边跟我说，刚才摄像时他差点儿没忍住。他家住在东城，也是一条类似的老巷子，前年政府下文要对那一片进行商业改造。他奶奶在那胡同里住了半个多世纪，一听说家要被拆了，就天天吵闹着死活不让。家里人成天哄着，也偷偷劝着，但一眼就被奶奶识破，把儿子闺女孙子孙女绑在一起好一顿教训。她就这么倔强地闹着，说她活一天，就别想签什么协议。

大哥干涩地笑了一下：“这老太太这么倔，却还是没倔过自己。仗没打赢呢，自己先走了。”

后来家人还是签了协议，推土机哗啦啦几天就把那条活了一百多年的胡同推平了。大哥说，家里人把奶奶葬得特别远，然后整日守在她的跟前，怕她听到推土机的声音会心惊难过。

“我们都是平头老百姓，守的就那么点儿地方，那么点儿记忆。我现在也了解奶奶的心情了，可惜啊……”大哥熄了烟，拍拍我的肩膀，起身钻进面包车走了。

我把酸奶瓶小心翼翼地送回去，然后跟着队伍向这条胡同告别。默片似的小巷矮墙，俨然一身艳彩。

回去的路上，宋哥和我们谈今天的感想。他说，每隔两个礼拜，他都要回趟山东老家，没有任何原因，就是想去看看家里的人、家里的地，家里的破墙断瓦和自己亲手贴的小广告。漂泊者就是这样，不管有多大的野心抱负，不管最后拼到什么程度，最终还是会回到那样一条小巷里。《鲜鱼口》讲的就是这样的故事。我们总习惯站在灰白的舞台中央兜售理想，但能让我们得到救赎的，却是那些有温度、有色彩的人。

我眺望窗外，北京的地标物一座座从眼前流过。它们那样庞大，大到把身后的老胡同、老巷子完全掩住，任是极目远望也不见一道影子。我想起那位摄影大哥，或许不久之后，他的胡同也会被这些大楼巨厦盖住，他在外面巡车拍摄，应该有那么一瞬，会想起奶奶吧。

没来由地，我突然有了渴望、有了力量，我说：“我要把这出戏做好，一定要做好。”

宋哥笑了，说从下周开始话剧进入正式制作期，工作非常忙。你们能行吗？

那天，我们许下什么保证，已经不记得了。唯有那条巷子的轮廓异常清晰，饱含着力量，像一束从浩瀚江河投射过来的亮光。

Chapter 02
梦想越大越繁杂

梦想这东西，看着感动，说着矫情，闭上眼睛又会念想。然而，当我们真正挑上一壶酒、一把剑追梦天涯，却发现它繁杂而又无趣。

梦想越是长得茂盛，就越是盘根错节。剧社进入制作期后，我们每天都忙于应对那些烦闷而嘈杂的鸡毛蒜皮之事，我们执拗地去追逐光芒，我们执拗地去要看一看路的尽头……

1. 现实是个胖子

从七月初开始，剧社正式进入最繁忙的制作期。

虽然之前打过很多预防针，且大家经过鲜鱼口一游都热情洋溢，但真正展开制作工作后，我们却发现，做一部话剧远远比想象的更为复杂、艰难。太多太多细碎的工作，毫厘之差就全盘皆崩，好像面对一个装满小鱼的巨大鱼缸，我们只能用单薄的网子一条一条地把鱼捞出来，稍不留神，即是鱼死网破。

时常听到过来人对年轻人好言相劝，说："理想总是丰满的，但现实却是骨感的。机灵点儿，不然就得撞个头破血流。"其实，理想更像是个窈窕的长腿少女，腰身纤细、只手可握，靓丽而让人着迷；现实却是个胖子，巨大且庞杂，很难理清头绪，不管你怎样尝试去握住它，都只能揪到一块肥肉。

剧社的情况也是这样。我们整天用梦想激励自己，做最大的梦，就能用上最大的劲儿，就能一往无前、风雨无阻。但实际上呢？任何一个梦想，脱去它璀璨的外衣后，都只剩下没有尽头的芜杂。

策划组的工作已经过半，大流程和宣发方向都确定了，但具体操作起来，却需要一样一样地精准填充。

在筹备期，通过分析现阶段的影视和戏剧营销方式，我们一致认为在戏剧周边和衍生品上要尽可能地有诚意，因此决定准备T恤、环保袋、明信片和徽章等七八样物件，当场就定下“精致”“实用”“美观”的调子，说出来特别过瘾，仿佛已经感受到观众拿到周边商品时的高兴劲儿。

但到了制作阶段，这三个单薄的词语还远远不够，先前挖的坑都得我们自己来填。例如制作明信片，不仅设计师要加好几个班，喝好几罐红牛，把自己的灵感闪光投影到作品上，还需要策划组测算明信片的规格、印数、制作周期，除却没有亲自挽袖子上模具去剪裁，剩下的都得清晰透亮，一目了然。

光是确定明信片采用148mm × 100mm这一规格，就花了大半天。于是，宋哥怒了。虽然他说话很柔和，但骨子里是个强硬的天蝎座。他想做什么，就必须做好。他养的马，一定要膘肥体硕，夜行八百日行一千，大河大山也拦不住；他做的剧社，一定要最专业，最有情怀。社员可以有个性，气氛允许欢脱，但出来的成果绝不能含糊，不然就从哪儿来回哪儿去。

那天下午的策划组小会上，我们第一次见宋哥生气。他把我们每个人的笔记本都拿过去，看了一通，“砰”地一声重重摔到桌上，严厉怒斥：“这就是你们磨磨叽叽讨论三四天弄出来的东西？是不是要等我们公演了才确定文化衫的尺码，然后告诉我，‘宋哥我们决定做均码了’？别讲理由，做戏剧的就是不讲理由，只看结果。明天早晨之前，必须得弄出一份像样的物料策划表来。否则，就给我拜拜。”

宋哥说话声不算大，但我们每个人都不自觉地收紧了呼吸，俨然制造了一个消音降噪间。默然看他怒气冲冲地走出办公室，我们心中的巨石还悬着，大家赶紧凑到一起讨论到底怎么办。这时，石头突然一拍桌子，说："烦死爹了。再这么耗下去也是浪费时间。这样，每个人都写一份策划，我来做整理综合。明天早晨开大会确定，通过后选好负责人，一人抓一点，要不老是乱糟糟乱糟糟的。烦死爹了。"

到底还是有经验。石头的话让我们立刻多了几分底气，像抓住了救命的稻草。

我使劲点点头，感觉脑筋瞬间通畅清晰了，只需要解决一个小问题就好。我扭头问石头："海报是用A4的还是A3的？"

接着我被石头无间歇暴揍了三分钟。

玩笑归玩笑，但那时我们的压力确实很大。特别是将亟待解决的问题重新梳理一遍后，感觉简直像是千斤重石自由落体直接拍在我们身上。

首先是线上平台的推广，包括微博、微信、豆瓣等公众号的运营。微信每天都要推送一条优质的原创内容，而且排版设计只能美艳不可方物，不能Low、不能俗，否则就会自动召唤黑脸宋哥对你说"拜拜"。

江湖上曾流传着一句箴言：不具备互联网思维的公司活不过三年，不重视新媒体平台的企业只能活三天。时下，很多公司都会招聘专员负责新媒体运营，而且还是重金悬赏，生怕错失了人才。但小马剧社是白手起家，全凭一股子闯劲，一个人当两个人用，哪里会专门招个运营专员。我们也只能做彼此的天使，抡圆膀子互相帮一把了。

然后是衍生品方面的具体制作方案。我们初步确定的七种物料，海报、T恤、DVD、明信片、卡套、环保袋和徽章，每一样都需要确定具体的规格、数量、单价、制作周期、运输条件及运费，工作量大如牛毛，活儿又细，特别耗费时间和精力。我们相互对视一眼，依稀觉得好像这个工作也只能抱团取暖。

之后就是加盟北京的知名戏剧节、联络高校举办剧本朗诵会等线下推广活动。这些看似简单，但需要大量的联络、磋商、谈判、安排、筹办等，每一样都要耗费掉至少大半天时间，效果还不一定满意，稍有风吹草动就会谈崩，然后只能蹲在路边儿听刘欢老师的《从头再来》了。在所有的工作中，这一项是最艰难的，绝不比真正的演出轻松。半天讨论下来，策划组一致认为，这件事只有圆润如玉的“搞笑担当”才能胜任。众人把目光投向畅畅，他一脸惶恐，连连拒绝：“啥呀？啥呀？”浓浓的山西腔。

那天我们忙到很晚，蛋买来的红牛最后只剩下金黄色的空瓶子。勉强完成了初步细化的策划案，我们互道晚安，上车回家。

那晚我睡得特别不好，每隔几个小时就要被噩梦惊醒一次，双肩扛着的满满都是焦躁。之前实习时也没少挨项目经理劈头痛骂，但自认为把工作和爱好分得很清，挨骂就挨骂吧，终有一天会奔向我想去的地方。而剧社呢？这大概就是那个我想去的地方吧，亲手在蛮荒之地栽下树苗并培育它长大最有成就感，但也最让人心惊，生怕这树苗栽得不直，不知哪天会衰竭枯死，连片叶子都留不下。

现实就是这样，当我们全身心去做一件事时，往往是最脆弱的，一个小小的“No”都能让人溃不成军。

长成参天的大树当然也是宋哥的理想，他更不想看见它尚未抽芽吐绿就黯然消逝。我越想越觉得压力山大，拿起手机点开群聊。畅畅和石头都还没睡。畅畅在完善衍生品的策划项目，石头则将我们的讨论结果整理成完整的策划案，很厚实，边距调窄打出来还将近二十页。

我们聊起了影院热映的电影，聊《我是路人甲》和《道士下山》，个个儿都跟专业影评人似的指点江山，说陈凯歌不复当年，谈尔冬升浪费了点子。人嘛，快乐的来源很奇怪，有大部分是来自于对他人的指指点点。我们聊得很兴奋，但不知道为什么，最后还是拐到了剧社和工作上，越聊越觉得焦躁难当。总之，前半宿都白聊了。

第二天我们去得很早，但没想到宋哥到得更早。他一见我们就热情地说："今天打了一分钱的顺风车，而且一路都没堵，司机师傅特别棒。我这有包子，热乎的，你们要不要？"

我们兴高采烈地去接包子，而宋哥却一本正经地说："你们的策划案呢？没有就都给我拜拜。"

"……"

我们赶忙去找行政申请会议室，拿到了会议室钥匙，启用了尘封三四个月之久的投影仪。等全员到齐，阵仗铺开，石头调出她做了一个晚上的PPT，我们则把厚厚的策划案分发下去。那是创社以来规模最大、氛围最严肃的早会，其他部门的同事也过来旁听，房间里到处都是急促而细密的呼吸声。

那一场策划会大概开了两个小时，从线上自媒体的架设到与知名视频网站的合作，从线下物料类型的确定到具体制作，再到宣传片和纪录片的拍摄风格、主题，事无巨细，仅阐述就花了近一个小时。大家平日吐槽开玩笑惯了，难得正经了这么长时间，除了畅畅的山西话把大家逗乐了一次，其余时间都是严肃地发言，严肃地讨论，严肃地阐述解决方案。期间有其他部门的同事经过，好奇地瞅一眼问我们是哪个部门。听到“剧社”俩字后一脸难以置信的表情，好长时间才狐疑着慢慢退了回去。

那天我们敲定了很多细节，包括徽章的尺寸、宣传单页的材质，特别是宣传片的质感与主题。石头和畅畅特意从网上搜集了不少相关实例，进行了横向对比分析，把片子的定位尽可能地拿捏到一个极为精准的度。整场会议宋哥的情绪一直很稳定，期间只问了一些问题，提了几点建议，临近散会时才缓缓地总结说：“方案还可以，以后都照着这个标准来，散会。桌上还有包子你们赶紧拿去吃。”

度过一劫的我们如释重负，以为大风暴过后就是晴空彩虹。但实际上，就算教练把战术布置得再密不透风，球员真正上场后也难免出现各种意外。待到具体执行时，我们仍然错误百出、漏洞不断，一连几天都遭到宋哥的严厉批评，“拜拜”的声音在剧社里回荡不休。

他也曾自问，是不是这拜拜说得有点儿多？但马上就瞪着我们：“多也得说，达不到要求就拜拜！”

朔气传金柝，寒光照铁衣。那会儿不光我们策划组，整个剧社都是一副战斗正酣的场面，紧张得不得了。

作为剧社的账务负责人，力颖要负责场租、道具、衍生品、演员薪酬等大大小小粗枝细节的预算，工作烦琐，时间紧张，却又至关重要，任何一项计算错误都会影响整个项目的进程。那时候力颖压力很大，每天都要满剧社地跑，与各个小组协调坐实数目，甚至要去实地考察，确认要据实支付的演员、灯光控台、音效控台、化妆、舞台监督等人员的薪酬数额，之后还有版权使用费、演员保险、运输、排练费等一大堆费用需要核实统计。不仅透支脑力，体力也耗费大半。每出现一次微小变故，哪怕道具上涨了几十块钱，力颖都须在第一时间进行修改。如此反复，仅第一轮演出的预算就折腾了四五次。最后的成表复杂又规整，一排排数字如同严阵以待的卫兵，静穆肃然。

除了演出方面的预算，策划小组确定的推广物料，也需要到力颖那里核算成本。每一样物料虽然看起来毫不起眼，但在选择制作厂商时，需要我们一家一家地去碰、去谈，货比三家，最后才能在成本范围内择选出最合适的制作方。这工作极为烦琐，蛋一个人忙不过来，力颖干脆也参与进来，打电话、聊客服，历经百般曲折才终于确定了厂商和报价。两个姑娘满脸兴奋，那感觉就跟攻克了什么科学难题似的。宋哥说那段时间经常看见她们莫名其妙地手舞足蹈。

后来我问力颖，当时是什么感觉。她那时正和宋哥打趣逗乐，笑了好长时间才想起来回答："压力很大啊，我其实很讨厌做数据和账目分析。不过一想到这些冰冷的数字后面是我们的演员，是我们的道具，是我们的舞台，我就感觉它们好像鲜活了不少，还挺可爱的。"

整整一个月，我们都在和"现实"这个胖子斡旋抗争。整天跟麻烦与问题为伴成了习惯，稍微顺当一些，竟然觉得浑身难受。依稀记得乔布斯曾说过："一年只有三天是不出问题的，剩下的三百六十二天都在解决问题。"直到此时，我才体会到这箴言的正确性，恍然觉得乔老爷真是个透彻人，难怪人家能改变世界。敬佩之余又为他的早逝哀伤沉痛，一连好几天都没缓过劲儿来。

宋哥说，你再这么不务正业，我就让乔布斯为你哀伤。我赶紧掐断念头，面向电脑。

我在剧社主要负责文字的撰写和润色工作，对剧场和演出流程知之甚少，每次大黄拖着直不起腰的残躯从剧场回来，我就只能眼睁睁地看着，偶尔来一句："先生辛苦了，要服务吗？"大黄想表达愤怒，然而心有余而力不足，最后只能伏在桌面上呼哧带喘。

因为是剧社里唯一一位专业对口的实习生，约剧场、约舞美、约化妆这些涉及戏剧"核"的工作，就落在了大黄身上。演员到位排练开始，大黄还要兼任舞台监督，整天大风里走大浪里游，一人成军，孤身迎战艰难险阻。讲起来确实让人心疼，但我和畅畅却觉得这是很有必要的。上帝总是公平的，有高颜值就必须有大担当，饿其筋骨空乏其身，这是作为一个帅哥的基本素养。大黄一脸淡定地说，我能把你们两个全打死吗？

宋哥从铺天盖地的A4纸中缓缓抬头，悄然注视我们半天，长吸一口气，说："你们再不把今天的工作做完，就都给我拜拜！"

其实那时，宋哥的压力比我们所有人都大。当初他力排众议推掉了公司现有的人才，为了让剧社更加鲜活有力，招了我们这群远远超过计划数目的实习生。公司为剧社付出了心血，提供了资源，当然不希望出来的作品差强人意。宋哥一方面要顶着公司那边的压力，一方面要处理我们抛出的诸多问题，简直焦头烂额。

"蛋，你出现问题就赶紧和我说，别总默默无闻的，你又不是焦裕禄。"

"畅畅，你你你……"

"预算做错了没关系，承认错误就好，然后马上解决。记住，你们的问题呢就是我的问题，我的问题也是你们的问题。我们是一个团队，团队就要互相担当。”

宋哥偶尔莫名地发火，但晚上就会在群里给大伙儿道歉，说自己最近压力太大。我们赶紧连哄带劝。“老大我们爱你”“老大你是最帅的”刷满了屏幕，宋哥却轻蔑一笑，说：“我是老师出身，还能被你们这群小孩哄住，简直是笑话。”

第二天，就见他开开心心地提了早餐过来，连走路都是蹦着的。

决定写这本书的时候，先前有过经验的作者朋友告诉我说，一定要突出团队遇到的艰辛，跟各大综艺节目学习学习，写得越艰辛越困苦越惨，就越好。我把这些一一记在小本儿上，但真落实到文字时，却全然变了味道。想来也是没辙，这么一群奇葩凑在一起，再苦再累的经历也留不住，记忆里全是没边儿的搞怪和撒野。

“梦想”永远是个漂亮词，带着化不开的浓稠的浪漫，但接近它的每一步，都须踩在现实的背上。任何一个圆了梦的冒险家，说起梦想的时候神采奕奕，但他看得更透的却是现实，只有闯过最残酷的现实，才能于梦想处上岸。这话多少有些鸡汤味，但在那时，这体验却实实在在地印刻在剧社每个人心里，让我们铭记真正去做一件事时，要付出多大的精力和耐心，要处理多少繁杂的事务和问题。

我们磕磕绊绊地撑了整整一个月，凭着彼此吐槽恶搞度过最为繁重艰难的阶段，学到最重要的一课，就是不要把社会和现实当成课堂、演练场、排练厅。没有人会故意设置困难来教你如何面对残酷的事实，特别是在逐梦的路上，磕得头破血流也没时间停留，只能继续启程往前走。所谓打拼，就是把自己当成万夫莫开的壮士，而不是稚嫩的学生，才能真正扛得起必须要扛起的重量。

人间事说到底不过一地鸡毛，但鸡毛也分青红皂白，更不缺少色彩。

《枕草子》里说，很多细碎事物，偶然在某处拾到或翻出，细细怀念，还是很有意思的。

现在回想一下，幸好那时候我们都没有退场。

BROOKLYN
NYC
New York

2. 片子，色彩，梵高

宋哥第一次提出要拍摄宣传片的时候，我们就已经嗅到了这个点子里的馊味儿。

其实拍宣传片无可厚非，戏剧和电影一样，都需要一些必要的包装，提前让演员跟观众那儿混个脸儿熟，为最后的演出效果加加分。之前去人艺和保利剧院看戏，也经常能收到印着演员硬照的宣传单页，简约的繁复的，连戏剧本身的质感也一并印在里面了。

小马奔腾本身是做影视起家的，宣传片的方式也能体现公司的特色，但宋哥毕竟是宋哥，骨骼清奇，创意高冷。他说，光拍演员的宣传片和硬照是不够的，那只是一种陈列的艺术；还要拍整个制片团队，也就是你们这群实习生，这才是生动的艺术。咱们的戏是生活戏，要展现的是有血有肉的凡人的生活境遇，质朴无华，蕴藏着库库淖尔湖般纯净的能量。

“总之，从现在开始你们就是演员了。大黄你来做导演，拟好拍摄计划，明天架机器开拍。”宋哥说这话时深情款款、风情万种，但后来我问大黄，他说宋哥那时其实是一脸阴谋得逞的狞笑。

在我们一众人的质疑声中，宣传片和硬照的拍摄计划就这么定下来了。

那天是 7 月 10 号，北京正在通往 40℃高温的路上大踏步前进着。

大黄的压力很大。他觉得按照这个发展趋势，保不齐哪天出外景时就把我们给晒死，生动的生活将一下子变成血淋淋的惨剧，这不符合剧社“温暖明亮”的戏剧理念。于是，他只用了半天时间就拟好了整个拍摄计划，成功地把外景拍摄缩减到两场。为了能让我们活着拍完片子，大黄可谓殚精竭虑。

按照宋哥的意思，一共要拍两套片子：一套是制作组成员的访谈，另一套是有关剧社工作的真实纪录片。两者风格略有差异，前者是光明正大耍流氓，后者是悄无声息小偷小摸。概括地说，我们演员生涯的第一笔单子算是栽定了。

访谈的拍摄定在两天后。大黄提前申请了公司的阅片室，带着我们几个男生拽着扫帚、拖把、吸尘器过去清理。没想到一推门，一只干枯的死蝙蝠横在门口“欢迎”我们。大家惊叫一声，非常勇敢地向后退了几步。大概傻站了五六分钟，畅畅才想起自己手里提着扫帚，他眯着眼睛一步三回头地蹭过去，最后颤巍巍一挥手，猎物入栏。然后，我们为这个逝去的生命做了十分钟的超度法事。要不是宋哥踹门进来，可能会做得更完满一些。

清扫大概用了半个小时。之后，大黄在中间偏右的位置拉了张椅子，架好机器，开始调整光圈。我对摄影是不折不扣的门外汉，但因为手头工作暂时完成，就临时客串了一把记录员的角色。当时阅片室没有开灯，午后的阳光从窗缝泻进来，打在酒红色墙壁上，映出鲜亮的色泽。我倚墙而坐，大黄神情专注地摆弄着机器，艺琳站在台阶上寻觅着最合适的俯拍角度，偶尔把我当成模特，按下快门的同时笑出了八颗白牙，说："还挺上相的嘛！"

艺琳是剧社的摄影师，比我们来得要晚一些。东北姑娘，一头长发，外形挺柔的。但有一次，她偷偷告诉我，其实她的心底藏着无数逗逼又硬朗的汉子，说完又乐了："你看把你给吓到了吧。"

最开始来剧社应聘的时候，艺琳很没底气，低着头对宋哥说："我没有上过大学。"

没想到宋哥毫不在意："那算什么事儿。你看我，不也是蓝翔毕业的。"

接下来的一个小时，他们都在谈"蓝翔究竟是不是宇宙第一名校"的问题。

艺琳最初入社的时候不爱说话，总是一个人窝在最后一排，摆弄着手里的相机。我们这边又打又闹的，她就抿着嘴坐在那里看我们，偶尔挤出一个似笑非笑的淡淡表情。不融入团队怎么碰撞出创意的火花？宋哥老师出身，看到这情况立马就坐不住了，开展了整整一天的"逗你玩"活动，从黑畅畅到自黑，花样不断翻新，简直无所不用其极。最后，艺琳终于被逗笑了，但宋哥却累哭了。

艺琳虽然挺慢热的，但技术上没得挑。她五六年前开始学摄影，从助理到摄影师，从东北三省到天津北京，拍过婚纱、婚礼现场、写真、微电影和商业广告，走得活儿不少，一路都是闯着过来的。来剧社之前，她在一家广告公司做制片，同时兼任公司内部摄影学校的教务老师，宋哥对她耍的小心思，她不用猜就知道。都说专业源自热爱，艺琳一拿起相机就仿佛放空了一切，只有镜头外的自己和镜头里的色彩。世界被拉成一条直线，她站在直线的端点，如猎手一般凛然地注视着自己的猎物。

除了宋哥和那几位颜值担当，剧社里没有几张面孔能端上台面，凑一块儿拎出来，别人准以为我们是陈佩斯团队或叫兽团队。但艺琳拿着申请下来的 5D MarkII（一种照相机型号）调整一番，拍出来的照片竟然感觉很不错。我们凑在电脑前抢着看，看着看着，就感觉自己暗淡的后半生倏然光明了起来。

我研究生班有位同学，也是标准的热爱摄影的文青女身段，上学期间一个人端着相机就游遍了祖国的大江南北，留下的照片跟她的理想一样绚烂。毕业后，她去了上海一家颇为知名的摄影工作室，每天都很准时地在朋友圈发一个字“累”，不过是为梦想打拼，累过也会一直偷着乐。她是我为数不多关系很凑合的朋友之一。有一次同学们凑一起聊得欢畅，我就趁机拜托她毕业时帮我拍一套牛逼的片子。她一拍胸脯欣然允诺，但最后这事儿却不了了之。至于原因嘛，我猜测是因为我的硬件实在太硬，她估计是想尽了办法，最后也无力回天。

所以我很佩服艺琳，拍我的时候竟然没有受到任何惊吓。

说到访谈，那天的拍摄过程其实相当曲折。

第一个接受采访的是梦娅。她推门进来便径自坐到中间的椅子上，宛如身经百战的腕儿级大明星。大黄调好焦距后开始问话，像你家在哪儿、为什么来北京、有什么理想、工作状态怎样之类。然而，因为问题太过简单，梦娅回答的时候特别流畅，流畅到根本没给剪辑师留出足够的秒数。

“Cut！你看我的手势，先停上一两秒，然后再回答。”大黄说。

梦娅认真地点点头。

第二次拍摄时，梦娅按照大黄的要求故意停顿了两秒，整体节奏把握得非常好，问题一个接一个地推进着，一切都顺风顺水，就在大黄暗暗得意时，艺琳突然用东北口音大喊一声："停！"

她说存储卡满了，刚才都白拍了。

公司机器的存储卡只有 8G，只能拍摄三十分钟视频，而且没有读卡器，每次导出素材都要烧掉很长时间。我们四个人就傻坐在那里看着进度条一点一点推进，气氛特别尴尬。

大黄看不下去了，给我们讲了个笑话，气氛更尴尬了。

第三次拍摄开始了。因为是问过两遍的问题，梦娅几乎等不到大黄问完，就开始抢答了，大黄急得手舞足蹈，让她降慢速度。问题终于问完了，机器也很给面子，没有崩，第一位社员的拍摄工作才算完成。

大黄看了看表，又看了看我，严肃地说："要不今天就到这儿吧？"

第二位受访人是畅畅。他正襟危坐，睥睨而望，脸上写满了提防。

畅畅的警惕不是没来由的。因为对梦娅的采访过于平淡，身为导演的大黄觉得缺乏爆点，就临时修改了一些问题，以拓展访谈深度。采访进行到一半，畅畅就察觉出问题的走向不太对劲，恍惚间有种上了贼船的感觉。

"你谈过女朋友吗？"大黄的第四个问题。

"你觉得宋哥做你的男朋友怎么样？"大黄的第五个问题。

"你是处男吗？"大黄的第六个问题。

畅畅的回答从“这个非要说吗？我不太想说呢呀……”到“你们是不是来搞笑的啊……”，最后他干脆不再说话，沉默了半晌，然后拎起凳子上演了一出“血溅狮子楼”。

可怜我们的新生代导演大黄初出茅庐就体验了一把迈克尔·贝在香港时的顶级待遇。那场戏真是精彩，我和艺琳本想把这一幕录下来作为花絮，再贴上个“反对暴力”之类的宣传语，满满的正能量啊。

但最终我们还是没能如愿，因为存储卡又满了。

那天因为大黄壮烈负伤，石头赶过来帮忙，才算勉强完成了拍摄。

我们拎着几十GB的素材回到办公室，艺琳按时间和节点仔仔细细地对素材进行了分类，然后放到硬盘里交给咸阳。咸阳点开后发现有个叫“打戏”的残损视频，觉得匪夷所思，就“咚咚咚”地从楼上跑下来问：“现在的访谈都加入武打元素了吗？”

咸阳是剧社第一猛男兼摄像师及剪辑师，身高一米八七，站起身擎天撼地。

他大学时曾拍过两部关于爱情和青春的短片，自导、自摄、自剪，一个人包揽所有工序。片子放到网上迅速走俏，足足赚了几十万的点击量。来剧社面试时，咸阳的一身专业气息让宋哥都哑口无言，最后连行不行也不说，只在简历上画了个对勾，就郁闷地到休息间抽烟去了。

咸阳品味很精，看电影从不看特效片，其他片子也都是挑着导演看，像科波拉、库布里克、小津安二郎、黑泽明这样的大手笔才算得上是飨宴；他书也读了不少，先是读卡波特，后来读三岛由纪夫，最后莫名其妙地成了韩寒的死忠粉。平日里他不是伏在电脑前一丝不苟地剪片子，就是提着份量十足的摄影机拍摄素材，看上去沉默寡言的，但一提起那些电影和书，就像触动了某个开关，瞬间变身为亢奋盎然的说书人。只要是他心爱的事物，说上一整天都不会疲累。有一次我们在去食堂的路上聊天，从文艺片聊到商业片，最后还聊起了《万万没想到》和王大锤，雅俗齐飞，跨度大到无边无际。

做访谈的时候咸阳刚刚入职两天，对剧社尚不熟悉，只负责片子的剪辑和后期特效。他一见从公司申请到的佳能EOS C300，就像见了亲人一样，一边抚摸轻拭一边给我做解说，说这机器有多强悍，配了"大三元"镜头，16-35、24-70、70-200，都是F2.8，加在一起至少要十万，很牛逼的。后来又说，真想碰一碰ARRI Alexa摄影机，哪怕过一次瘾也好，实在不行，徕卡M9或者MM也好啊。

我们每次聊天，他都会甩出一大堆我从来都没听过的摄像专业术语，这让我很有挫败感。俗话说愈挫愈勇，我还偏偏要问他特别专业的问题，像你用什么软件剪辑啊之类。

咸阳说："第一版用的Adobe Premiere CC，但它不支持XMF格式，就只能用Final Cut Pro 7。其实我还是喜欢用PR CC，你知道《消失的爱人》吗？那片子就是用PR CC剪出来的，它最大的好处就是数据制作时能减少差不多100%的延迟，省去不少麻烦，所以剪出来特别流畅灵活。"

那一刻，我决定再也不找他聊天了。

因为剧社的电脑清一色硬件不达标，咸阳每次剪辑都要到公司楼上的雷明顿广告去蹭那台珍稀动物般的iMac，一上去差不多就是一天。我们每次订好饭，才猛然想起上面还有位同志，这时梦娅就会扯起嗓子喊：“咸阳，吃饭嘞……”以至于其他部门的人总以为我们这边在办山歌比赛。

我对雷明顿广告少有接触，楼上也没去过几次，一直心怀好奇。有一次我问咸阳在上面有什么感受，他想了想说，当时就顾着剪片子，也没注意其他的。不过倒是有一个说话声音很嗲的女生，言语里还杂着英文，让人总是分神，好几次剪辑点都差点儿找错了。但后来就再也没见她来公司了，每次上去她的工位都空着。

“我后来听其他人聊天才知道，那个女生是新加坡人，前些日子拿到美国电影公司的Offer，去那边做Proudcer了。”他顿了一下，五官瞬间拧成一团，仿佛有种肠子都悔青了的感觉。

“我居然当初没有加她的微信！就这么让她跑了啊！”他几乎要痛哭流涕，还真是把肠子都悔青了。

那天的片子虽然拍摄时NG不断，但剪辑倒是出奇地顺利。不过因为内容还不够丰满，只能作为初成品，放入我们精心置备的素材仓库里，成为，嗯，第一个素材。

后来在我们忙到脚丫子冒烟的间隙，大家还像模像样地打扮了一番，拍了一版特别正式的硬照。艺琳修片时喜欢用暖色调，细碎的光斑，明亮的双瞳，连我这种满身寒气的类型也硬生生地被提升为阳光宅男。而宋哥那种不知道该归到哪一类的未知型号，也被拍得踏实了不少，至少像个领导了。

宋哥表示：什么叫像领导，我本来就是领导！

之后，我们策划小组由石头起头，策划拍摄了两版很短的宣传片，主要内容就是剧社成员对北京生活的感想、对理想的看法，以及对未来的计划，整体风格明亮，剪辑迅速，内容也挺真诚，其中还加入了畅畅苦思冥想三天后猛然顿悟一秒的创意点，看上去像模像样的。我为宣传片配了一些文字，通过小马剧社的官微推送出去，受到了不少好评。那位玩摄影的同学看到宣传片后，特意给我发来致歉信，说没想到你还是可以抢救一下的。

虽然剧社尚在稚嫩阶段，宣传片始终出不了大片的感觉，但拍片子的经历却给我们繁重枯燥的工作添了道色彩。我们就那样上一秒笑着闹着，下一秒马上忙得晕头转向，取餐时顺路探一下“班”，就感觉梦想的温度还在，感觉我们经受的困难疲累，在镜头里也晕成斑斓的色彩。

我曾经听过艺术史的老师讲梵高，说梵高曾与同为印象画师的高更在一个叫阿尔的小镇里共同度过了六十二天，那是梵高一生中最快乐的时光。两个人互相交换了自画像，共同散步，描绘相同的题材，一起沉浸在色彩和理想中而不顾世界喧嚣，诗意一般，油画一般，拥抱着同一个坚硬有力的理想，并肩而行。但很快两人就走向交恶，整日缠斗不休，梵高甚至向高更投掷酒杯，这让高更气愤之极，决定离开阿尔返回巴黎。在此期间，梵高割下了自己的耳朵，精神开始失常，最终被送进了当地的精神病院。

虽然这只是未经证实的一桩轶事，但我时常会想，他们曾经创造了如《阿尔的舞厅》这般杰作，若是两人还团聚在同一个理想周围，若是这条路一直走下去，又会为这个世界增添怎样惊世而绚烂的色彩呢？

所以我执拗地认为，片子也好，绘画也罢，一切有关于颜色与阳光的事情，都需要有人站在身边。唯有凭同行之人悬挂着的幽兰花火，才得以于漆黑之夜窥见星辰。

后来呢？

后来，我们的宣传短片拍摄了第二版，力邀宋哥当主演，演出费高达两个山竹。

至于那秘密拍摄的纪录片，因为太过秘密，所以到最后，没有一个人记得这回事儿了。

3. 总有人轻声道别

宋哥在群里说幺鸡要离开时，我们都怔了一下。

那时我们忙着审批、忙着宣发、忙着拍片子，沉浸在梦想的碎片里痛并快乐着，以为再难再累，只要有战友并肩，就能同船共渡。每个人都盲目地生长着，盲目到忘记很多现实的规则，包括剧社的竞争机制。

当初因为宋哥的执意要求，剧社招聘的实习生人数远远超出了公司预期，全部转正是不可能的，所以公司就设置了一个竞争和考验机制：每位实习生都有半个月的试用期，如果试用期过后能够独当一面，在剧社中起到无法替代的作用，就能留下成为正式员工；反之，如果没有通过考验，就只能与半个月的剧社生活挥手告别了。

这很像日韩娱乐圈中的练习生。他们是大型娱乐公司招募的储备明星，每一位练习生在出道前都要经历艰苦的“充电”过程，少则几个月，多则七八年，如果不能把握机遇，在残酷的竞争中脱颖而出，可能一辈子都很难得到真正上台的机会。

虽然剧社不会定下如此苛刻的协议条款，也不会让实习生接受残酷甚至惨绝人寰的训练，但这种竞争确确实实是存在的。我们每个人都在彼此协作中结成战友，同时又都是相互的竞争对手。

总有人留下，也总有人轻声道别。

早在招聘的时候，宋哥就已把这条不成文的规矩明明白白地告诉我们，当时我们却以为他在唬人。心软如宋哥，大家对剧社投入了这么多的感情，怎么可能狠心撵社员走呢，这事儿准是闹着玩的。我们就这样彼此默念着，大家本以为一切都相安无事，却等来这样一场让人措手不及的告别。

幺鸡离开时，只在群里说了句不像道别的道别语。等我们缓过神儿来准备回复，她已经退了群。

前一周，幺鸡还在着手设计《鲜鱼口》的海报及宣传单页。她心思用得很足，花了相当长的时间去琢磨剧本，我们常见她一个人呆坐在椅子上构思得出神，但最后拿出来的方案却总是不能让宋哥满意。他们两个人为此商讨过很长时间，交流、摩擦，幺鸡一次次地修改、重构，但总是缺点儿感觉。

宋哥为此很头疼。一方面头疼方案，另一方面，更头疼上边的压力。

之后的几天，宋哥每天都向幺鸡索要设计方案，频率之高可谓残酷。我们当时都以为宋哥受了什么刺激，大概是又失恋了吧，失恋的男人往往会变成工作狂。然而在宋哥最后一次摇头，在他终于决定让幺鸡离开的时候，我们才如洪钟震耳般一下子都醒了。

“我也不知该怎么说。大家相处这么久都有感情了，但是……明天会有一位实习生离开。”他停顿了很久又说，“还是那句话，没有淘不淘汰，只有适不适合，你一定会找到更适合你的地方。再见，幺鸡。”

说了那么多次拜拜，唯有这一次，宋哥特别没有领导范儿。

很久以后在一次早会上，宋哥猛喝了几大口咖啡，说我之所以有时看起来特严厉，总是逼着你们把一项工作翻来覆去做到最好，就是为了让你们能够快速成长起来，成为剧社的顶梁柱。不然，你们就都是危险的，迟早有一天会从这里离开。我当然不希望任何一个人离开，我希望你们全部留下，但最终的结果还是要看你们自己。

沉默了好一会儿，他又说："我看见幺鸡还在分享剧社的宣传片，挺感动的。希望她一切顺利。"

幺鸡离开后的第四天，策划小组发生了一起颇为严重的争吵事件。事件的起因，是策划组的几个人对第二版宣传片的主题和风格产生了分歧。我执拗地认为，主题应该放在普通人与北京这座城市之间的关系上，以描绘漂泊与苦难为主，应该是偏冷色调的风格；畅畅不同意，说这样不对，但应该是哪样的，他自己也没有特别清晰的想法；而石头则态度坚决地认为应该延续第一版的风格，走"明亮""温暖"路线，填满镜头的应该是微笑和光。

我们三个人各执己见，气氛骤然紧绷如弦。刚刚加入策划组的小会受到了惊吓，只能"嘤嘤嘤"地不知该说什么才好。

之后，我们每个人都准备了一份细致冗长的策划书，末了还不忘在群里吵上几句，导致整个微信群都弥漫着浓浓的火药味儿。第二天一上班就是开会，我们都牢牢地捏着自己的策划案，像握着长枪钢刀，就这么嚷嚷了一个早晨。

宋哥提着早餐蹦到剧社时，我们正吵得凶狠，听得他一愣一愣，包子都吃得胆战心惊的。

吃完包子的宋哥想介入进来做个调解，但走到一半就被石头凛冽的目光给吓跑了。我们就那么你一嘴我一嘴，你不对我不对地吵着，虽然心知肚明这只是工作，但人就是这样，只要涉及理想，就会轻易地丢掉理智，好像吕布坐镇虎牢关一样，不接受任何异议，除非把对方说服了，否则誓不休战。

“你们不清楚，风格统一是硬性标准。我之前做映像志愿者的时候……”

“别扯什么硬性标准，咱们剧社就是为了打破标准才成立的！对不，宋哥？”

“你们说得都不对，你看我想到的这个点，这多好呀，你们咋就不听呢呀……”

我们吵了整整一上午，最后还是没有敲定结果，反而使气氛越发紧张了，中午吃饭时每个人都冷着脸不说话。石头更是干脆连饭都不吃，一个人塞上耳机闭着眼睛听起了歌。我那时又愤怒又迷惑，一直认为石头作为策划组的负责人尽心尽责，逻辑条理清晰，而且很会协调团队，怎么这次就这么倔强？我越想越生气，打算下午干脆直接撕破脸皮，朋友战友做不了就不做了，道理一定要掰扯明白。我一边嚼着辣白菜，一边恶狠狠地发着重誓。

真到下午开会的时候，却发现桌边少了一个人。蛋说石头不舒服，填了请假单先走了。我洋洋得意地笑了，好像没费一兵一卒就打了场大胜仗似的，幼稚地窃喜了好长一段时间。

第二天，石头还是没来剧社。梦娅说，她好像生病了，挺严重的。

方案每次都是由策划小组统一拍板后，才交给宋哥。石头没来，宣传片的策划事宜也只能暂时搁置。我有种乌云滚滚雷鸣大作却丝雨不落的憋屈感，心不甘情不愿地接了大黄那边的润色工作，背地里一直嗔怪石头病得不是时候。下午畅畅出去跑了一趟，回来时已快六点，夕阳都落了一半。他说他去看石头了，她得了重感冒，正在社区医院输液呢，已经躺了大半天。

小会一脸关切地问："她没事儿吧？"

畅畅说："没事儿，就是得休养几天。我去的时候她还在看咱们的策划案，就是我和大白的那份。我不让她看，叫她好好休息，她不听，还把我给撵回来了。"

我们到楼下的蔬果店买了一兜子水果，托畅畅给石头带过去。我迟疑了半天，最终还是没有把写好的祝福卡塞进去。

石头只请了三天假，就硬挺挺地回来了。

那会儿我已经把石头的策划案完整地看了一遍，觉得确实是我自己的想法有误区，就向石头道歉。她人很虚，脸上还有些难为情："哎呀你咋还道歉呢，有啥关系嘛。咋回事儿呢？"最后一句是她的口头禅，通常表达惊讶、赞赏和疑问，用途极为多样。

在最后拍板的策划案中，石头也融进了我和畅畅的想法。高冷的宋哥看过后尚且满意，可以实行。于是，我们就和咸阳、大黄一起找场地，架机器，石头要求全程跟随，就为了看畅畅用山西话问完后，镜头里的梦娅一脸疑惑的表情："啥？你刚才问的是啥？"

素材整理出来了，咸阳却因临时有事要回苏州一趟，石头就义无反顾地接过剪辑重任，自信满满地对宋哥保证，周一肯定交稿，绝不拖延。宋哥点头说，这姑娘就是干练，然后一个劲儿地道歉，说刚开始看简历时把你当成男生了，真是不好意思，不好意思。

后来我们又接手运营官方微博的新工作，紧锣密鼓地搜寻材料，撰写短文，策划组重新回到动如疯狗、静如死尸的快乐时光。

就在我们等着第二天早会商讨方案时，石头却突然在群里说："片子已经剪好交给宋哥了，工作交接差不多已经完成。我走了，煽情的话不多说，非常幸运能够来到剧社，也非常感动于这样的工作状态。大戏演出时，我一定会到场。"

我忽然明白先前那些"异状"出现的原因了。那是无数次的暗示，我明明已经察觉，却仍然视而不见。果然，道别这种事，不管做多少心理准备都会觉得猝不及防。

石头的朋友在北京创业，急需援助，之前已经和石头谈过多次。她为此纠结了很长一段时间，也向宋哥透露过自己的烦恼。宋哥说他当然希望石头能留下，但他不会逼迫什么。他知道石头讲义气，是个哥们儿，能为朋友两肋插刀的那种。所以义气的石头最终还是选择了离开。她背着笔记本，正如来剧社时那样，轻行而去。

后来我在她的朋友圈发评论，祝她武运昌隆。她回复说，咱们大白聪明机智，就是用词儿总有那么点儿诡异。

再后来，畅畅说在三里屯碰见过石头，两个人一路聊一路玩，好像还跟在剧社里那样；再后来，石头来公司取快递，那时正赶上下班，我见到她就习惯性地打了声招呼："再见。"

她伸手点点我的头："你怎么刚见着我就再见啊！"

七月中旬，剧社开始筹备演员的选拔，最累的时候，连趴在桌上怎么睡着的都不知道。

那时我总会想起毕业季。上下铺的兄弟不对付了四年，最后还是聚在一起闹哄哄地吃散伙饭，要不喝得酩酊，要不哭得一塌糊涂，就好像这辈子再也看不见了似的。离校前，大家组团去送站，每走一个，心里都会“咯噔”一下，说道别时总是先愣上很久，对面都着急了，我们才像小女生一样闪着泪光挥着手，大声喊一句：“保重，别他妈死啊！”

后来，车站的巡警看见我们就撵。

我总是搞不明白，两个人生离死别似的一通话别，没准第二天就又碰上了，结果还是一样哭诉一样伤感。后来到了北京，那些搞不明白的事好像突然间也降临到我身上，不管见过多少次离别，真正目送一个人远去的时候，心，仍是止不住地动荡。那感觉就像被千军万马踏过一遍，坑坑洼洼，满身都是混乱和颓唐。

大概是因为大海太过辽阔，任何两条长有相同花纹的小鱼失散后，都会感到莫大的伤愁。

后来，剧社有新人加入，也有故友离开。

艺琳走之前的最后一项工作，是拍摄实习生第二版硬照。那天，我忙着修改宣传稿，艺琳等了我很久，也不说话，就在那儿一直调试相机，偶尔抬头试探性地往这边看几眼。

好一会儿，我总算结了稿子，向艺琳说声抱歉，就跟着她去取景地。那是公司门前的一大块空地，墙上嵌着一张尺寸惊人的窗户，特别通透，阳光好的时候，整个地面都是光灿灿的。

我自小就怵镜头，虽然和大黄他们拍片子时挺欢脱，但真到镜头前时，还是忍不住紧张。艺琳很有经验，大概之前也遇到过我这样的，调整相机时不断引导我放松，还特别关心地问我之前出书的经历。当时我以为这不过是摄影师们的惯用伎俩，就跟心理咨询师似的，就顺口回答着。拍好后，我赶忙说要不要替她去叫下一个。她摇摇头说不用了，然后朝我尴尬地笑了一下。

大概两天后，咸阳和我说艺琳不会再来剧社了。我没问具体原因，只是努力让自己从惊讶中醒过来，然后故作淡定地点点头。之后好几天，我总会想起那个拍片子的下午，阳光很足，整个地面都是光灿灿的。艺琳手持刀剑般地端着相机，神情专注，声音却轻柔到几乎听不见。

某位作家曾经说过，真正看透生活的人，会把每一天都当做末日，会把每一句话都当做遗言。因为人就是脆弱的生物，没有巨龙那样雄壮的生命，不知哪一天就要面临别离与追逐的幻影。

我想，我再没有当面回答艺琳问题的机会了。

MiNi

4. 梦里人

小瑞是七月中旬加入剧社的，那时整个办公室都是一派兵荒马乱的景象。

他今年大三，来自武汉，长相十分乖巧，于是剧社的一众流氓给他起了个外号叫“小可爱”。

来北京之前，小瑞在武汉经营着一家小店，卖甜点和简餐，都是自己的手艺。店里养着一只苏格兰折耳猫、一只龙猫和一只兔子，每次有同学光临，这三个家伙就极尽表演天赋，叫人忍不住挑逗一番。

小瑞在后面忙活着，偶然瞥见这情景，就觉得是种莫大的满足。

他来北京是一次冒险。与剧社里其他少年一样，小瑞仅凭梦想和热血就转租了之前的生活，毅然决然地背包远行。他刚来剧社时受到了极为隆重的欢迎，畅畅甚至要为他唱战歌来活跃气氛，好在最后被宋哥及时制止。然后宋哥说，我来唱。

这种炽热氛围并没有持续多久，小瑞很快就发现剧社有点儿不对劲。那时候宣发工作完成了大半，马上就要进入剧本审批、确定剧场、联系道具舞美等重要环节，工作量仍然浩瀚如山。每天早会上，我们都会就一些大小问题争吵得面红耳赤，散会后又睁大漫布血丝的眼睛直勾勾地盯着电脑，“噼噼啪啪”如机械般码着策划案，那亢奋劲儿跟患了神经病无异。然而一到午休时间，每个人都困乏无力，像被抽走了发条的玩具一样。

疲惫之外，空气中还弥漫着清晰可闻的伤感。社员的先后离开终究给我们蒙上了一层阴影，那股热血还在燃烧，温度却已经降下大半，大部分时间，我们都是靠着想象大戏演出盛况的情形，才得以捱过这湿漉漉的离愁之绪。

小瑞搞不清状况，看得心惊肉跳的，就跑去找宋哥。宋哥当时正倚在休息间的大玻璃前抽烟，听完小瑞的话也没说什么，只是颇有深意地笑了笑，然后叫小瑞通知我们，说下午召开剧本研讨会，全员参加，一个不能落。

如果不算鲜鱼口的实地考察，这是我们第一次正式的剧本研讨会。

会议室是宋哥亲自申请的，行政姐姐无奈地表示你们干脆住里头算了。集结完，会议室里的空调已开得特别冷，疾风扑面，无精打采的我们一进去就被冻得精神百倍。

宋哥坐在首座，还是带着颇有深意的笑，也不多说，直接就进入了正题。他说这是我们第一次谈剧本，希望每个人都能参与进来。话剧这东西，就是越谈越有力量，越谈越好玩儿。

剧社第一部作品叫《鲜鱼口》，是一部荒诞喜剧，讲述的是底层小人物的苦辣生活和美丽幻梦。

在鲜鱼口这条胡同里，有一栋二层小楼，里面住着各色人等，有单亲母亲理发师英姐，卖鱼为生的宗宝夫妇，二房东，卖保险的明德，饭店服务员小月和一心想要报考美院的男孩小阳。他们白天为生活而挣扎奔波，夜晚拥抱好梦与憧憬入睡，日复一日，安逸甚至木讷地接受着生活的全部。直到有一天，急功近利的戏剧混子马达向大家兜售了拍话剧赚钱的想法，平静的小胡同瞬间躁动起来，每个人都怀揣着不同的目的参与到话剧的排练当中。他们彼此鼓励又互相猜忌，甚至争吵，但因为马达的人缘和工资的诱惑，这个极不靠谱的剧团最终还是“开张”了。

马达满足于实现自己的导演梦，但同时也不断遭受着良心的谴责：演话剧其实根本赚不了钱，他只是在欺骗大家。当他将真相告诉众人，街坊们尽管都感到失落和沮丧，但排练的过程也让每个人都体验到了生命的力量，他们开始反思甚至试图去改变一成不变的生活。

于是，演出这场自己完全不了解的《悲惨世界》成了大家的梦想，连一毛不拔的二房东都自掏腰包帮助马达，只为能让大家走上舞台。

尽管演出过程曲折离奇，尽管鲜鱼口剧团只能表演片段，尽管他们的演出极其糟糕，但对于他们来说，这些都已不再重要，重要的是他们懂得了生活不仅仅是生存，它是活的，是肉体的，也是灵魂的。

演出结束时，他们站在舞台上谢幕，仿佛经历了一场冗长而糟糕的梦境，从这一刻起，所有人都将迎接一个全新的生活。

这是一个关于艺术与生活、关于生存与救赎的故事。但也仅此而已。

宋哥说，戏剧永远都是有想象力的，同一个剧，你看到的和我看到的都不一样。所以戏剧不需要解释，只需要展示，看到即是力量。说完，他又试探性地补了一句：“你们有什么感觉？”

畅畅说："好冷。"

被"暴揍"一顿后，畅畅补充说是空调冷，空调很冷。

我们手里都捏着宋哥打印好的剧本，有些简陋，连像样的封面都没有，只有宋哥在题头上大笔一挥写的"鲜鱼口"三个字。然而就是这么单薄的几页纸，却承载着那么厚实的人生，那么浓郁的悲欢。编剧就像摄影师一般，阅遍人生风景，看过芸芸众生，然后把酸甜苦辣都摊在纸上，透明得如一池清水。

宋哥在椅子上翘着二郎腿晃荡："这是我写的噢！"

那天下午，我们有一搭没一搭地聊着剧本，专业的意见没有，不专业的意见却是一大堆。不知道是不是因为太久没有看到我们如此蓬勃的状态，宋哥接连应付着倒也不生气。

谈到最后，剧里的人物都吃得透彻，我们就想听听这出戏的幕后故事。

"宋哥，你为什么会写这么一出戏啊？"

"难道你以前是卖鱼的？"

"我知道了，伟大的戏剧都是失恋的产物。宋哥你当时一定是失恋了，第几任？"

你一言我一语，到最后宋哥的青筋都快暴出来了，一脸"我要自杀"的表情。

我们死缠烂打了十几分钟，宋哥终于招架不住，连连告饶："其实剧里面的人物都有原型，他们有的是我身边的人，有的是我自己。他们那些看上去荒诞的生活，其实也是我的生活。"

我们都说不信。他说，你们看见剧本里那个"小白"了吧，就是在马达失意后出现在他梦境里，最终让马达决定继续拍戏的那个小神经病。我们点头。他顿了一下又说，那个人呢，其实是我最好的朋友，是他推动着我一直做一个苦逼的梦想追求者，是他让我完成了这出戏。

剧中，马达在剧本被投资方拒绝后，灰心绝望，躺在石板上孤独睡去。然而不曾预料，在梦里竟然遇见了死去多年的同学小白。小白一身白色衬衫，露着傻傻的微笑，一如当年。

小白曾经是马达最好的朋友，他总爱说“真好”，是个奇怪的男孩。他热爱哲学，热爱生活，对周遭的一切都饱含巨大的热情。然而就是这样一个热爱生活的人，却被一场意外夺走了生命，这成为马达心中一个迈不过去的坎儿。于是当小白走入他的梦境，马达像是在黑暗中瞥见萤火一样，行尸走肉般的僵硬生活一下子被解冻融化了。

小白说，真好，真好，生活真好。

马达说，好个屁，好个屁，生活一点儿都不好。可是他醒来后做的第一件事，就是想把这出《悲惨世界》排出来。毫无理由，甚至极为慌张盲目，但他就单纯而执拗地想把这出戏排出来。

因为,《悲惨世界》是小白最喜欢的作品。

而在宋哥的人生故事里，也有一个像小白这样的人。宋哥说他叫孝青，也是山东人。

宋哥和孝青相识在大学前的一个辅导班里。当时宋哥刚刚来到这座城市，每一棵树、每一栋楼都那么陌生，仿佛周遭的一切都与自己截然不同。就在他下定决心，准备勇敢地面对这场终将到来的孤独之旅时，一个操着山东话的声音猛然打来：“你好，我叫孝青，也是山东来的。”

孝青眉清目秀，眼神里透着憨厚和一股捉摸不透的劲头。他喜欢哲学，喜欢尼采，更喜欢黑格尔，总是习惯用黑格尔的思想把自己武装得严严实实。每次和宋哥聊天，聊到一半就会转到“黑格尔曾经说过……”，宋哥就会拍桌子大叫，说我到底和谁聊天呢！你姓黑吗？

孝青把生活费都用来购买哲学书。那会儿他们两个农村来的少年混在北京，生活拮据，每天都得掰着手指头花钱，一天十块，超了下半月就得喝西北风。当时为了买碟买书，他们经常不吃早饭，周六周日多半在睡觉，醒来直接吃下午饭，能省出不少，这方法堪称机智。后来孝青自己的钱全买书了，就央求宋哥借钱给他。宋哥不同意，孝青就主动把宝贝拿出来，眼神放光，说：“我可以借书给你看。”

于是整整二十多天，他们只能啃馒头，还是偷着啃，怕被人看见了笑话。每当夜深人静，两个人掏出咸菜就着馒头，宋哥总会恶狠狠地瞪上孝青一分钟，嘟哝着：“倒霉死了，我怎么就碰到你了呢？”

虽然宋哥之前闯过不少险难，但最开始上表演课，还是感觉害怕，怯场得厉害。孝青就鼓励他，各种形式的，特别是在宋哥上台的时候，他总是鼓掌鼓得最大声的那一个。宋哥开始觉得他太浮夸，但孝青的眼神却异样真诚，他说他真心觉得宋哥适合表演，很有表演天赋。宋哥当时没吭声，但这句话他一直记着。每每想起，还会洋洋得意一番。

相反，因为那股天真和纯劲儿，孝青上台表演时总会惹人发笑。有一次系里做物件想象练习，就是把一件物品想象成有生命的，以开发演员的想象力。孝青上台后用联片随便搭了一下，然后扯出一卷卫生纸做云彩，最后在舞台中央吊了个彩艳艳的风筝。

准备就绪，他吩咐宋哥给他放音乐，说等他一上台就放。

孝青再出现时披着几块大花布，一横一竖地跑上台，就那么东荡西荡地飘着，那样子把台下所有同学逗得笑成一团。他晃晃悠悠地走了一会儿，突然觉得不对劲，就跟宋哥说："快，音乐音乐。"等音乐响起，孝青就自顾自地恢复表演，飘到挂着的风筝前撅起嘴"啵"地亲了一下，接着又继续悠荡。

下台后他解释说他演的是风筝，正在跟另一个风筝谈恋爱。

可惜，他解释的时候所有人都已经笑得昏迷不醒。

宋哥说孝青是那种特别单纯的人。单纯分很多种，有一种人畜无害，有一种杀敌三千。孝青属于后一种。

有一次宋哥和孝青去黑匣子看话剧，空调开得特别冷，坐在孝青旁边的女生看见他穿了两件外套，就贴在他耳边说："孝青，我冷。"孝青一本正经地看了看她，说："嗯，是挺冷的。"说完就裹紧衣服继续看。

还有一次他们到王府井书店买书，宋哥的钱包见了空，全身上下就只有五毛钱。他们两个人傻站在书店门口，天还下起了毛毛细雨，宋哥就跟孝青说，他的钱不够买车票了，怎么办。孝青也一本正经地看了看宋哥，说："噢，那好吧，我先走。"然后头也不回地大步离去。

这次事件给宋哥的情商造成了毁灭性打击。孝青就有这样神奇的本领，总是能一脸淡定得让宋哥火冒三丈，他那暴脾气大半都是被孝青给养出来的。

上大学时为了糊口，孝青出去找兼职，最后拿到一份招生工作。这工作很简单，就是招小学生上课，拉到一个学生给一份提成。宋哥觉得这活儿还算不错，但总是有点怀疑，就问他在哪儿找的。孝青一脸得意，说自己去人才市场时碰见一个大姐，交谈一番，就交了三百块钱押金上班了。

宋哥问他为什么要交押金？孝青说因为要有统一的服装，穿西装打领带的那种。那之后很长一段时间，宋哥都有想打死他的冲动。

虽然孝青总能把自己惹毛，但宋哥背地里却挺感激他的。宋哥脾气不好，有时候心情烦躁就有意无意地拿孝青撒气，他从不还嘴，也从不生气，就笑呵呵地等宋哥吼完。

大一寒假，性情中人宋哥遭遇了重大的感情挫折，痛苦不已，孝青就隔三差五地打电话安慰，一聊就是半个小时或一个小时。每次当宋哥一直抱怨，有时甚至真哭时，孝青就用他的哲学思想开导宋哥，侃侃而谈人生种种。宋哥说，虽然他说的那些东西对他一点儿用都没有，但那时候辛亏有他陪自己扛着，不然自己可能真走不出那个圈。

宋哥不止一次骂孝青“变态”，骂完又总是反省自己，说为啥总对孝青这么苛刻。孝青说，因为关系好呗。

大二上学期的一天凌晨，宋哥和室友突然发现孝青的床一直在晃。他们打开灯，发现孝青正蜷在床上，整个人不断地抽搐着，眼白翻得很吓人。宋哥没多想猛地跳下床，室友按住孝青的手脚，他去掐人中，费了好大力气，孝青总算停止了抽搐。两个人虚脱一般瘫在床边，过了一会儿孝青醒过来，若无其事地端着脸盆去了洗手间，回来后还问宋哥：“你们蹲在这儿干什么？”

在宋哥的逼问下，孝青才坦白自己有癫痫病，是过年时才发现的。他拜托宋哥别说出去，一是怕学校知道后让他退学，二是在农村得了这种病都找不到媳妇。他不想让家人操心。

宋哥最后还是应下了。但心里却很不舒坦，感觉像埋了一颗定时炸弹。

后来一次同学聚会，宋哥发现孝青在抽烟喝酒，就特别生气。凭着酒劲儿，他过去拽住孝青的领子说，你什么意思？你自己有这个病不能抽烟不能喝酒你不知道吗？你他妈什么意思？

孝青也生气了，起来推了宋哥一把，俩人很快扭打在一起，还是同学拼命拦截劝阻才勉强分开。

从那时起，宋哥和孝青开始冷战，整整一个学期都不说话。

宋哥说，当时是真生气，但为什么会气成那样，他自己也说不清楚。

过年放假时，孝青在寝室里睡觉，宋哥一个人拖着行李去赶火车。刚刚走出校门，他就没来由地觉得特别不舒服，心扑通扑通直跳，特别慌。宋哥徘徊了一会儿，最后把行李放在门卫那里，编了个理由说忘了拿东西要回去取一下。

他飞快地跑回宿舍，一推门发现孝青果然犯病了。他赶紧把毛巾塞进孝青的嘴里以防他咬到舌头，然后慢慢帮他清醒。孝青醒来后看见枕头边的血迹，知道发生了什么，就看着宋哥说，你救了我一命。

两个人就此讲和，然后孝青到青岛打工，期间给宋哥发了很多短信，关于赚钱，关于谈恋爱，关于那些让人又气又笑的荒唐故事。

再后来有近两周时间，孝青都杳无音讯。不久，宋哥从同学那里得到消息：孝青去世了。因为发病的时候没人在他身边。

孝青的父母到学校收拾他的遗物，一直哭个不停，像是要把所有的泪都哭出来一样。走的时候宋哥送他们去车站，看着两个年过半百的老人扛着行李卷走在路上，宋哥心里又是一阵难过，想要帮他们扛。孝青的父亲一个劲儿地说使不得使不得，已经够麻烦你了。

他们没有坐过出租车，宋哥就打车送他们。快到站时，宋哥对师傅说，麻烦去天安门绕一圈吧。孝青的父母趴在窗口向外看，一边看一边颤声说，咱青儿也算到北京读过大学了。

宋哥当时就哭了。他说眼泪很苦，苦到让人想再哭一次。

宋哥说，孝青喜欢《悲惨世界》，我答应过他，要给他排一版《悲惨世界》。

《鲜鱼口》里其实有很多他的私心，他把那些他曾经丢掉却又被孝青捡起来的东西，都装在了这部戏里。如果没有孝青，他可能不会在戏剧这条路上走得这么坚定。生活总是充满繁杂与诱惑，只有那个埋在心底的纯粹的朋友，能让你在一大片沙漠里望见梦想的蜃楼。

“所以啊，”他望着目瞪口呆的我们，深情地说，“当我们遇见那些让你鼓起勇气去追逐梦想的朋友，就一定要把他记在心里。哪怕他离开了，但还是会给你力量，给你一鼓作气闯过去的力量。小马剧社也一样，那些离开的实习生不是说了嘛，等我们这部戏演出的时候，他们一定来捧场。这是承诺，对他们是，对我们也是。现在，都明白了吧？”

原来，这才是剧本讨论会的真正目的。老谋深算的宋哥下了好大一盘棋，赚了梦娅一大把眼泪。

后来几个月里，我把剧本看了很多遍，无一例外，每次都会想起那个下午，宋哥讲着剧本，也讲着孝青的故事。会议室里的空调开得很冷，外面蝉鸣不止，而我们却浑然不觉。

那时候突然感觉肩上陡然有了重量，像是有人站在上面，轻声地对我们说，真好。

5. 繁星升起的地方

计划扭扭歪歪推进到这一步，总算可以铺开纸面，谈一谈演出了。

很多人以为，话剧的演出是最后才要敲定的，排练好了，有了十足的把握，然后顺顺当当登台就成。只有真正参与过制作的人才知道，筹备演出是相当耗费精气神儿的，申请演出资质、上交剧本审批、约剧场、调和档期，没有一样是快锋利剑，利利落落的，都得打好提前量，甚至得专门拉一个计划表出来。

要把演出流程处理好，多少得有些经验，熟门熟路，知表知里才行。那会儿宋哥睥睨着环顾我们一圈，眉眼挤出三四种形状，最终还是别过头，凝出一声长叹。

他对坐在身边的彦如姐说："还是你来顶吧。交给他们，我怕我的心脏承受不住。"

彦如姐是剧社的执行制作人，是宋哥在中戏的同学，也是他最好的朋友之一。江湖有言，甜言蜜语你知我懂的算不上朋友，唯相互狠狠杠上三四个来回的才叫朋友。不用铁锤敲凿一番，怎知道情比金坚？

这话确实有道理。当初进剧社，彦如姐也是历经宋哥的威逼利诱和死缠烂打，话都要说出花儿来了，说什么创业之初力单气薄，需要朋友拉一把；还说什么独坐工位形单影只，需要温暖的熟人来驱走孤独。彦如姐当时听得咯咯直乐，但嘴上就是不告饶，急得宋哥最后只能摊出实话：我想做一部好剧，需要你来帮忙。

彦如姐是那种典型的知性美女，骨子里很有胆识，来北京闯荡多年，见过的撞过的也不比宋哥少，浑身上下都找不出什么弱点。然而只要听到“戏剧”这两个字，她那份稳劲儿就一溃千里，情绪上来了，可以不管不顾地聊上一整天。

去年，宋哥患了抑郁，不想出门，就邀彦如姐到家里去谈剧。俩人酣畅淋漓，情绪激昂，一聊就是大半个下午。每次彦如姐走后宋哥都会疑惑半天，有彦如这么个朋友，自己到底是怎么患上抑郁的？

彦如姐家在豫西，那是一个三省交汇的小山城。她打小就能接触到各种不同的地域文化，感觉也就变得越来越敏锐细腻。尚处懵懂童年，她就有极强的乐感，每逢听到音乐就一定会全情地歌唱或舞动，仿佛自家的老客厅里打着聚光灯，星光熠熠般成了明亮而壮阔的舞台。

上高中时彦如姐迷上了表演。她几近疯狂地看电影和电视剧，为情节入魔，为角色流泪，一旦把自己困在电影中的忧愁和痛苦里，好几天都无法自拔。

有一段时间她特别喜欢周迅，想象着她的神情和动作，甚至满世界去找剧本，然后尝试着去念独白，做身段。那时，她感觉那天赋般的敏感仿佛浸浮到一片大海中，辽阔美妙，安稳踏实。

她决定去追寻这片让她向往的大海。于是彦如姐背起行囊，进京赶考。一年后，她如愿进入了中戏。

彦如姐在中戏的生活过得可谓精致又狂野。

她有一个黑色硬皮日记本，很厚实的那种。从开学第一天起，她就像记者一样，走到哪里看到什么，都要一一记下，标上日期，最后打上句号一板一眼地收束。到后来这本子上的字越写越多，事无巨细，但每个字仍然端庄郑重，就好像自己在纸上导了一部生活纪录片。

就像之前说的那样，彦如姐人很精细，就是碰不得戏剧。当时在学校做作业，彦如姐几个人没日没夜地排练，兴奋时候排，沮丧时候排，难过时候排，开心时候排，横竖就是走不出来。最后总算有了点儿间歇，同学送彦如姐回宿舍休息，让她好好睡一觉。

结果呢？她睡了整整一天一夜，把室友吓得好几次都想叫救护车。

毕业后，彦如姐做了老师，先后在不同的学校里教授台词。她说她离不开戏剧，在教课的过程中也在不断地琢磨和挖掘，试图从别样生活的质感中找到滋养戏剧的艺术土壤。

她后来对我说，也就是在那个时候，她体悟到戏剧不是空想出来的，不是虚构出来的，而是扎根于琐碎平凡的生活之中。其实生活本身就是一出好戏，我们每天都要面对不同的事物和各种突如其来的变故，有挫折也有惊喜，一切都是鲜活的，生动的。而这，恰恰就是戏剧艺术的根本来源，也是戏剧的最终指向。

戏剧的意义，就是给人以好好活下去的希望。

痴人说出的梦往往是最动人的。彦如姐把自己的念头融进课堂里，来听课的同学总会有些许醍醐灌顶之意。

后来剧社面试演员，有不少来应聘的都是彦如姐的学生，明眼的远远地就跟她打招呼，那热情劲儿，那激动劲儿，不知道的还以为是失散多年的姐妹姐弟久别重逢了呢。

来剧社之前，彦如姐做过不少商演，对北京的小剧场很熟，所以只用了半天时间，就定下了六七个备选单位。

电话沟通过了，但还是要实地去跑跑。宋哥怕彦如姐一个人忙不过来，就大大方方地把大黄拨给她做助理，并郑重表示，让他多跑跑，锻炼得多了才能更快地成长。

我一直觉得，大黄到最后都没有愤而出走，真是挺不容易的。

出发之前，他们分析了北京剧场的上座率，排除了一些像寒暑假这样的淡季，最后把演出档期定在了初秋，但具体日期还需要与剧院协调。此后又托力颖出了一份预算细化表，方便与剧场商议定价。

之后，他俩就绕着朝阳区跑，顶着烈日和雾霾，挨家挨户地去敲门。有些剧场经理是彦如姐的熟人，一番握手一番寒暄，热情饱满的样子；有的则顶着一脸官方表情，说话四平八稳，聊得很是累人，硬着头皮周旋半天却一无所获。

彦如姐带着大黄就这样奔波着，唇齿口舌都说干了，仍旧发扬着小马剧社没心没肺的传统，吃个午饭还不忘乐呵呵地自拍。明明都晒成了黑土豆，却硬生生地把照片拍出了欧洲游的感觉。

果然，行走世间全靠演技。

他们跑了两天，力颖配合着做了一系列预算分析表，最后综合考虑了剧场的设施、规格、影响力和档期，把首演地点定在了繁星戏剧村。

繁星戏剧村在宣武门内大街，和东方先锋、蜂巢等老牌小剧场南北相望，地理位置和配套设施都比较合适，而且刚好有空闲档期。彦如姐和大黄与项目经理谈了一下午，演出厅选好了，也约好了签订合同的时间，过程说起来倒也不算波折。

但好事多磨自古颠扑不破，回公司的路上，俩人遭遇了严重的交通事故。他们坐的蹦蹦把一辆出租车的倒车镜给刮了。

蹦蹦师傅非常大方地表示，你看咱们都是从事运输业的，都不容易，我出十块钱，这事儿就了了吧。

出租车师傅说，啥玩意儿？十块钱就了了？你当我这是玩具车呢？

大黄和彦如姐在蹦蹦里傻坐了十几分钟，看着战火逐步升级，才突然想起来，要是咱俩步行的话是不是已经到了？

之后断断续续大概有半个多月的时间，彦如姐又独自去剧场商洽了几次，总算定下了合同。

确定了演出场地，接下来就是向文委申请演出资质。这也是一个漫长而烦琐的过程，仅是需要提交的申报材料就多达五种，申请登记表、演出活动承诺书、演出场地确认函，等等，真要一一填满通过审核，也要花上许多时间。

早在六月底，蛋就已经把剧本申报上去了。期间还遇到点儿小困难，剧本因为某一场戏的情节不明确，被打回来一次，最后通过时，已经是七月中旬。

跑审批流程不需要头脑风暴，打听好程序，填好表格，提交申请就万事大吉。但越是涉及审批，就越是至关重要，蛋一刻都不敢马虎，每天上班后的第一件事，就是打电话给文委咨询审批进度。到后来对方不等她开口就已然知晓了她的身份，几乎都能抢答了。

那边说，你这小姑娘怎么就这么上心呢？

蛋回头看了一眼愁容满面的宋哥，龇牙笑笑，没说话。

审批表提交上去的时候，小马剧社的官方微信公众号也架构完毕，开始正式运营。

策划小组开始定的风格，是一本正经的高逼格冷推，分享经典名剧赏析，传播专业戏剧知识，等等，认为唯有如此才能与剧社严肃厚重的风格搭调。当时这方案几乎全票通过，板都拍了好几次，但转天推出来的却是这样一条内容：你不知道的实习生，他们想和这个世界谈谈。

点开后，一溜的大头照。

于是，原有的策划案就这么毫无声息、心照不宣地作废了。之后几个月，官微中陆续出现了实习生趣闻、宋哥的故事、我爱小马剧社大型连载等一系列匪夷所思的内容。

宋哥神色纠结了许久，最后略显无奈地叹口气说，事已至此，我也不忍心让你们重来，就这么着吧。

当时他说得像模像样，完全忘了官微里最不着调、阅读量最高的那篇，就是他自己写的。

大概是在七月中旬，琐碎又紧张的制作期终于迎来一个阶段性的完结。

接下来的两周，剧社就要正式发布演员招募启事，启动共计两轮、为期九天的表演工作坊，之后进入到正式的排练期和最后准备期。仍旧是崎岖艰险，仍旧看不见芜杂梦想的尽头，但至少我们已经走过了大半旅程。虽然满脚泥泞，满身荆棘，大家却还是笑得像孩子一样。

周五下班后，宋哥请我们去绿茶餐厅吃大餐。我们密谋已久，围在桌子旁边点菜边看宋哥的脸色，觉得他尚且淡定，就猛加几个硬菜；若是看他眉头稍皱，就点个小蛋糕薏米水，然后摆出一副“老大我心疼你”的表情。

宋哥皮笑肉不笑地干杵着，最后长叹一声，自己请的单，哭着也要点完。

绿茶餐厅的菜码不算大，我们十几号人，一开始都还矜持着互相推让，后来就全然不顾形象了，吃着碗里的夹着盘里的，就算是嘻嘻哈哈聊得火热，也没耽误清盘。服务员小哥上了三次菜，收了三次盘，翻来覆去桌上总是那么几盘。吃到最后，菜品都没有完整地出现在一桌上。

那会儿我们白天总是后脚尖贴前脚跟地忙个没完，操心操肺，铁打的人也得累趴下。然而到了餐厅，所有人都血气加身，聊得震天撼地、神气勃发，好像之前那浑身疲倦全是演技。明明几个小时前我们还被宋哥狠狠批评了一顿，但这时我们拿他开涮，他却一点儿都不生气，只是同样嘻嘻哈哈地反击。

当时我就想，大概也只有这样神经病的团队才能这么和谐。

后来我等饕餮又加了几样菜，有肉有素，最后终于吃累了，宋哥就提议玩杀人游戏。我们一桌子人，真正会玩的没有几个，包括我在内大部分都是现学现卖。结果自然是状况百出，不是身份签不翼而飞，就是杀手自我暴露，要不就是多了个警察，还有杀手黑吃黑互残的，看着都焦心。彦如姐从头笑到尾，直拍胸脯：“你们啊……你们啊……太可……哈哈哈哈……”

最惨的就是畅畅，每次不是被杀就是被推，回回玩不过三轮。当畅畅再次被杀，局势扑朔迷离之时，小瑞一语道破天机：“我觉得畅畅不是杀手，他不会自杀的，他也想多玩会儿。”

畅畅感动得涕零满面。

那天我们就这样不走心不走脑地闹着，一直到星辰漫天还不舍得挪窝儿。就好像这座巨大的城市里，只有这一桌子温暖，听着那没心没肺的笑声，就能让我们再跨上骁骏战马，迎战一切魑魅魍魉。

其实什么都没有变。那大大小小的梦想仍然那么漫无边际，那么繁杂，那么刺眼的明亮。

我们就顶着这炽热的烈光，靠影子辨识彼此，如夸父般盲目而无畏地跑着。

我们想看一看世界的尽头，哪怕终将无法抵达，只要双脚还踩在这土地上，就绝不迟疑一步。

少年们，本来就都是倔强的。

Chapter 03
十年一刻

这世界上大部分的光鲜与闪耀，都是历经磨砺和黑暗的幸存者。幕起、灯亮、大戏开演，我们像等待了经年数月的蝶，终于迎来破茧展翼的这一刻。

1. 演员们

我只走过半尺天涯，有太多种生动的人不曾有缘相识，其中就包括演员。

我的专业是文学，虽有些勉强，多少和艺术也能挨上点儿边。但学校两三年前改革，文学院和艺术学院截然分开，这边诗词歌赋，那边音画舞美，同梦殊途，基本再攀不上什么关系了。所以上学那几年，我始终没有得到机会结识一两位演员或者准演员，多半都是在台下仰望着，满眼都是艳羡。

我从没有当演员的念头，只是觉得那些人过着别样的生活，无论光鲜的或者黑暗的，都与我截然不同，仿佛来自于另一个世界。

好奇心和英雄一样都是杀不死的。剧社开始陆续发出演员招聘启事，我却时常不自觉地越俎代庖，扔掉一大堆文字润撰的工作，跑去客串演员面试引导员。

那时候招聘启事只在官博和官微上发布，同样也是欢乐逗逼的调子，还附赠由宋哥亲笔撰写的实习生段子集，所以一经推出就引来一波简历热浪，也有一连投放好几次简历的，气魄之盛俨然如当年的梦娅。

大概花了两天时间，梦娅在宋哥咬牙切齿、恨铁成钢的指导下，筛选出第一批进入面试的演员。具体人数记不精确，但足以称得上人多势众。

首轮面试就安排了整整三天，这让宋哥很难受。他不擅长做领导，更不擅长刷人，你看我们制作组的一众实习生，恁是欺负宋哥心软，都是厚颜无耻赖在这儿的。所以面试那天，宋哥在办公室捂着耳朵蹦来蹦去，嚷嚷着“哎呀我心情不好不想面试了”，惨兮兮的。最后还是彦如姐硬生生把他揪到了排练室。

剧社的排练室是特批的，原来是公司的阅片室。在北京租排练室不仅费用高，而且合适的场子也少，为了支持剧社的工作，也是受不了宋哥的软磨硬泡，公司就邀了一队人马把原来的观众台凿了，重新铺上毯子，活生生地造出了一间排练工作室。宋哥对此感激涕零了好一阵子，一个个点着我们的头说：“好好干啊，不好好干，对得起那些死去的观众台吗？”

面试的第一天，我和蛋提早搬好桌子，布置稳当，就再也按捺不住好奇，跑到前台加入了迎宾小队。当时确定的面试时间是上午十点，但直到九点五十分，只来了两三位面试者，偌大的会客沙发上空荡得很。梦娅正忙着做应聘登记表，我就伺机偷偷窥探演员简历，多半都是表演专业出身，其中几个还是中戏北影上戏名校毕业，算起来都是当红明星的师弟师妹。看着看着，我的心就不自觉地缩一下。感觉就像见到了关二爷曹丞相这般历史人物一样。

演员简历要附上自己的照片，艺术照、生活照和作品的定妆照，厚厚一沓，装帧精美，应该是费了好一番功夫。想想我先前花十几分钟做出的那一页纸，还总以为用了多大心思。此时一比，还不如死了算了。

我协助蛋和梦娅引导面试的演员到排练厅，虽然不言不语，但浑身都是热情。后来连宋哥也深受感动，破天荒地发了大赦令，让我坐在后面学习观摩，顺便锻炼一下挑选演员的能力。

他当时是这样说的："你还是进来吧，别在门口乱蹦。"

面试分三个环节。首先是演员的自我介绍，之后是自己准备好作品片段和才艺展示，最后两两分组，有二十分钟的准备时间，试一段《鲜鱼口》的戏。

我之前没经历过任何艺术类的面试，摸不着路数，看一切都是新鲜的。我进到排练厅时，已经有演员在试戏，一个壮实汉子，劈头过来就是一声愤怒之极的咆哮，吓得我一屁股瘫在门口。

宋哥皱着眉眼瞪着我。过了好长时间我才缓过神儿来，穿过舞台灰溜溜地跑到屋尾。

那演员仍旧竭尽全力、全情投入，身段儿端着，认认真真地完成了最后的试演。

我啪啪啪鼓掌。

宋哥拎着剧本就要过来找我拼命，众人拉都拉不住。

后来我才搞清楚宋哥火冒三丈的原因：演员在表演时，已把自己和整个场地的能量融在一起。那时候他极有力量，也极为脆弱，稍有一点穿场或破坏气场的意外，整个表演都有可能崩坏，功亏一篑。特别是话剧演员，对舞台的控制更为敏感，同时也更为脆弱。

还敢穿台？要放在我们中戏老师那儿，看打不死你。宋哥当时咬牙切齿的。

我一阵后怕，有一种捡了条命回来的感觉。

后怕归后怕，但当时坐在那里，第一次全神贯注地看演员表演，根本就顾不上这些有怕没怕的了。

实在太爽了。

那是真正的神灵附体，上一秒在羞赧地自我介绍，一口一个老师叫着，下一秒就截然换了脸色，力量透彻全身，像是灵魂被人调换了一番，全然变成了另外一人。汉子就持着战刀，舞台如疆场，一走一停，即便一句话不说，气场也力透纸背；姑娘就端起酒杯，宛然在万人中央从容梳妆，步履轻盈，身形一动就能踏出一朵花儿来。

写下来许是夸张了，但那时的震撼的确如此。不需要讲解，也不需要刻意冥思，虽然之前一见他们愤而怒吼、哀而阑珊，甚是好笑，但看着看着，就感觉心脏都要被震出泪来，整个身心被拉到里面挣脱不得。既痛苦又兴奋，间离着又浸入着，一种很纯粹的在场感。

还记得你第一次去游乐园时的情景吗？一个孩子，傻了吧叽地鼓着眼睛、窝着嘴、仰头望着，惊诧得动弹不得。就那种感觉。

那天一共面试了十几个人，男生稍多一些，表演风格各不相同。一番戏试下来，不管我怎么挑拣，都看不出哪里有毛病，觉得都挺好的。我就实话对宋哥说，都不错都不错，我是挑不出来。

宋哥闷着脸，头上顶着云雾风雷瞪了我好久，然后高冷又失望地哼了一句："呵呵。"

宋哥对演员的要求极为严格。

电影尚且可以通过镜头、剪辑、色彩来表达导演的意图，但话剧是舞台艺术，全部意图和情感只能靠演员现场来表现。倘若一位演员有所疏忽、有所松懈，破了气场，那先前营建起来的一切氛围就都将付之东流。所以宋哥说，我不在乎你是中戏还是地方小院校毕业，甚至没有上过学，我只在乎你的专业素养。台词、形体、神态都过硬，我们才有谈下去的必要。

就这么一条，谁也攀不上关系，全得靠自己。

彦如姐之前在中戏培训部做过台词老师，对演员的台词功底极为敏感，只要演员一张嘴，疏忽、毛病、亮点，统统入耳，分析出来毫厘不差，基本功扎不扎实一听便知。纵使一段念白情绪丰沛情感真挚，但若缺了火候或过犹不及，都会导致表演出现裂缝。演员当密不透风，这密就在于台词和念白，如猛虎细嗅蔷薇，像涓流中翻滚着江河大海。唯有如此，才能载得住所有观众的目光。

除了看演员的基本功，宋哥也看重演员的交流能力，包括感染力、爆发力、表现力甚至幽默感，看它们都在什么档位，哪个准备已久的身段让人失望透顶，哪个无心的眼神却爆出耀眼的闪光。哪怕是在退场时的一个转身打动了他，也会被宋哥真切地看在眼里。

说来说去，宋哥就是一个极为情绪化的大男孩，想方设法打动他，比什么粗暴直接利诱都管用。

但宋哥毕竟做过多年导演，什么演员没见过？而且漫漫人生岁月里失恋过好几次，伤心的他，眼角膜都哭到快剥落了。所以普通的煽情伎俩自然不行，他一眼就能看出真假分量，不拿出实打实的真情绪，根本没戏。

就这么严格。

第一天面试的演员，几乎全军覆没。

首轮面试一共进行了十天，每天都能见到十几个意气风发的姑娘和汉子，但少有能让宋哥满意的。

开始那几天，不管合不合适、专不专业，宋哥都会让他们试一试。有些演员准备的段子特别枯燥，若是朗诵功底再欠一点，听着真是难受。有时候连我都坐不住了，作为主审的宋哥和彦如姐还是岿然不动。末了，还客客气气地送人出门，满面微笑地抛上一句："合适的话我们会通知你，请继续关注小马剧社。"

真是挺佩服宋哥这定力的。

然而凡有力就有限。面试了两三天还没遇到几个合适的，这终于触到了宋哥的底线。

他最后爆发是在午饭的空档，梦娅跑过来通知他有一个演员刚刚赶到，是否安排马上面试。宋哥应下了，饭都没吃完就跑到排练厅，听那位演员朗诵了一段极为冗长的段子。

那时我在旁边围观，心底也真是着急。能让我都看出来功力不足的，那真就危险了。

果然，宋哥沉默着结束了面试，照例礼数周全地送走了那个演员，接着就把梦娅叫来好一顿训斥，说要专业的，专业的懂吗，别再随便放人进来浪费我的时间。说叫你负责这件事情，就是让你卡第一波的！要是一个个都这样，我还要你来筛选什么？

梦娅吓得不敢言语，闷声低着头，眼睛里有光圈在来回打转。宋哥看在眼里，却还是不解气，最后狠狠地摇摇头回到工位上继续吃饭。他那顿饭吃的，像是要把什么东西生吞活剥了似的，特凶神恶煞。

自那之后他特别苛刻且缺乏耐心，给梦娅压力，给彦如姐压力，把自己也折磨得够呛。最后连面试都进行不下去，他就抓了个机会偷偷溜出去散心。

那时候满城热浪，宋哥一个人坐在树荫里，隔着干燥的空气望着对面的公司。他百无聊赖地掏出手机，突发奇想一般点开了微博上从没用过的未关注人私信。

噼里啪啦，一大堆陌生信息鱼贯而出，生生地榨掉了他手机仅有的 2% 电量。

宋哥挨个儿点开。果不其然，都是来寻求面试机会的演员，和我们这些实习生一样来自五湖四海，南京的北京的上海的云南的，多远的都有。他们从天南海北赶过来，费尽周折准备食宿行程，就是为了试一次，为了实现能够当演员的梦。就算这次不成，只要能站在那里演一下，也算是对自己的演员大梦做个交代。来过就不后悔，后悔的话压根儿就不会发私信。人这一辈子总有那么一点无条件的跨越，就像站在赛道上的运动员，哪怕障碍物前面什么奖杯荣誉都没有，也要跨过去。

宋哥翻完了所有私信，没来由地想起他第一次做话剧时，与面试的演员座谈，问他们能接受的最低酬劳是多少。那些都是敲定的演员，专业出身，说出口时却都是一色的“都可以，看着给”，卑微得让人心疼。宋哥想着，上学的时候天不亮就出晨功，形体课上汗落如雨，满心的凌云壮志，怎么毕业后就变得这么渺小了？

他对演员们说，正常的薪酬一定要提，我们没那么卑微。

演员们都使劲儿点头。很久后他们又说，其实能站在舞台上享受纯粹的表演，真的就很知足了。

都说搞艺术的不切实际，大概是因为他们总是一根筋地去做大梦，总把别人听着荒唐可笑的梦想，说得一板一眼格外壮烈。但这其实并没什么不好，什么样的梦想不都是梦想吗？总是挂在嘴边的，有口号，也有真心。就像小马剧社制作组的成员们，不都是为了一句话一个承诺就远征千里杀到了北京吗？就像十年前的宋哥，不也是满怀赤诚为理想奋不顾身，猛拼上一次吗？

所以，一切热爱表演的，都是好演员。

那天之后，宋哥又恢复了定力。即使准备再差的演员，他都会耐心地听他朗诵完，然后细致认真地指出他存在的问题和不足，告诉他演员并不是随随便便就能当的，声台形表一样差强人意都不行。演员是情绪的运动员，是导演的传声筒，是戏剧的外形，是我们剧社所有成员几个月心血的结晶。疏忽不得，马虎不得，一大帮实习生还等着看剧社的成果呢。

他对来面试的演员慷慨陈词，我尊重你们的梦想，但也想让你们认识一下自己。我们不会忽略任何一份演员梦，但也不会为迁就这个梦而对剧社不负责任。我们愿意为你们提供一个展示自己的平台，也希望在此之前，你们能够踏踏实实做一个演员。不忽略，不迁就，也绝不放弃。

“表演说到底就是热爱，热爱之外是努力，努力之外是悟性。上过台的人应该都能体会到表演带来的快感，但这种快乐，建立在扎实的功底基础上。只要踏实下来，现实真的可以很美好。”

说这话时宋哥身高陡然增长了不少，光辉高大，远远看着跟咸阳城似的。

面试演员的整个过程其实没什么波折，更多时候是情绪上的，沮丧，兴奋，翻来覆去，没完没了。

噢，对了，期间还发生过一段小插曲。

面试进行到第四天，畅畅和蛋在公司门口做引导，突然就进来一位壮实的大哥。这人年纪不小，衣着打扮和其他演员相比有些土气。畅畅向他核实面试信息，但在表格上查了半天，都没发现他的名字。

“我没收到面试通知，我就是想来试试。”他一脸热情。

“那你之前做过吗？”当时面试的时间间隔比较大，后面通知的演员还没到位，畅畅见他那么积极，就想先带进去试一试，也能填补一下空缺。

“做过，做过武术替身。”大哥从容不迫地回答。

武术替身？这可是技术活儿，畅畅拿不定主意，准备拿着他的简历找宋哥问问。可蛋觉得宋哥正在面试，打搅他会死得很惨，就把简历先交给了佳姐。佳姐看了一眼就皱起眉头，一副无奈的表情，说怎么又是他。

蛋摇摇头表示没明白。佳姐解释说，他是商务园的保安，之前来过好几次，都说了戏里没有合适他的角色，还硬来，就要做演员。佳姐顿了一会儿，亲自出门去劝保安大哥回去。本都送到了门口，蛋和畅畅带演员去排练室，一扭头，发现他又跟来了。

他坚定如铁：“我就是想去试试，让老师们看看就好。”

蛋和畅畅实在没办法，就劝他可以先发份简历到剧社邮箱，筛选通过了会再通知他的。大哥说他在这儿没地方用电脑，也不会用电脑打字，请他们帮帮他。

蛋和畅畅都很为难，氛围焦灼粘稠，最后实在没办法，畅畅只能硬着头皮进屋问宋哥的意见。那时宋哥正处在愤怒期，毫不意外地把畅畅狠批一顿，勒令他赶快把保安大哥送走。

畅畅出来后一言没发，但大哥已经猜到了，赶紧搭腔说："让我做替身也行，临演也行，我就是想演戏。"

蛋说我们做的是话剧，还是生活剧，真的用不上临演或替身。如果以后有机会做别的戏，或者做影视剧，我们会再联系你。

整整磨了一个上午，保安大哥总算是打消了念头，临走前把联系方式留给了畅畅："这是我电话，要是联系不上我，就找你们一楼的保安。他和我熟，这片儿其他的保安也行，都行。"

他这么说着，遗憾的眼神里还有大片的光。

送走了保安大哥，畅畅和蛋都松了口气，但心底却都涌上一阵难以名状的压抑。

热情啊！想想自己不也是一腔热情地来到梦想之地，试图找到属于自己的房间，但最后却连门都进不去，只能在门缝里窥视别人的光芒，倾听别人的欢呼。

其实，我们都是一样的。不在乎是否露脸，不在乎多少报酬，甚至不在乎丢掉工作，只是单纯地为梦想奋不顾身，单纯地想站在舞台上，朝自己的梦想疾声高喊。

如此就不后悔了。

祝这位演员大哥终有一日能登上舞台！

2. 小世界

经过十天的复试，最终有三十二位演员进入剧社的表演工坊，参与最后选拔。

所谓表演工坊，就是通过一种非常规的训练方式，让普通大众有机会接触到表演的基本技巧，体验表演的力量和快感；同时也让演员在训练中找寻到更为独特的表演方式，稳固基本功，提升舞台感知力。总的来说，就是像舞蹈教室一样，教学为辅，实战为主，重视内心与身体的双重体验。

工坊或者体验课的形式，近年来十分流行，豆瓣同城上经常可以看到类似的周末活动，旨在让人于表演中释放压力，挑战自我。不过小马剧社开办工坊，除了提升演员的表演技巧和戏剧感觉外，也是为了在真刀真枪的操练中鉴定演员的底子。光说不练假把式，要想打动严谨到不要不要的彦如姐，必须得掏出点儿干货来。

这是一个游乐园，也是一方演武场。漫天的气球，遍地的黄沙。

听上去杀气腾腾的，但宋哥却说参加工坊其实特别好玩儿，那种站在舞台中央，身体和心灵高度统一，创造力与想象力源源不绝的感觉，真是纯粹的享受。

宋哥之前在他的工作室做过很多期工坊，套路啊说词啊统统不用，活儿熟得很。不过近些年他一路颠沛流离，摸到教室的机会越来越少，时至今日多少也有些手生了。

不穿金甲不上阵。宋哥决定在演员到位前拿我们试一期，找一找当年的勇武。

那天阳光大好，金灿灿的办公室里满是慵懒气息，宋哥像兔子一样突然跳到我们面前，眼睛圆溜溜地："我这儿有几份价值五百的员工大礼包，你们谁想要？"

这等美事还用得着考虑？唰唰唰唰，举手若旗阵。

宋哥乐了："太好了，来来来，跟我来排练室吧。"

于是上钩。

想想真是气人。大风大雨我们都同舟共济挺过来了，最后却还是被这老狐狸给摆了一道。

我们静坐怒目，宋哥委屈又不甘地解释："干什么干什么，我这一堂课可不只五百呢！"

其实说实话，我们还真挺好奇的，这工坊到底是怎样的物件？谁心底还没个演员梦啊，特别是经过这些天的面试，面对面见了那么多生动而震撼的表演，心底的草早不知道疯长成什么样了。演员怎么就能成为演员？他们到底受到过怎样的训练？表演的时候到底是种什么感觉？

诸如这般，在我们眼里都跟有没有外星人一样，属于世界未解之谜。而现在，外星人就开着飞碟降落在我们面前，邀我们来个舰桥一日游。要说一点儿兴奋劲都没有，那是骗人的。所以那天我们没做多少抵抗就顺利地被招降了。

宋哥让我们围成一圈，他坐在当间儿，磨刀霍霍，说你们都不是科班出身，高级课程对你们难度太大，今天就先做个视点训练，试验一下。

视点训练，诞生于二十世纪二三十年代源自美国兴起的强森教堂运动，最初由一位现代舞者发明，前卫戏剧导演安·博格将之加以丰富并推动其发展，从而形成了今天的视点训练体系，在世界范围内广为使用。

所谓“视点”训练，就是要求演员以身体体验整个过程，关注周围的环境，不仅要关注同台的演员，还要关注台下的观众，由此来确定在舞台上时间和空间的相互关系，从而明确演员“由何时去何地”的问题。

视点练习有九个基本点，因而是一个综合的训练体系，特别注重舞台上的能量感。宋哥解释说，当演员站在舞台上，他的身上至少要存在两种能量，一种是平行能量，一种是垂直能量。只有真正注意到同台演员和台下观众的一动一行，感知到两种能量的相互影响，全方位地倾听，才能进行最恰当的表演。所以，视点练习在一定程度上也是注意力练习。不论舞台多么嘈杂慌乱，演员都必须有足够的能力将空间与时间重构，找到能量的传递方向，摸清各个能量源的位置。否则，就只是各自为政，散沙一盘。

宋哥让我们分散站位，把每两个人之间的空间称作一道“门”，我们要做的就是不断穿越这些门，不断地填满整个排练室这个大空间。在行走的过程中，每个人的注意力都必须高度集中，要时刻关注周身环境的缓急变化，将身心都融入环境中，随环境的变化而变化。如果整体上步调是快的，那么你自己就要加快；如果整体上步调放慢了，那么你也要放慢，以此协同。但是，每个人都不要把自己当做主导者，而是环境的随从。

宋哥说："这个训练是一个单向度训练，如果训练成功，你们最后将看到一个非常惊人的结果。"

话说得清明，但做起来并不那么容易。第一次训练时我们都没得要领，气场乌七八糟，路线也乱，走了五六分钟也没达到宋哥想要的那种"效果"，反而更像是热锅上的蚂蚁，动静皆仓皇。

宋哥一脸"我就知道会是这样"的表情立在那儿，浑身都散发着熟悉的教师气质。

之后他将我们重新排布一番，又强调了几条注意事项，比如起步的时候不要太快，穿过门的时候不要无意识地加速。最后又说，再做不好就回去写辞职报告。

毕竟是多年的老教员，宋哥深谙痛点所在。我们再度上阵时，不说效果立竿见影吧，但至少秩序上好了很多，起码能看得出来是在好好走路了。我们一面摸索着一面小步前行，心都是提着的，目光循着不断变幻的人影，脑袋里不断画着圆环。圆环越来越完满，步调就越来越轻柔缓慢，也越发趋于一致，像是有什么东西把我们包裹在一起。三、二、一，最后的那一刻，每个人都不约而同地停下脚步，驻足而立。

如同雕塑凝固于偌大的空间之中，我们连呼吸都屏住了，汗毛根根倒立。

这就是宋哥所说的“效果”，专属于表演的神奇力量。

其实也没什么可自鸣得意的，“流”只是最初级的训练。后来我们做点头训练，那景象，已经不能用狼藉来形容了，只能用狗啃做比。

点头训练是众人围成大圈子，首先指定一个人，他随机向另一个人点头，并在点头的同时向对面的方向走去。那个被点头的人，在接到目光的同时也要予以点头回应，然后下一秒快速地向另一个人点头，并向着他的方向行走。以上动作不断重复，并在进行的过程中逐渐提高速度。

点头训练同样是注意力训练，但要比流更复杂。既要观察自己的行动，也要注意别人的行动，对自我和周身的融合度要求更高。我们第一次尝试时不是两个人相互点头，就是步子出去了却忘了点头，干愣愣地穿过圈子走个过场。有时还得问上一句：“你是对我点头吗？”

现场乱成一碗碎花鸡蛋粥。

宋哥着急得很，跳进圈子里示范了好几次，脖子晃得生疼，我们这群榆木疙瘩仍然状况百出。这深深地刺激了他的师道尊严，后半场一直蹲在墙角挤眉弄眼。

但我们坚信，天下没有过不去的坎儿，蜗牛终有一天也能爬上珠峰。大概跌跌撞撞十几分钟后，众人总算摸着点儿门路，个个儿眼观六路耳听八方，打仗似地谨慎小心，速度虽然提不起来，好在场子秩序是恢复了，至少不再乱哄哄，远远看着还像模像样的。

宋哥颇为满意地点点头，然后拍拍手，说：“来，停一下，我们加大一下难度。从现在开始，两组同时进行。梦娅，蛋，从你俩起头。”

满场顿时恢复狗啃状。

那天的工坊持续了两个半小时，最后因为宋哥临时有事，第三个训练项目只进行到一半就遭遇了搁浅。

我们列队恭送领导出门，宋哥斜着眼睛看我们，临走前留下一句真挚的评判："你们啊，以后离舞台远点儿，越远越好。"

畅畅对这个评价意见很大。咋就离舞台越远越好呢？我们就不能上去……打扫打扫卫生什么的？

总之半天下来，大家还是收获了不少鲜活感受，演员生活那张玄秘的面纱也清晰了许多。经我们这么一通胡闹，宋哥也找回点儿手感，于是把工坊正式开张的日子往前提了两天。

受场地的限制，一次只能容十几个人，工坊只能拆成两期来做，每期四天。主讲老师由彦如姐和宋哥轮流担纲。当然，有时宋哥孩子脾气上来，满地打着滚就是不想上课，没别的法子，就得靠彦如姐顶上。彦如姐讲课认真，没宋哥那么癫狂，说戏说感情都一板一眼，示范动作也是全情投入，课上下来有条有理。工坊开张第一天，我流窜到排练室搜集演员素材，顺便听彦如姐讲戏。当真就如宋哥说的那样，她一聊起来就亢奋得面红耳赤，如果旁人不提醒，非聊满一整个课时不可。

那天来了十三位演员，彼此见了面也不局促，大大方方地自我介绍，握手拥抱，有的干脆拜把子结了兄弟，就差问我们剧社里有没有桃花酒了。

当时我在旁边看着，心想，到底是演员啊，好生爽朗。正想得出神，一个姑娘突然蹦过来向我打招呼，给了我足足一大把惊吓。

我连忙应声，一开口却说："哥们好。"

姑娘就在那儿大笑，莫名地开怀。

排练室里开着空调，凉风扑面，但这一圈子人聚在一起，却比窗外的仲夏都要热意盎然。

演员们也是从流的练习和点头练习开始，至于效果，当然和我们那天的胡闹有云泥之别。

提步启动，点头交际，路线协调，虽然第一次有些生疏和错误，但马上就都进入了状态。没出五分钟，他们就俨然列成战阵，心理节奏也达到同步，不需要任何交流，就像翠玉棋盘上的黑白棋子一般，动静皆有策略。

我看得着迷，宋哥却在一旁不屑，这才哪到哪啊，知道当年我们上学时最后达到什么效果了吗？

我摇头。

他说，唰唰唰唰唰，全是风。

我后来脑补出的画面都是武林高手过招那般，剑来刀往，凌波微步，百十回合间树影匆匆，溪流湍急。听完我的描述，宋哥笑着说："差不多，差不多，不过我们不让带刀。"

第二天的练习内容是铃木训练，即日本戏剧大师铃木忠志创立的训练方法，有别于传统的西方表演体系，他借鉴了日本本土能剧、歌舞伎以及演员白石加代子的表演方式，强调舞台上的动物机能，将戏剧的表演技巧和情感，从道具、光影等外部手段恢复到演员自身，让演员成为表现力的中心。

铃木训练特别重视演员下半身的力量，强调双脚和地面接触时的刺激感，通过地面滑行、移动、踏步等方法来激发演员内在的情感和外在的身体本能，从而达成声音与肢体的平衡。

说起来玄乎，但真正要做的，不过是下蹲半身，随节奏进行踏步练习。不过这踏步也有讲究，即用腰部控制身体的平衡，下半身要有力量，但脚落地时又不能是重重踩踏，山崩地裂，而是束千钧于微澜，踩涟漪水波，这就要求演员对身体具有高度掌控力。彦如姐选了一首颇具日本风味的配乐，声音一起，所有人都仿佛身处幽深竹林中，身边樱花瓣盘旋落下。演员们直挺着上身，手肘自然弯曲、握拳，如同攥着两把锋利的武士刀，踏步前行，威严出阵。

说实话，第一眼望过去，一堆人像猩猩一样围着圈子鞺鞺鞳鞳，看着真有点儿傻。但过了几分钟，乱筝琵琶奏到狰然急迫之处，每个人的脚步趋于一致，密密麻麻地成了太平鼓点，气势一下子就出来了。仿佛被卷入到战国时代的大江大河中，战马嘶鸣，马上跨坐着身披铠甲的武士，刀剑出鞘，寒光袭人。

我感觉目光着魔一般被演员们的气场吸引了去。

后来趁着间隙我偷偷混进去体验了一番，结果乐曲还未过半，就感觉我的老腰啊，跟被人用锤子猛锤过一样，多年的懒散和懈怠都被砸了出来，一下子原形毕露。不过为了面子，我还是死撑到最后，下场时大汗淋漓，感觉全身的血液和水分都被放走又重灌进来一样，魂儿都离身半截了。

这哪叫热身，活脱脱就是极限运动。

演员们比我强多了，有人甚至做上了瘾，过了热身环节还是停不下来，一个人绕圈踏步。他对宋哥说，之前在学校里因为各种缘故没有赶上铃木训练，就只能扒在教室的玻璃上看师兄师姐们练习，满心都是艳羡。这次来工坊可算是过足了瘾，这番恩遇，难以报答。

宋哥一本正经地看着他：“你不是要以身相许吧？”

第一期工坊进行到尾声时，演员们已彼此熟络，也能快速理解老师的意思，训练进行得更是流畅无阻。入场，热身，铃木训练，解读剧本，即兴表演，解构经典，一气呵成。

非得撷出最有趣的片段，当属即兴表演接龙。演员们围成大圈，抽签选出任意两位，没有台本，也不商量，由一位演员起头，确定两个人的人物关系，接着完全凭创造力和想象力即兴演出一个段子。期间任何人都可以拍手定格，然后选择替换演员，同时完全抛开原来的情节和人物关系，同样不交流，没台本，全都裸衣上阵，重新来个段子。

即兴表演本身就极有意思，外加接龙形式，更是让人毫无抵抗力地大笑不止。怎么个有意思法儿呢？你想啊，两位演员演情侣，甜蜜劲儿刚起来，“啪”地一声暂停了，另一位上场，整个戏就转入父女戏，你侬我侬瞬间变身早恋教育，玫瑰信物一下子变成证物，有趣不？还有一对警察歹徒搏斗了半天，下一秒马上变成同生共死的好哥们儿，“咣当”跪地，一番桃园结义，你好我好，真心换真情。

我们笑得眼泪儿都要出来了。

我总是想，这个时候，才最看得出表演纯粹和享受的一面。每个演员都要调动自己最深的创造力，把生活里的所见所感都拟化到各个人物里，大哥范儿得端起来，小家碧玉也得柔下去，十分钟的舞台，却仿佛再现几辈子的形色人生。演员的幸福之处即在于此，他们的生命比我们要长得多，容量也大得多，五颜六色，风景、风暴都能装进去。酣畅淋漓的一场大笑之后，那些人物的精彩点滴，却也沉淀下来，融为自己的一部分。

后来因为书稿进度跟不上，我实在挤不出时间参加第二期工坊。但每每途经排练室，总能听到里面各种欢声笑语，声儿沉的、声儿尖的，就是乐得停不下来。

想起宋哥曾经在招聘启事里说，在小马剧社工作，你总会感觉到特别快乐。在这点上，宋哥很靠谱。

表演工坊的最后一天，演员们做了经典剧《雷雨》的解构，效果不提，反正都玩儿得很是欢腾。结束后，彦如姐让大家围成一圈，总结了这几天的感想，说大家这几天辛苦了，能与大家相识特别开心。

一句简单的话，却像万钧雷霆似的，一下子就把好多人震哭了。那会儿演员们轮流说自己的心情，说很高兴能认识这么多的朋友，很高兴能再一次体会到纯粹的表演，也很高兴能有这些宝贵的训练经验。还有呢？还有就是感觉小马剧社是个特别好玩、特别干净的地方，这里到处飘扬的都是理想的味道。它们那么稀薄，但就是能让人清晰地感觉到，就是充满力量与光明。

最后大家达成了共识："没上够，真的没上够，以后我们还能来蹭课不？"

宋哥坐在那里呲着牙乐着，和之前满地打滚死活不去上课的时候一样，像个孩子。

人生总是灌满疾风骤雨，跌跌撞撞了许久，就想在壮阔波澜里寻一处小洲，存点儿行李，存点儿记忆，把自己细细密密地打点好，然后再启程认真地生活。

所以，我总觉得工坊里是有情怀的。

你看他们笑得稀里哗啦，你看他们哭得噼里啪啦，眼里全是舍不得，好像这短暂岁月就是他们的安憩小洲。

3. 剧社总动员

对宋哥这等性情中人来说，敲定演员的最终人选，是个特别煎熬的过程。

他对演员的素质要求极严，门槛定得高高的，跨不过去的就铁定没有下文。但那些已经参与到工坊的演员已经得到了一定认可，都有着这样那样的闪光点，而且相处两周也培养出了情感，这时候再做铁面定夺，对宋哥来说真是比过蜀道上青天还难。

所以，工坊结束后的那几天，宋哥始终顶着一副被人欺负了的表情。

他和彦如姐在小办公室里商量了很长时间，气氛特别紧张。小瑞进去送资料时，看见满桌子都铺着演员的简历，全是彩制精印，有的已经被折了角。只见宋哥放下这份又拿起那份，一会儿成竹在胸，一会儿踌躇满志，举棋难定。

确实挺难的。《鲜鱼口》是出群戏，每个人物的性格都极为鲜明，要想达到最好的演出效果，不仅需要演员本身的气质和人物角色贴合，更要有能够把人物性格完满表现出来的能力，且各个人物之间的化学反应也全靠演员的身形神态来撑着。所以在择选演员时，既要照顾到每位人物的特征，还要看最后定下的演员聚在一起是不是能天衣无缝地配合得上，能否达到预想效果，能否真正浑然一体。

彦如姐的眼睛更亮，首先要看演员身上有没有“戏”，就是专业方面有没有可取之处，有没有各自的发展空间。除了专业素质，还要看演员的品质品格，要质朴无华，杜绝明星架子，那样是沉不进角色的。

宋哥和彦如姐把有意向的人选分了类，然后像面试一样，初审复审加三审，综合了很多因素，总算在第二天傍晚确定了最终的演员人选。宋哥把演员的照片贴在白板上，边上用马克笔注上剧中人物的性格关键词，然后用直线把人物连好，注脚全活儿，俨然就是一幅人物关系图。

我们都探头看着，煞有介事地咂摸品评，觉得这一众姑娘汉子虽然不像六小龄童那样为角色而生，但气质上确实有那么点儿相似。负责搞笑的从脸上开始搞笑，负责淳朴的气质上就人畜无害，负责纯净的就利落大方。特贴!

当然也有纯粹的演技派。剧里英姐这个人物看上去风韵翩翩、略显放荡，但演员诗晴姑娘却活泼得跟只欢脱小兔一样，不管什么时候看见她都笑得异样饱满。先前跟彦如姐去剧场观摩的时候与这姑娘同坐一辆专车，期间聊了一大堆关于工坊的好玩儿事，告别时她也特别热情，摇手摇得让人招架不住。

当时，我们都对宋哥的清晰思路表示由衷的赞许。然而第二天再回来看那块白板，总觉得那图略显诡异，有点儿大毒枭网络的感觉。

演员敲定，除去电话通知外，还有一大堆其他工作要展开。

大黄和力颖要配合公司法务拟定演员的合同，然后与财务对接，落实排练薪酬和演出薪酬，这都是扼喉的活儿，一丝一毫都不能马虎。那几天可是把他们折腾坏了，东一面西一面地跑个不停，连手环上的计步器都快吃不消了。期间在账户和打款上出点儿小问题，虽然最终顺利解决了，但还是费了好一番功夫。

自此宋哥夸起力颖来毫不吝啬，昂扬恣意，抬着拇指说这姑娘一个人做了好几个人的事儿，表现特别出色，特别踏实，除了胖点儿没别的毛病。

力颖表示她丝毫没有感觉到开心。

确定了演员，就意味着话剧进入了最后的排练准备阶段，有关演出的所有细节都需要进行二次打磨，包括对剧本的进一步修改和深化。演员到位前的一周，我们每天上午都要在排练室里开时长达两个小时的小型剧本讨论会，由宋哥和彦如姐牵头，讨论的内容从框架立意到每一场戏的展现方式，有大有小，面面俱全。

第一天，我们首先梳理了角色的人物关系，丰富每个角色的性格细节，为他们拟写完整的人物小传。彦如姐说，咱们做戏，永远不要把戏中人符号化、概念化，而是要把他们看成与我们一样生动鲜活的生命，他们有自己丰富而有料的人生，出生，成长，幸福，沮丧，他们不是为戏中的某个时刻而生，而是一路走来行进到了这个时刻的必然体现。所以戏里的矛盾冲突，不是故意设置，而是他们的命运轨迹使然。

拿“英姐”这个角色来说，她看似美艳妖娆，放荡不自持，实际上这是她自我保护的手段。英姐来自普通农村，曾有过一段盲目而不幸的婚姻，生下女儿后，更是备受婆家和村里人的歧视，最终不得已孤身来到北京，在发廊做了理发师，试图为自己铺陈崭新的生活。她历经丈夫的敲诈、婆家人的纠缠，终于从这段婚姻中解脱出来，但经济上也因此告急，只能将女儿暂且寄在娘家，自己一个人持家顾业。

英姐内心雄壮敏感，虽然表面上玲珑八面，但实际上心底只有一个祈愿：接女儿到城里过上好日子。她将此视为活下去的唯一动力，但在不断与生活搏斗厮杀的过程中，她也曾为这份渴望摇摆过、痛苦过，而参与鲜鱼口版《悲惨世界》的排练，则成了她苏醒和回归的契机。

“所以，英姐的最后转变，是缘于她的人生历程。我们就是要丰富每个角色生命里的壮丽波涛和细碎故事，才能让演员理解角色，演绎好角色，才能让戏有力量、有分量。”彦如姐最后说。

说来也怪，小马剧社上下一贯烽火连城，但真到了做戏这个当口，反而不紧不慢、一砖一瓦，按部就班。我们头三天始终都在挖掘人物的内心，剖析他们身上每一个可能的爆点，揣度他们可能做出的所有抉择，小本子上密密麻麻地写满了大致细节，却还是不着急触碰剧本本身。

老话说磨刀不误砍柴工。刀得锋锐亮堂，甜瓜得瓜熟蒂落，才能戳到戏的“种子”。

有时候讨论累了，就暂且放下，周末时摸一家精致的小餐馆，点一些吃不完的荤素配盘，听着餐厅里的异国小曲，也能讨论得格外投入。俗话说，人一动脑胃就难过，所以那时我们采用脑胃一体、边吃边聊战术，效果奇好。讨论到特别动情的时候，满桌子人吃着吃着就慷慨激昂、涕零泪下，那景象，给上菜的服务员小哥造成了吨数级的精神伤害。

当然，和往常一样，任何进展都伴随着风波曲折。这一次，是道具出现了问题。

演员排练除了排练室外，还需要一些必要的假定性道具，最常用的是方墩和联片。排练时间拟定在8月10号，但在半个多月前大黄就已经着手道具的制作事宜。他到学校打听过多次，也偷偷跑到排练室里拿卷尺进行实物测量，自认为带回来的数据都很精准，没什么问题，给宋哥过目后就开始联系厂家制作。期间还小心谨慎地反复确认了几次，确保一切按部就班。

然而当成品出来，所有人都傻了眼：方墩的尺寸大得出奇，根本不能用来假定桌子椅子，假定楼房还差不多。宋哥和大黄试验了几次，最终还是得出了一个悲伤的结论：一开始测算的尺寸是错的。

这玩意儿是用不了了。可马上就到排练日期了，现在该怎么办？

大黄马不停蹄地找到厂商负责人，商量补救方案。其实也没什么好商量的，无外乎两种：改，或者重做。不管哪一样，都需要多花一笔费用，而且时间紧迫，就算现在着手也未必能赶得上。

大黄又一路折腾着回来找宋哥商量。宋哥当时也着急，但毕竟是一社之长，深谙自乱阵脚要比出现问题本身更严重。他亲自给厂商那边打了几个电话，经过短暂思考，当机立断选择了方案A：改尺寸。挂了电话，宋哥对大黄说，能发现问题、承认错误就是好的，我说过你的问题就是我的问题，钱我来顶。

领导什么时候这么爷们儿了？！

当天下午我们把这些沉重巨大的方墩一个个推出排练室，装车，然后蹲坐在公司门口气喘吁吁了好一阵。由于剧社汉子人数实在不足，力有不逮，不得已只好邀了几位女中豪杰假以援手。何等的惭愧啊，这事儿直到现在还让我们耿耿于怀。

之后好几天，剧社所有人都提心吊胆的，大黄一天一个电话地催促，最后厂方总算在排练前两天交了货。尺寸大小合适，也没耽误什么进度，勉强算是有惊无险。而这一来一回平添了两三千的花销，没被计进预算表，最后还真是宋哥一人掏了腰包。

当时宋哥立在众人钦佩的目光中，嘴角一横："这算什么？做艺术就得有献身精神。"

我们一时没明白宋哥这句话的真实意思是什么。

古人有言："一鼓作气，再而衰，三而竭。"趁危机刚刚解除，剧社赶紧召开了第一次动员大会。

和先前的策划会不同，这次包括演员、服装、舞美、设计、化妆在内，全员都要列座参与。那天，北京的天空难得不那么热辣炫目，三十多号人聚在一起，原本偌大空旷的会议室顿时就瘦了下来，连一直温度极低的冷气也被这壮阔声势遮盖过去。

那时我才清晰地窥见剧社的边缘轮廓。这是一个大组啊，浩浩荡荡一沓子人，不同色彩不同温度，异样年龄别样经历，却都是为了同一个目标而远行集聚至此——做好小马剧社的第一出大戏。

没来由地，就看见力量了。温暖明亮，又坚不可摧。

虽然动员会由宋哥起头，但他还是被这山河大势给震住了，好像万万没想到原来剧社里人丁如此兴旺，压力颇大，愣是不敢坐上首座。

最后还是拉了彦如姐坐在旁边，他才感觉心里稳当了些，要不然估计就直接散会了。

宋哥首先对大家的到来致了谢辞，然后大家就逐一做自我介绍。我们制作组的都坐在右侧，十一位演员拉成一排坐在我们对面，都是新鲜面孔，但和剧社这群小疯魔相差不多，好玩好逗，介绍到自己时总会做个搞怪的示意。特别是温子墨同学，本来立在那儿就像活生生的冯远征老师，还非要耍宝，让我们总有一种身在《天下无贼》剧组的错觉。

除了演员，还有服装、化妆、舞美等各位老师，多半也都是年轻人，但都身经百战，有着丰富的舞台经验。小马剧社刚刚成立，预算部分并不丰沛，这些老师们帮剧社做戏根本不看薪酬，其中一半是宋哥多年的好友，属于为伟大友谊做无偿援助；另一半就是觉得小马剧社年轻有潜力，可以发展为长期合作伙伴。总而言之，在这里寻到的绝不是物质，更多的是对话剧的爱恋，对理想的热忱。

宋哥郑重其事地向各位老师道谢。那时他的状态调整得差不多了，氛围也愈发炽热，便开始介绍第一出戏——《鲜鱼口》的创作理念。他说就像之前对实习生讲的那样，《鲜鱼口》关注的是生活的未知感，“不知道下一秒会发生什么”，这种新鲜才是生活的实质。所以生活其实并不是铁色的现实，而是看似有点儿不可思议的童话。我们在舞台布景、表现风格上坚持的就是这种童话风格，人就像鱼一样，渴望着从水中汲取能量，建立信仰，然后勇敢而无畏地告别过去。

接着他将角色小传细致地阐释了一遍，每个人的人生都裹含着苦难：英姐的婚姻悲剧、二房东不光彩的过去、马达对艺术的踟蹰、小月对爱情的苦觅、小阳对梦想的坚守、明德对信仰的徘徊；淑惠和宗宝对婚姻的无解……他们都是最底层的平凡人，但每个人都有各自的门槛儿需要跨跃，而在这苦难之中，又总是蕴含着希望。终有一日，他们将找回自己，找回生活的意义。

谈完角色和戏剧理念，宋哥又简略地介绍了接下来的排练安排：上午由彦如姐坐镇，无论演员曾经演过多少戏，都要经过基本功这一环节；下午宋哥会带领大家继续挖掘人物的气质，探讨合适的表现方式。宋哥说不着急，第一个礼拜以坐排为主，演员彼此磨合得差不多了，角色吃透了，再进戏。

每个人都是一副认真模样，外加墙上挂着的小马Logo，真有那么点儿“红星照我去战斗”的意思。血就热起来了。

动员会最后，宋哥又一次重申说，剧社目前确实资金方面有些紧缺，我们能提供的更多是做戏的快乐享受，这是我们的初衷，也是原则。搞艺术嘛，本来就危险，自己再不欢乐点儿，最后不得都抑郁了。

颇为出乎预料，小马剧社首次动员大会竟然就这么顺利地闭幕了。

然后呢？还能怎么样，已经走了这么远，也动员完了，就只有更努力地向前冲吧！

13

4. 舞台之下，生活之上

曾经有位同校神经兮兮地告诉我，说他刚从诗里读到，孤独是一种病。又说你看你性子那么内向，也没几个朋友，病得一定很严重。我暴揍了他一顿，但这句话却莫名其妙地如鲠在喉，越是咀嚼越是觉得后背发凉，有一阵子真觉得自己已然病入膏肓，看啥都是灰色的。

加入这个闹腾腾的小马剧社，对我而言，很大程度上有着雪中送炭、救人水火的意义，证明我尚且可以抢救一下；而当排练正式开始，与这群演员渐渐熟悉后，我简直觉得如焕新生，顿然康复。

没办法，来的净是些兜着一大筐人生风景的主儿，不被他们感染才怪。

端六儿是剧中卖鱼人宗宝的扮演者，东北小伙儿，大艺毕业，先前在东北演过两场毕业大戏，还跟过一个电视剧剧组，演艺生涯尚算丰盛。但与台上的美好记忆相比，他那一系列倒霉到家的事故更让人印象深刻，用他自己的话说，就是“被好朋友骗，小腿被摔断，休学一整年，被甩而失恋”。

这么多人祸能凑成一桌，也挺不容易的。

去年十月，在家里人相当不情愿的支持下，六儿正式加入北漂大军，只身一人奔赴北京追寻梦想。像北京这般傲娇的城市，最初要不吃上几棒子，来几回下马威，你都得以为是走错地儿了。六儿也不例外，初到北京时穷困潦倒茫然无路，来什么活儿就接什么活儿，客户端推送里跑过龙套，游戏介绍里演过娘炮，电影拍摄里划过背景，法制宣传里当过被告。总之这一年里没少辗转项目，大的小的，都照单全收。

虽然离走红尚缺响亮一炮，但摸爬滚打这么长时间，各种路数都学得相当精妙，尤其擅长各号反派角色的塑造。专业到什么程度呢？就是你看一眼他的定妆照，就想立马打印出来，然后撕得零星不落。

我一度觉得，六儿之所以能入宋哥的法眼，也多半是因为这一独特气质。

不过六儿毕竟是专业院校出身，才艺当然不含糊，除表演外还闯进过CV圈跟声优抢饭碗，配过广播剧和电视剧，其中就有《陆小凤传奇》的主角音，一共两集，每集成品两三个小时，着实算是战绩辉煌。

六儿说，配音只是爱好，他还是想走表演路子。今年四月他经室友介绍去了一家知名卫视周播节目制作组，做预科演员，参与了公司策划的话剧演出活动。总算是演上戏了。但倒霉事儿又如约般扑面而来，原本一个月的演出计划只演了三场，就因各种原因而取消了。

都说演员风光无限，尽是自由尽是潇洒，实际上呢，却更像是颠沛流离无处可栖。这般打击让六儿在家休养了好一阵子。思来想去，他最终还是决定鼓起勇气重返战场。

六儿的第一封简历就投给了小马剧社。

那会儿剧社刚刚开启演员招募，六儿被安排在第一批的面试中，临近午休时才正式上台。当时宋哥对上午的面试情况颇为不满，苦熬这么长时间，多少有点儿坐不住了，但看到六儿的表演时竟有种眼前豁然一亮的感觉，心一下子放了下来。后来排练时他跟六儿推心置腹，说那天面试就感觉自己白白坐了一天，直到你进来……

六儿为此又是知遇涕零，又是沾沾自喜，每次走进剧社都八面威风。直到后来宋哥讲到宗宝和淑惠的戏时说，他想营造的感觉就是一种反差，美女与野兽大家都知道吧，就是让观众好奇，这么美的一个姑娘怎么就嫁给这么一个……那啥的小伙儿，是吧。这个角色形象很重要，我认为六儿还是没让我失望的。

六儿为此在厕所整整哭了一个午休。

其实我也挺为六儿打抱不平的，觉得宋哥实在是过分，话怎么能这么说呢，虽然在和彦如姐谈到“六儿那个形象啊……”时我也忍不住要笑上半天。

六儿参加的是第一期表演工坊。当时他特别亢奋，感觉在这个环境里，与这般对表演无比深爱的演员们在一起，想安静下来都不可能，每个毛孔里都浸着热意，不自觉地就会全情投入进去。

这些昂扬又热血的演员点燃了工坊的温度。

诗晴妹子也是这团焰火中的一簇。先前提过，诗晴是《鲜鱼口》里“英姐”的扮演者，之前与我有过“一车之缘”，但我和她真正相识也是在排练开始之后。

那天我伏在桌案上看剧本，心里却惦念着走廊另一头排练室里的热闹光景，好奇心上窜下跳，最后捱不过，还是决定偷偷去瞄上一眼。

我一路四下顾盼，小心谨慎之极，却不想刚推门就撞上了一张挂着大大微笑的面孔，下一秒就是超大声的“大白哈喽”，吓得我一时大脑短路，有种做贼被抓的错觉，话都说不出来了，一扭头没命地奔逃。

从C区到B区，沿路都是惊诧和不解的目光，我足足地火了一把。这都是诗晴妹子的功力。

诗晴是辽宁人，“95后”小姑娘，性格那叫一个开朗啊，先前已有血淋淋的事实，不用多说，但这开朗里也藏着厚度和温度。她有很多奇怪的喜好，也有很多绚丽的梦想。她六岁时参加儿童舞蹈班，期间拿过好几个奖项，十二岁考入中国戏曲学院附中舞蹈科。正是抽苗的年纪，便展开了浩瀚的帝都之旅。

当时学院附中管得严，没有开假条，即便私自离校五分钟也会挨处分，所以诗晴一直乖乖的，与大部分少女的叛逆期擦肩而过，困难啊规矩啊都能积极面对，久而久之也就养出了脾性，直到现在仍然改不了这副乐观模样。尤其是接触到表演和舞蹈，更是无忌，就那么笑啊笑的。单单在她旁边看着，就感觉再难过的事儿也伤不起心来了。

我认识很多性格开朗到不行的少年，包括剧社制作组这几个小神经病，但没有谁是永远开心的。人之常情嘛，有喜极而泣，就有伤心欲绝，再是乐天，也总会遇到一道坎儿，横竖都跨不过去。

真正乐观的人，多半都是历经磨难，甚至碰触过生死。看尽最本质的生命，才能绽出最无畏的微笑。诗晴也是这样。

为了配合演员的宣传工作，我曾向她讨要一篇关于自己的简要介绍，不曾想竟收到了满满当当的三千字，其中着墨最多的，是关于2009年的H1N1甲型流感。当时甲流在全国范围内肆虐，感染者的数目呈几何增长，北京有，学校有，班级有，且更为不幸的是，班级里第一位被感染的同学就是诗晴的室友。那时整个班里满布恐惧，诗晴更是有种自己会被感染的预感，于是开始疯狂地买王老吉喝。

王老吉能治病。诗晴当时对此笃定不疑。

然而事与愿违，到底拦不住病毒，几天后诗晴开始发烧、拉肚子。校方把她隔离到一个小宿舍里，抽血，化验，等待诊断结果。那时她已经高烧三十九度多，身子虚到不行，除了好心同学帮她搬行李、交话费，就只能自己照顾自己。时常半夜昏昏沉沉地摸下床找热水、找药片，然后再毫无意识地爬上床去。手机亮着，她迷迷糊糊地瞥见新闻里说疫情仍然严重，而且已经出现了第一例死亡案例。

想想就知道，别说是个小姑娘，便是堂堂七尺汉子也会慌张。

生命，只有在受到威胁的时候，才显得纯粹而珍贵。

过了一周，诗晴从老师那里听到了化验结果：她被确诊了，马上就要被转移到指定的隔离医院。诗晴已经不知道是什么感觉，连惊诧都来不及，就觉得浑身都是冰的。转移是在晚上，仲夏之夜，诗晴套了三四件外套却还是止不住打颤，路都看不真切，还是在同学的帮助下歪歪扭扭地钻进了救护车。

车开得很快，诗晴横躺在车里，城市的光华一道道地从车窗急速划过。看着看着，她突然感觉生命太渺小。

开车的师傅在和院方电话沟通，说他带着病毒过来了。诗晴想反驳说我们才不是病毒，但高烧已经耗尽了她的能量，连一点儿声音都发不出来。

被带进病房时天已经全黑了，只挂着几颗不那么亮的星星。院方安排她测体温，测心跳，然后递给她一杯苦到人神共愤的中药，恍恍惚惚间第一晚就这么过去了。之后的几天诗晴一直卧床休整，最后感觉骨头都酥了，脑袋都不是脑袋的形状，就勉强爬起来活动活动。因为是隔离病房，能走动的空间就那么大，诗晴一个人绕来绕去，最后绕到头晕，又只能乖乖地躺回病床。

那段日子究竟如何难捱，诗晴并没有多说。相反，她说其他被隔离的同学曾跑到她的病房，结结实实闹腾了一把，各自举起自己的药杯，煞有介事地说，让我们干了这杯治愈系友谊青春药，然后哗啦啦笑成一片。最后他们是被护士瞪着眼睛撵回各自病房的。诗晴说那时候感觉特别开心，之前的担心啊害怕呀也都忘得一干二净，现在说起来还觉得自己真够没心没肺的。

因为怕母亲担心，诗晴没有给家里打电话通告病情。大概过了一个多月，诗晴痊愈出院了，回家后实在按捺不住，才告诉母亲自己曾经患过甲流。没想到母亲却毫不吃惊，说早就知道了，怕耽误她休息才一直没有吭声儿。担心是有啊，但她坚信自己的女儿一定能好起来。

眼泪一下子就决了堤。爱笑的人儿，多半都已经吞掉了苦涩，只留住了感激和珍惜。

《鲜鱼口》是诗晴毕业后接的第一部戏。她说她特佩服宋哥的胆识，真是啥人都敢要。

我觉得这句话很到位，“啥人都敢要”俨然就是小马剧社的选角标准，演员们凑在一起几乎够好几本《故事会》专刊：

“陈辰”的扮演者俐璇也是十四岁只身闯北京，接过电视剧拍过电影，参加过TVB国际中华小姐的总决赛，算是历经沙场，却还是热情无比地投入到这个年轻的剧社里。和这些刚刚毕业的师弟师妹们一起排练，她觉得特别有压力，但也特别新鲜，像是重新回到了多年前的校园。

“小月”的扮演者蘑菇也是今年刚刚毕业，之前在表演工坊时就表现得特别激动，宋哥还没说话她就已经开始配合了。蘑菇说，宋哥曾说过一句话：戏剧就需要不断的新鲜感。现在每天坐地铁来到小马，都会对这一天的生活充满好奇，包括宋哥今天又会穿什么奇怪的衣服……

每个人的生命轨迹都是特别的，圆，方，点，线。

但在这里呢？都因为一个热到烫手的艺术梦，而并肩，而奋起，像是跃入龙门的鱼群一样，游向远方。

排练正式开始那天，演员们都到得特别早。一如先前的计划，上午的排练以基本功为主，下午则坐排谈角色，找感觉。

都说演员是“台上一分钟台下十年功”，表演基本功特别重要，也特别累人。宋哥坚持视点表演方式，演员就是舞台的中心，剧情和安排是辅助，所以对演员的注意力要求、形体要求极高。上午的基本功训练也异常严格，经常是看到演员有一点松弛宋哥就立马黑了脸过去，瞪眼，噘嘴，批评，一气呵成。

一天或许算不上什么，但一连几天都如此高强度，即便是精神强壮的演员同志也吃不消了。

勇敢地接过生活制片一职的小瑞，每天都打起十二分精神，排练时立在排练室角落，手中的纸笔刀剑般时刻准备长吟出鞘，宋哥有什么吩咐，演员有什么需要，他就立刻羽箭离弦，第一时间着手解决。

排练那几天还真出了很多状况，比如宋哥约见舞美灯光的时间和排练时间冲突，这时就需要小瑞两边协调，A区C区来回窜，直到都有条不紊了，才松口气，在排练室地毯上坐一会儿，算是休息。

此外，对于演员们来说，小瑞还是高强度训练中唯一提示休息的信号。

每次订好演员的午餐，捧着七七八八的饭盒走进排练室，他总会大喊一声："吃饭啦！"这时众人严肃紧绷的表演情绪霎然散去，立马从戏境里出来，又恢复到生动而平凡的人，冲过来对今天的午饭毫不客气地痛下毒手，然后煞有介事地评头论足，这个不错，那个好吃，米饭有点儿硬云云……

唯爱与美食不可辜负。毕竟剧社不仅有训练，还有小瑞和远方。

下午的人物探讨不需要那么大的体力消耗，但需要更多的情绪投入。

开始几天的讨论，主要围绕第一位出场人物"小白"展开。"小白"的原形就是宋哥曾经的学友"孝青"。小白最初的登场就伴随着一场超现实的天堂戏，画风最是特别，也最能体现全剧的童话风格。宋哥说对任何剧来说，第一场戏都是最重要的，它既奠定了整出戏剧的风格质感，也肩负着把观众带进来的重大使命。因此，安排小白这场戏时，他和彦如姐费了很大心思，剧本改了好几次，舞台布景也出了三四套方案，现在到了排练环节更不能含糊。整个排练进程都可以后延，不管花多少时间，"小白"这个人物与第一场戏都必须打磨到特别完满理想。尤其是团队尚处磨合期，唯有一开始的调子定好了，之后的排练才能顺畅。

领导高度重视，员工自当竭力，那时"小白"的扮演者宏鑫压力特别大。

宏鑫是个特单纯的小伙儿，想法也好、眼神也好，都纯净得跟自来水似的。他是舞蹈系出身，小学五年级时抱着试试看的态度报考了家乡的艺校，没想到被成功录取，就此走上了舞者的道路。四年中专毕业后，宏鑫面临做舞蹈演员或考大学这两种选择，在家人支持下，他最终选择了后者，并半工半读继续追寻梦想。他考上了宁夏的一所艺术院校，离家不远，学习打工的间隙还可以回家看看，日子虽过得挺苦，但好在平淡是福，没碰到什么挫折。

大四时，宏鑫还在为未来而迷茫踌躇，却不曾想毕业前的一台舞会，让他得到一个去北京的机会：考文工团。其实早在十几年前他就有一个北京梦，但中专和大学两次考试都因为莫名其妙的原因（考官错把他当成女孩子）而与北京院校失之交臂。对宏鑫来说，这确实是个遗憾，但同时也是一份动力，他很想知道北京学生的专业素养和我们地方的到底有什么区别，想知道这辽阔天空外是不是还有更大的一片宇宙。

尽管在上课、毕业论文等方面遇到了各种困难，但在老师的帮助和支持下，他还是成功考入了文工团，终于圆了自己的北京梦。宏鑫讲这一段经历的时候，排练室悄然无声，就连宋哥都难得地安静下来，大家围坐成一圈，都在洗耳恭听。宏鑫说当时他和另两个同学在北京租了间地下室，对能不能考上心里没底，就那么干耗着，神经一天比一天脆弱，好几次都想就此放弃回宁夏算了。

但其中一位同学说，既然已经来了，就一定要撑到最后，不拼一拼，绝对不走。

宏鑫特受感动，连忙附和说好啊好啊，兄弟我陪你，咱们一起拼！

然后同学又说，不好意思，我北京有亲戚，明天就搬走了。

默然无语两行泪。

宏鑫在文工团整整待了七年。今年从团里出来，他彻底脱离了舞蹈，就想尝试更多的表演工作。

虽不是科班出身，且演员资历尚浅，但宋哥看重宏鑫的舞蹈技巧，身体的协调能力，以及内心那股特别纯的感觉。

排练第一天他们讨论到一半，宋哥让宏鑫即兴来一段舞蹈，没想到音乐才响到一半他自己就开始抹眼泪。他说宏鑫让他想起了孝青，他的身上有他的影子，很模糊，但很打动人。

可是，这还不够。

宏鑫的性格和“小白”还是有些分歧的。宏鑫的纯粹是灵动的，而小白的纯粹却是笨拙的。他执着于自己的艺术理想，为了它可以做出很多看上去特别荒唐可笑的举动，可那无一不是出自他的真心。所以在诠释小白的时候，就要把他内心最激情澎湃的浪潮，用最孩子气的方式表现出来。相对来说，宏鑫的性格有些过于平易，缺了点儿辽阔大海和炽热烈阳的感觉。

为了挖掘宏鑫的情感爆炸力，宋哥使出了自己屡试不爽的必杀技——情感分享会。那天下午，他特意让每一位演员都来说说自己曾经最为感动的经历，而且还抢先表率似地说了自己的故事。大家那个哭啊，宏鑫自然也深受感染，加上其他人的很多让他难以忘怀的人和事，也触到了他的心底柔软之处。说到最后，现场一片潸然，连小瑞都差点儿没矜住眼泪。

见心扉打开了，宋哥立即乘胜追击，有条不紊地执行下一步计划——挖掘情感经历。

其实这也算不上策略，只能算是个爱好。早在剧社成立之初，宋哥就曾以十分密集的频率向我们提问：你谈恋爱了吗？谈过几次？是刻骨铭心的那种不？若是听到否定答案，他就一副地陷天塌的模样，跺着脚说你咋能没谈过恋爱呢？！这么美好的事情，错过了多可惜啊！人生是不完整的，你懂不？

纵然说艺术工作者细腻多情，但宋哥这股子执着的劲头还是有些过了。再细腻也不能细成龙须面啊。

所以那天下午气氛特别尴尬。一开始宏鑫不愿意多提，但架不住宋哥连珠炮式地一通乱炸，最后招架不住，说自己只有一段恋爱，而且处于进行时，现在属于拖家带口上战场。

宋哥听后大惊失色，像看外星人一样看着他，说你竟然没有失恋过？没有失恋过？

宏鑫被吓了一跳，只能茫然无助地点点头。

宋哥如五雷轰顶一般，平息了好长时间才缓缓地摇头，然后欲求不满似地追问：那你现在女朋友怎么样？你们怎么认识的？有什么感觉？来来来，说说……

我觉得头顶有乌鸦飞过：这几个问题已经完全脱离了艺术探讨的范畴，向着狗仔的路子飞奔而去。

第一幕戏的排练是在第四天。

虽然是进了戏，但宋哥和彦如姐还是不慌不忙，没有采用常规的排练方法，一板一眼地去矫动作、矫神态，而是从挖掘演员的创造力开始。他们将第一幕戏的剧本发给演员，随后把他们分成四组，要求每组在三十分钟内出一场即兴表演。表演不能完全依照剧本，要加入自己的想象，形式随意，台词随意，动人就行。

那天下午格外凉爽，但进排练室时却依然觉得热浪扑鼻。演员们俨然如一组组小炸弹，随时都能爆出让人惊诧不已的能量。

宋哥就在那边挂着一脸的期待等着。

最后，每组出来的作品都很疯狂。宋哥和彦如姐几乎整场都处于炫迈状态，乐得停不下来。特别是温心同学领衔的第四组，他们三个一上台就并列一排手拉手，开口便是："我们最后一致决定，没玩儿好，不演了。现在就简单演示一下之前的废稿吧……"

全场木然。也不知道他们说的是真是假，表演到一半时，奉阳老师便乐得不行，彦如姐干脆卧地不起了。

观看表演的乐趣就在于，你根本不知道他什么时候是在表演。

那天收束这欢脱氛围花了将近半个小时，好容易倒过气儿来的宋哥最后总结说，每组表现得都不错，我想要的就是这种不正经的。只有你们一开始打得特别开，之后的排练才好往回收。一本正经地演，那话剧味儿就太浓了，太做作。之前让你们分享自己的经历，也是要你们在舞台上找到生活中的自如状态。不管表现形式如何，出来的感情都要真挚，要有足够的分量。说完他停顿一下，特别好奇地问温心："你们刚才不想演了那事儿，到底是真的假的？"

自始至终，剧社的排练都罩着欢快空气。不管多大强度的训练，最后总能莫名其妙地笑成一团。

真比喜剧社还喜剧社。

排练室每天都这么热度爆棚，声势浩大，久而久之这氛围传遍了全公司，引来了一大片好奇的目光。像宋哥这等见过世面的大导演，就这么点儿关注，他便果断地美颠颠了，最后干脆拍板，做一周开放排练，邀请其他部门的同事参与进来，共同体验一下表演的乐趣。

活动一经推出就受到热捧。于是接下来的好几天，都能看见很多童心不泯的前辈和这些年轻演员混在一起，跑啊跳啊，唱啊笑啊，就好像真的已经站在舞台上。聚光灯下，一方欢腾而严整的队列。

彦如姐说，每个人的生活都是一座舞台。其实根本不必特意去体验生活，那些属于自己的记忆，就是你演技的来源，是你情感爆发的引线，是你呈现艺术力量的契机。每个人都一样。

不管是演员组还是制作组，我们所走的每一小步，都是为了通向最后的舞台。

没有人知道，或许哪一天那盏灯就会突然亮起，而你则捧起自己的梦想、力量、希望和故事，那些惊喜的，那些渴望的，那些让人落泪的，那些让人绽出微笑的……

信步上场。

5.最好的岁月有最亮的光

排练推进到后期时，演员们开始按场次逐一走戏。这个阶段极为关键，很多危及演出效果的重大失误都有可能在此时埋下种子，而那些锦上添花的小动作小创意，也会在演员的重复试演中迸发出来。

彦如姐心细严谨，尤为看重演员在进入人物时的细节，凹造型时候的力度和角度，进场下场的节奏，特别是如何让舞台呈现出舒服的空间感，这些都需要反复打磨。为了更直观地找到最优表现方式，让演员更自然地投入，排练时就需要辅以一些道具。

问题来了。除了那些历经风波的方墩和联片，剧社并没有准备其他道具。

到底是没经过大风浪，我们几个立刻感觉莫大的危机降临，急得恍惚如不省人事。这时宋哥一个个地敲我们的头，大声斥责我们死脑筋，说道具还用得着准备吗？办公室里这么多东西，随便拿啊！

我们还在想办公室里能有什么东西可用，转天就发现三个废纸篓、五个塑料袋及一个饭盒不翼而飞。

之后隔三差五，演员们总会穿一身黑衣，手里提着报纸卷，自带

《上海滩》背景音乐，一路横进办公室。领头的端六儿侧脸一点头，烧杀掳掠的戏码就开始了，能拿走的都拿走了，最后就差抢畅畅去做人型道具。那气氛尤为惊悚，其他部门的同事都看得一愣一愣的，不知道我们是在拍一部黑帮戏，还是真把黑帮给放进来了。

尽管剧社的工作氛围一直这般没正六儿，好像我们每天玩玩笑笑就把剧给排了。其实呢，这长达一个半月的排练没有一天风平浪静，排练之艰辛唯有亲自参与过才能切身体会。

演员们一半都是刚刚毕业的热血青年，朝气蓬勃，对戏剧也带着巨大的热情，但在学校排戏排得多了，多少养出了些脾性，表演方式上带着学生气。《鲜鱼口》讲述的是社会底层小人物的生活，怎样让演员从自己过去的经历入手，重新梳理自己对生活的看法，然后更生动、更饱满地投入到角色中，这一点颇为棘手，但也恰恰亟需解决。

所以自正式走戏开始，宋哥和彦如姐就没少在这方面用心思。纠正演员动作时，总会连带着把人物当时的心理、为什么会出现这样的心理都要详尽地解释一遍，而不是纯粹摆位。可即便这样，最开始时仍然很难达到预期效果，然后预设好的细排就得往后推，重新拉出戏的大框架，让演员们在一遍遍的过场中提高对角色的认知，把对生活的深刻感触沉淀进表演当中。

如何安排动作和神态，其实是次要的，最关键的问题在于演员对角色的感觉。这和我之前在学校的戏剧社截然不同。学生剧多半都讲究表演表面的东西，也就是呈现出的动作和氛围，所以在编排时我们总是反复去抠一幕戏或者某个情节，念白应该是低沉的还是高亢的，动作是激进的还是柔软的。这些打磨固然重要，但更本质的生活内容，即所谓“戏外之戏”，那时候我们少有涉及。

因此一开始宋哥他们执着于演员对角色的打磨，我也不大理解，甚至看着看着，突然觉得特别着急。直到真正看到联排的那一刻，一切才豁然开朗，答案了然于心。

其实这样的训练方式是很有挑战性的，但与此同时，也裹含着巨大的创造力。演员们在反复走场的过程中，随着对角色认知的不断深化，经常会在不经意间脱离剧本和导演，即兴添入一些小想法和小创意，或者在彼此搭戏时自然衍生出一些小桥段，这些都可能让戏剧增色，使它更加真实丰满。所以在导戏时，只要演员表演开始后，宋哥就很少打断，总是任他们自由体验，自行创造。于是排练时总会出现五花八门的笑点，有时候直接就跑到了另一个剧组。

不过这样的确常能产生出人预料的爆点，细细推敲一番，就直接入了剧本。宋哥解释说，只有丰沛的想象力和创造力才能撑起一部戏活的灵魂。一个没有创造力的剧组不仅是不快乐的，也一定是做不好戏的，导演也是不自信的，至少一定是没我帅的。

我寻思了三天都没能理解宋哥的这个逻辑，尤其最后一句。

进入八月末，每个周末都会落一场雨，骤然而起骤然而去，仿佛到人间一遭只为一瞬的炸裂。

那会儿排练工作已经开始收尾，演员们正卯着劲儿，日夜兼程，全力把剧打磨到最完美状态；而制作组这边也开始了销售和宣传地推工作，少年们每天来去如风，炸裂度全然与北京周末的大雨不分伯仲。

最为关键的就是票务。如何建立通畅的票务销售渠道，直接涉及到戏剧最后的利润。《鲜鱼口》作为小马剧社的第一出戏，虽然有一定的试验色彩，无论名声还是影响力都无法和《柔软》《暗恋桃花源》这些经典相提并论，但宋哥和彦如姐对这出戏投入这么多，全剧社都投入这么多，当然也不希望空手而归。只有票卖得好，在观众中有所反响，剧社才能奠定长期发展的信心，才能积累下快速成长的力量。

宋哥和力颖他们制定了好几种售票策略，但最为直截有效的，除了剧场现场买票外，就是和票务平台大麦网合作。早在一个月前，力颖和大黄就已经着手与大麦进行商务洽谈，期间就合作模式磋商过多次，坎坷崎岖不必多提，总之最后还是达成一致，在八月的尾巴上敲定了合作协议。

除了网站上提供的实票配送，我们还从大麦那里借来一台出票机，用以在剧社和现场出票。

8 月 21 号，大麦网的工作人员捧着出票机远赴剧社进行安装调试。我们这一众愣头青，多半只买过票没卖过票，看见这复杂的机器和系统着实慌张。好在师傅耐心细致，一面摆弄连接线一面教授我们使用方法。从上票到选座，师傅讲得详细，售票负责人畅畅、小会和蛋听得也认真。最后我们这群“闲杂人等”实在按捺不住好奇心，一股脑儿凑过去，屏声息气看着师傅把测试票纸放入出票机。

打印非常顺利。几秒种后，带有《鲜鱼口》字样的票纸从出票机里缓缓滑出，鲜如虹鱼，摸上去还有微微的热度。

我呆呆地望着，猛地感觉心口突然落下什么东西，像是打了经年累月的硬仗，终于望见了插在尽头的旗帜在狂风之中猎猎飘扬一般。

也是在这一天，我们上传了导演照片、剧目简介和最终海报。经大麦网工作人员的编辑处理，《鲜鱼口》购票界面准时上线，票务端口同时开放，正式进入到售票状态。

宋哥表示十分激动，对策划组的小伙伴说："好了，我宣布你们现在正式转入市场组，卖完票再回来。"

正式开演前三天，剧组进入到最后的联排阶段。那时大黄已经联络好剧场并开始装台，舞美和灯光老师老早就赶到现场，顾不上喘口气就开始紧张的布置工作。先前宋哥为戏剧定下的是现实和童话交织的调子，会有白云，会有光，会有飞鱼，但真正做剧的都知道，场地对于演出的限制是很大的。所以最后调和了构想和剧场条件，选择了"纸箱"作为舞台布景的核心材料。

每个纸箱里都置备着演员所需要的道具，同时它又作为一种建筑材料，区分了每一位角色的住处，我们用这种又写意又现实的方式，搭建了这样一方鲜鱼口大院儿。因此箱子的摆放很关键，每一位角色的家都要突出他的喜好和性格特征。在正式装台之前，舞美老师用亲手制作的小模型先"操演"一番，最后和宋哥确定了最优方案，一切都置备妥当，这才真刀真枪地挪上台。

除了布景，对于戏剧来说，灯光也极为重要。独白、群戏以及最后的《悲惨世界》戏中戏，都需要大量且复杂的灯光调度。光启得慢了会造成黑台，光启得快了，又会给演员的转台造成压力，甚至会破坏戏剧整体的节奏。确保操控得当只是基础，什么时候打什么样的光，这才是最为考究的。灯光老师经验老道，指挥安装调整灯位的时候一丝不苟，每个Q点的确定都经过细致遴选。这是细活儿，可能一两秒钟的差别，就会让整个舞台效果都截然不同。

小剧场的灯光数量有限，一整场下来难免会有效果不够的地方，这就更考验灯光调度了。尽管一刻都没歇着，但挪梯子调顶灯硬是鼓捣了一下午，本来还有点儿魅影丛生感觉的剧场，被这么折腾了大半天，悬疑感算是彻底没了，只剩下一群雄性生物立在那里呼哧带喘。气氛有点儿诡异，特别是当宋哥摘掉帽子露出闪亮的光头，和弧线型的顶光形成奇妙的对称。他还摆摆手，说：“来，你看这够亮吗？”

对光一直对到下午四点，没怎么休息，就直接进入实地彩排环节。我们把堆积满地的绳子器具收拢在一起，清扫出一块足够活动的地方，然后就被急性子的宋哥撵了下去。我们在后排正中摸了几个座位，坐下去的同时剧场主光霎然熄灭，小瑞开始放启幕音效。

说实话，虽然《鲜鱼口》筹划了这么久，从名字的诞生，到宣发资料全部撰写完毕，像是把一株脆弱的幼苗浇灌长大，可它最后到底能开出什么样的花，当时我们还是一无所知。这是我们第一次坐在观众席上，看着这个项目的最后成形，看着这出不算成熟的荒诞喜剧在台上绽放。

演员们换了戏服，但没有带妆，灯光打下来脸色有些晦暗，可是眼睛里却都放着光。一张口，声音雄浑敞犷，到底是训练了这么久，真正踏上台时，多少能听出些激动。他们像之前排练那样，念白，行动，舞动肢体，但一切却又像是全新的，好像他们根本不曾排练过，好像那些故事就根植在他们心里。

是啊，那些故事就种在我们心里。

我们都住在属于自己的“鲜鱼口”，那里有贫破和忧愁，有一大堆不堪回首的往事，有一大堆一去不返的回忆，有最冷的黑夜和最暖的阳光。可终有一天，我们要启程离开，踏上一去不返的岁月旅途，到北京，到上海，到另一座复杂而陌生的城市。在那里，我们看见新的大楼，遇见新的朋友，听见新的音乐，然后一头撞进一个完全不同的、色彩斑斓的生命中。

也许会更寒冷，也许会有更多的大雨和疾风；也许会更煎熬，日子太慢，而老去却又太快。又也许，我们会幸运地找到一条新的胡同，重新栽下我们的一切向往，一切梦想。

就像在这里，在每一天清晨，我们走出地铁，迎着那片不算温暖的阳光，和那些急匆匆的行人一起，为了寻求某样东西而更坚实地走在路上。我们一无所有，可是，又无所不有。

青春大概就是这样。

从一个冲动的决定，到如今坐在舞台对面，看着台上一幕幕闪过我们自己的故事，就连宋哥精心设计的爆笑段子，也糅进了闪光般的东西。我忽然想起了立在剧社的那块白板，想起了第一批海报的出炉，想起了无数次在策划会上的争论，想起了宋哥每一次的严肃和不正经，想起了那些已经离去的背影，想起了每一次乐得不省人事，以及每一个咬牙硬挺的艰难时刻……

在这里，我们被砸碎了太多太多的幻想，但同样在这里，我们也收获了太多好听的故事。

不亏！

彩排的最后，包括灯光师傅和剧院工作人员在内，所有人都为演员们的表演热烈鼓掌。虽然可以预想到正式演出时，这掌声会更亮，会更长，可我猜想我只能记住这一次。它在印象里生了根，发了芽，像是我们栽种的红苹果终于砸在了头上，“咣当”一声，就敲出了一个永生难忘的时刻。

结束时我们像往常一样互道再见，然后各自离开。宋哥说把庆功宴留着，现在就透支了不吉利。

那天晚上起了大风，我们站在路边拦了快半个小时的车，影子被月光拖了老长，又很没素质地拉横排走了一路，最后才想起来有种东西叫滴滴打车。坐上车之前，我又远远地瞥了一眼剧场，突然有种风雨飘摇过后的安全感，而突如其来的，又是难以抵抗的疲惫。

车在路上行驶着，这座城市开始安睡，我们也不再说话。岁月沿着公路蔓延，长到看不见尽头，快到奋起直奔也难以企及。青春终归一去不返，只留下一团疾风和一种叫作梦想的东西，在催促着我们前行。

其实这样也挺好。不管多么执拗，我们总是要承认，在这最好的岁月里，唯有认真而执着地生活，才能看见那束最亮的光。

我们还有更辽阔的大海要去征服。

后记 | 走着的跑着的都在路上

这篇后记写在《鲜鱼口》首演的前一天。

那天，大黄正在为合作伙伴东跑西颠，力颖在核算物料，畅畅、蛋和小会则在准备公众号上的演出预告。办公室五十步外的排练厅，声形光色，掺着宋哥难得严肃的声音，演员们正在做最后的调整。可以依稀听到温心和诗晴妹子昂扬的嗓音，可以看见子墨和奉阳大哥直挺的腰身，可以触摸孙宁和蘑菇爽朗的笑声。

所有一切都被神奇地安排在最合适的位置，像浸润在水里的艳丽焰火，柔软地燃烧。

在之前的文字里，我总是很频繁地使用“一个阶段的结束”“一项任务的告别”这样的字眼，可是真到了这个可以说“大功告成”或“总算熬过来”的时候，却又突然道不出再见。好像这两三个月的沧海桑田只是白驹过隙，时光打了个喷嚏，我们又再次回到初见那天，羞赧而笨拙地向大家介绍自己。

可是啊，挽留也好，期盼也好，剧社一直都在长大。

佳生加入剧社时带了很多他拍摄过的片子，在众人的惊叹中帅气地接过了剧社的视频拍摄工作，后期的演员硬照、花絮和视频都出自他的手笔。可喜可贺，咸阳终于不用再一个人孤零零地拍片了。

莹子是剧社的新任剪辑师，负责宣传片后期剪辑工作，每天都要跋山涉水跑到剪辑房蹭剪辑电脑，末了还会帮其他部门处理相关视频，诚诚恳恳又兢兢业业。可喜可贺，咸阳终于不用再一个人孤零零地剪片了。

在实力外援煦姐的帮助下，策划小组终于有了起色，小会、蛋和畅畅成了铁三角，每天精编细摘的公众号推送内容都能引起不小的反响。剧社在公司里名声渐起，多半是他们的功劳。

陆续有编剧和导演慕名而来，揣着自己的作品和信心，跟宋哥侃侃而谈；也有票务平台和宣传公司派专员到剧社谈合作、谋共赢。剧社终于步入正轨，踮起脚尖，能依稀望见前方矗立的路标。

梦娅最后还是离开了。临走时她给我折了个回形针爱心，我把它放在显示器下面，现在还在。

前些天，就在演员组刚刚进入联排的时候，宋哥和彦如姐敲定了第二部戏的主题。

一部很有实验味道的爱情戏。剧本还只是个雏形，但结构和框架都已颇为清晰，说出来绝对能让人讶然一惊又暗生兴奋。可惜宋哥小气劲儿上来，非满地打滚逼我们签订保密协议，但凡说出去立马拜拜。

所以这里只能言至于此，剩下的就只能猜和等了。

除了第二部戏，剧社明年还会配合公司的电影出一部校园舞台剧，青春靓丽，可惜就是没有吻戏；还有就是，舞台监督做得久了，大黄似乎被开掘出了演员气质。宋哥正积极地准备为他在之后的戏里安排一个角色，用以报复大黄日益“嚣张”的气焰。

这个我可以理解，本来大黄的颜值就给宋哥造成了巨大的心理阴影，再加上活儿干得还利索，抓不住一点儿把柄。长此以往，再不出招，别人都不知道谁才是领导了。

其实最开始决定写这本书，记下这些普通又细碎的小故事，着实让我头疼了好几天。原因之一是先前虽出版了一两本小说，在八流作者里也算小有名气，但题材尽是悬疑和推理。所以最初动笔时，总是担心用不好温度，生怕笔尖一秃噜小马剧社就成了谋杀现场。因此我总是绞尽脑汁，想着怎样才能让文字热起来。直想破了头，饭都吃不下了。

可当我真正和大家打成一片，看着每个人工作休息，看着每个人笑与哭，突然觉得自己愚笨至极。哪里还需要费尽心力，剧社的生活本身就跟一部小说、一场戏似的。

所以，这是我写过的最特别的一本书。

不喝红牛，而是在每一天每一秒里体会梦想的力量；不谈张狂，而是在每张面孔每份信念里瞥见少年的光芒。

我庆幸在那个盛夏踏上了开往北京的火车，庆幸在这里撑过最艰难的岁月，也庆幸刚刚走出校门的我能与这些热血而略带神经的朋友相遇，让我还能继续做梦，不至于被有棱有角的现实撞得遍体鳞伤。像阿信唱的那样：“无论是我的明天要去哪里，至少快乐伤心由我自己决定。”

我写过很多小说结局，或完满或遗憾，多壮丽的人生，最后都会定格在一个句号里。可是小马剧社和那些热血满腔的少年们，我猜，永远都不会迎来句号。

我们走着，跑着，磕磕绊绊，跌倒或力竭，却始终都在路上。

不过是江湖险恶，不过是火海刀山；不过是千钧雷霆，不过是疾风骤雨。

踏上路，唱起歌，朝前走。

梦想，其实就是只要出发就已经到达的东西。

愿所有追梦的人都能长出一颗强壮的心脏，一对结实的翅膀，然后自由而无畏地生活。

【声音】

宋哥专访 | 最好的生活就是一起做梦

为什么是话剧?

话剧是我一直以来最热爱的工作之一。对我来说，它有一种特别的吸引力。

我在北京的生活压力仍然很大，写一集电视剧剧本或者做其他什么工作，都可能会比做话剧赚好多倍，都可能让我过得更轻松。但做话剧就是一件能让你不看钱，却依然充满丰沛热情的事情，它有这样的力量。这种力量具体体现在哪里，相信每一个导过话剧、演过话剧、看过话剧的人，都比我的感受更深刻。我想不出什么特别具有震撼力的词语来形容话剧的力量，这种力量，只有真正走进剧场的人，才能感受得到：能让你泪流满面，也能让你捧腹大笑；能让你回思自己的人生，也能让你感受到生命的充沛，更能体会活着的乐趣。有时候，爱一样东西是说不出什么具体缘由的，就像爱一个人一样，哪儿都好。

话剧的快乐是你能想象到的所有快乐的总和。我经常会矫情，吃到很好吃的东西都会快乐到流眼泪。但是在排话剧的时候，那种快乐，却可以让我连吃饭都忘掉。

为什么是小马剧社？

成立小马剧社的初衷，是我们董事长有意向做一个核心IP的孵化基地。我响应她的号召，而且觉得话剧是个不错的市场和转化媒介，就没怎么受波折，在一个月内迅速组建了小马剧社，并且第一部剧在两个月后就开始演出了。董事长的初衷是做好项目，我的初衷是可以开心地工作，也是回报她对我的信任。

小马剧社的特色，就是社员大部分都是刚毕业的实习生，这是我的一次尝试，现在想想挺大胆的。但这样的好处就是剧社年轻化活泼化，容易出想法、出创意，这是做好剧的基础。

带实习生就像带孩子一样。我领悟到这一点后回家跟我妈说，你真不容易。我妈回答我，谁的孩子谁不操心。我的实习生就像我的孩子，我要尊重他们，要引导，要监督。别的公司可能一个人最多带两个实习生，我是一个人带十个，甚至更多。我们实习生最初有二十多个，最后留下了十几个。他们遇到我也很不容易，因为我觉得他们以后再也不会遇到我这么不正常的上司了。

他们第一周的错误或者第一个作品中的错误，我都会耐心地指导，都没事儿。我们做项目预算的实习生，第一个预算就做错了，而且我还提交了。我一点都没训她，只是教给她合适的方法，以后她越来越成熟，自己主动处理事情的能力也越来越强。

我们的实习生队伍很庞大，从策划、文案到拍摄、剪辑、后期，再到宣发推广，每一个环节我都要问一嘴，其实压力也挺大。那些走了的实习生，可能他们永远也不会知道，在他们哭着走的时候，我也很难过。可现实就是现实，对他们负责就是在关键的事情上不给他们无谓的希望，不合适就马上换。我也经常跟实习生们说，千万别想着在我的团队混日子，遇上我，你混不下去。

对于职场新人我最不喜欢两类，第一类是不会玩儿，死板；第二类是不懂热爱，没激情。不会玩儿的人，对某种事情的兴趣很难发挥到最大限度，对工作总是抱怨，也很难做出成绩。一份工作交给你，就是要让你去解决各种困难的。我们的前提是你要大胆去做，所有的错误都是我的错误，但是方法要讲究，遇到困难要及时沟通。我花了好大的力气才让大家了解到这一点，带实习生还是有难度的。

现在留在团队里的人，可能也有一两个会离职。我不是一个很合格的领导，我的管理方法很任性，但也很人性。我爱他们每一个人，所以我不会骗他们，也不会敷衍。赚钱什么的都是小事情，情感才是重要的。一个人遇到另外一个谈得来的人是缘分，既然遇到了就得好好相处。哈哈哈，我觉得好像在谈恋爱。

为什么是《鲜鱼口》？

《鲜鱼口》的第一版剧本是很自然就创作出来的，我只花了一个晚上。当时的想法，是做一个比较有受众群的、比较接地气的、比较生活的戏。任何剧本都需要打磨，初版剧本其实存在很多问题，在剧社和大家讨论剧本以及后来排练时，演员们给出的创作建议，都为我提供了很大的帮助。话剧就是这样，随着排练的深入，会越来越能发现故事里人物的可爱点，戏也会越来越丰富。

创作《鲜鱼口》的目的其实很简单，就是想让看过这个戏的人都能好好地继续以后的生活，热爱自己的生活。和我现在一样，乐呵呵地过好每一天。因为很多时候我们都不能阻止灾难的发生，就只有好好把握当下，这才是最重要的。之前我在微博里写过一篇文章，写的是一位对生活充满热情但英年早逝的好朋友的故事，他也是我创作这出戏的契机。我希望能通过这出戏，把这种对生活的热爱的力量传递给其他人，哪怕能影响一个人都是好的。

为什么是童话?

在《鲜鱼口》的表现方式上，我偏向于营造一种舞台童话感和梦幻感。因为在我本人的生活中，总会遇到各种各样奇怪的人、奇怪的事和奇怪的情感。别人可能理解不了，但我觉得正是这种不确定性，才是我们作为人最大的乐趣，这就很像童话，好像世界其实没那么真实，有点儿像小孩子做的梦。

为了实现这种童话感，在排练上，我们前期进行了大量的“视点”练习，人物都是丰富且很有色彩张力的，这是为了让演员能够用表演支撑舞台的梦幻感；在舞美上，一开始我想的是用云朵、天堂、梦境等很多比较童话的布置，但是跟我们的舞美设计老师沟通后，发现剧场的硬件实现不了，就做了些调整，加入一些生活质感，但荒诞感和童话感还是有所保留的。我很喜欢以色列卡梅尔剧团的《安魂曲》，它是一种精神的写照，它的童话感就很迷人，我希望《鲜鱼口》也有那样的质地。

为什么是那些人？

《鲜鱼口》里的人物都是有原型的，真的，全部都有。我写故事，总是喜欢把身边的人提炼浓缩后，暗暗地写在剧本里面，让那种最本真的生活力量凸显出来，这是很动人也很快乐的事情。在《鲜鱼口》里，马达和小白两个人的人物关系和现实完全一样，就是我和我的朋友，而英姐、小月、小阳等，也都是我身边的人，可能是我特别喜欢的服务员，也可能是我哪个很有传奇色彩的哥们儿……

对剧中的人物我没什么偏心的，我一直强调这是个群戏，每个人都有自己的人物小传，都有过去和未来。我喜欢他们每一个人，因为他们都是非常真实的。而在现实生活中，他们也都是我爱的人。

为什么是梦想？

“梦想”是《鲜鱼口》的一个中心词，正是因为有梦想的存在，让鲜鱼口的老老少少有了重新找回自己的可能。我觉得，只有生活有了梦想，人才有勇敢活下去的力量。话剧就是一个梦想载体，很梦幻，很理想，但同时也很真实。没力气的时候看一出话剧，笑一笑、哭一哭，再出来的时候浑身就充满了力量。

剧中的每一个人都有自己的梦想，这可能跟我以前当老师有关系，我不会忽视每一个学生的梦想，梦想没有大小。我奶奶今年九十岁了，她的梦想是继续好好地一年一年地活着；我妈的梦想是希望我能一切都好。每个人的梦想都不一样，有为自己的，也有为别人的，但所有的梦想都不能等待，要去做。人生挺短的，谁也不希望等自己老了，才说“当年要是我主动去爱谁谁谁就好了”“当年如果我出去闯荡一下就好了”……这多可惜啊。

随着年龄的增长，我现在的梦想其实特别简单，就是让身边的人都好，大家都开开心心地生活。以前还想着去赚几亿或者得个奥斯卡什么的，现在就想让身边的人、让自己都开心地生活。这看似简单，其实特别难。相对于赚好多钱，我觉得能开心是最难的。梦想是个好词儿，但不是所有人都有勇气去正视它。小马剧社的梦想就是传递，传递我们的正能量，传递生活的温暖，让更多人体会到梦想的力量。

为什么一直在路上?

《鲜鱼口》是个开始，小马剧社今后的发展规划，是每年至少有二十部戏能够上线。下一部戏依然是温暖明亮的主题，就是传播正能量，让人感到生活的快乐。今年年末，我们有一个爱情戏，现在剧本阶段就特别精彩。此外，还有一个古装喜剧、一个民国戏都在筹备中，总的来说未来一年会很忙。

小马剧社想成为一个高品质的IP孵化平台，作品孵化速度会很快，但我们向外传递的积极能量是不会变的。这也是催动着我一直走下去的原因，艺术作品本来就是要影响大众，我愿意做这样一个传递者。

有梦就去追吧，只要你想，永远不晚。没劲儿了就来看看我们小马剧社的戏，充充电。

彦如姐

彦如笔记 | 人生，就是梦想的旅途

执行制作人 / 李彦如

2015 年 6 月底，小马剧社在小马奔腾孕育而生。在北京朝阳区酒仙桥恒通商务园小马奔腾公司的二层中位，小马剧社的团队成员们，坐在一起热烈地讨论着第一部戏《鲜鱼口》的排演计划。空气中弥漫着青春蓬勃的气息，除了东泽和我，小马剧社团队清一色“90 后”。我和宋东泽调侃说，我们是“90 前”。

《鲜鱼口》是东泽在 2013 年创作的一部荒诞喜剧风格的作品，展现的是普通、平凡的城市外来者，在城市生活的悲欢离合，也是关于个人梦想的。小马剧社成立之初，我们选择《鲜鱼口》作为小马剧社的开社大戏，是经过认真讨论的。小马剧社以创作“不拘一格，温暖明亮”的戏剧作品为主旨，《鲜鱼口》的戏剧风格和主题精神刚好契合。

当然，《鲜鱼口》同样诠释着梦想的意义。是的，我们每个普通人，都有着生活的梦想。活着的意义，大概就是实现一个个微小而普通的梦想，也正是这样的梦想，使活着充满了诗意。当他日，我们走到人生尽头的时候，会因为有了梦想而滋味隽永。梦想不分大小，每一个

怀揣梦想而活着的人，都是值得敬佩和尊重的。

如此，《鲜鱼口》便有了直击人心的、向上的张力。

《鲜鱼口》所展现的，是来自全国各地的城市打工者来到城市后的生存状态，我们把焦点聚集在这个群体的几个典型代表身上。乡村城市化的进程使大批农民失去土地来到城市，争取生存之本。活下去，是他们的源动力。他们带着梦想和希望来到城市，在城市的拼搏中，他们面临的主要境况，是自我更新和成长——对新事物的辨别和接纳，其中伴随着自我挣扎。这种诗意的内核在《鲜鱼口》普通、平凡而美好的人们身上淋漓地展现开来。

导演宋东泽在这轮演出中，想要在舞台表现上做一些全新的探索，以表达得更为深刻和淋漓。因此采用了不同以往的创作方式：从表演工坊的训练开始，充分了解每个演员的长处和表现特点，慢慢在演员的认识上植入《鲜鱼口》所要表现的戏剧理念。在表演工坊的训练过程中，我们用了一些有别于传统的训练方式，使演员能更好地释放自己，打开表演创作的想象力，帮助他们寻找相对自由的创作状态。进入正式剧本排练的阶段，表演工坊的训练意义便很好地体现出来了。

在表演工坊训练开展的同时，东泽也在《鲜鱼口》的剧本上做了结构调整和对戏剧亮点的提升，使人物形象更加鲜明，表达意图更准确，剧本情节更紧凑、喜感增强、风格凸显。在对文本修改和调整的过程中，也经过了几番强烈的头脑风暴。东泽导演集思广益，期间也有面红耳赤的时候。经过半个月的反复推敲，最终敲定了演出台本——我想，人说“好戏多磨”大概就是这个意思。

演出文本敲定后，在舞台外部呈现上，东泽导演也想做一些新的尝试，于是我们找来了舞美总监刘海永老师。海永是我和东泽的校友和好友，他的舞美设计理念和我们的戏剧理念非常契合。在夏天炎热的午后，我和东泽专门去海永工作室聊《鲜鱼口》的舞美设想，深聊多次后，才最终决定了《鲜鱼口》的舞美设计风格。一个很重要的理念就是：探索布景和表演的关系。我们最终对于"箱子组成的舞台"创意达成一致。"箱子"的意义深刻：来城市打拼的人们伴随身旁的物件中，永远不会缺少装满生活所需的箱子。对"箱子"的处理采用虚实结合的手法，正契合了东泽的舞台呈现蓝图。箱子承载和彰显着生活的状态，而人生，就是一次伴着梦想的旅途。

舞美风格的敲定具有决定意义，所有创作部门围绕这一主题，各项后续工作也相辅相成地开展起来了。灯光设计、服装造型设计、音乐音响等创作部门共同创造，最终呈现了二轮《鲜鱼口》演出的戏剧舞台风格、样貌。我们在谢幕时还加了彩蛋，在《啊，朋友再见》的铿锵旋律中，所有演员共跳一支"奔跑舞"，把舞台戏剧气氛推向高潮，升华了主旨。

《鲜鱼口》演出圆满成功。

而小马剧社，还将在戏剧的道路上继续奋蹄奔跑。

BROOKLYN
NYC

向前吧！别停止！

黄文翰

拾年饮冰
难凉热血

林佳年

To：小马剧社

和长得好看的一群人儿工作

真是件幸运的事♡

丞

小马奔腾
驰骋舞台

秦陽

鲜鱼灵动游星海

骁马一跃化天龙

刘强

在剧社的时候
根本就没"段子"什么事儿.
比如我现在就想听到
"你明天不用来上班了"
—— Always 加班的畅

梦想能到达的地方,
脚步也能到达。

我们也许一无所有,
未来迷茫
但只希望能和自己内心相通的人
发现一个世界,创造一种未来。
感谢相遇

石头

我是小阳,离开鲜鱼口一年多了。我呢,还在追梦的路上。你们呢?你们过的好吗?

我想人总是要坚持点什么吧,爱情?理想?每天早起吃早点?管他什么,但总要坚持点什么。因为我相信,他会在这苦闷生活中种下一粒种子,埋下一丝光亮。不管他会不会开花,能不能结果,这期盼本身就是好的。

为什么叫小阳?我想可能是因为坚持点什么的人会给人一种阳光的感觉吧。

想念大家。

——演员孙宁